文春文庫

攻撃目標を殲滅《せんめつ》せよ

ステルス艦カニンガムⅢ

上

ジェイムズ・H・コッブ
伏見威蕃訳

文藝春秋

完全に独創的なプロットやキャラクターなど存在しない。そうしたものを創りあげたと主張する作家は、自分自身か読者をごまかしている。著述家にせいぜいできるのは、昔の物語作者のつむいだ糸を用いて、自分の読者のためにあらたなおもしろい模様を織りあげることぐらいだろう。

かくいうわたしも、本書をさまざまな作家やアーチストや作品に捧げたいと思う。彼らは長い年月にわたってわたしを楽しませてくれ、アマンダ・ギャレットの世界への着想の源となった。

イアン・フレミングとジェイムズ・ボンド
ピーター・オドンネルとモデスティ・ブレーズ
ジェイムズ・H・シュミッツとトリガー・アージー
ノーマン・ライリー・レインとタグボート・アニー・ブレナン
カワモリ・ショウジ、ミキモト・ハルヒコ、ハヤセ・ミサ

紳士淑女諸君、ありがとう

主な登場人物

アマンダ・リー・ギャレット……シーファイター任務部隊司令　大佐
エリオット・マッキンタイア……海軍特殊部隊司令　中将
クリスティーン・レンディーノ……海軍特殊部隊情報士官　少佐
ケネス・ヒロ……対地攻撃巡洋艦〈カニンガム〉艦長　中佐
ルーカス・カーベリイ……強襲揚陸艦〈カールソン〉艦長　中佐
ジェフリー・〝スティーマー〟・レイン……シーファイター戦隊司令
〈クィーン・オブ・ザ・ウェスト〉艇長　少佐
ストーン・キレイン……任務部隊海兵隊チーム指揮官　大尉
リチャード・〝コブラ〟・リチャードソン……第二四ヘリコプター飛行隊指揮官　中佐
グエン・チャン……シンガポール国家警察警視
ハリソン・ヴァン・リンデン……アメリカ合衆国国務長官
ウォルター・ドノヴァン……同右　上院議員
ランドルフ・グッドヤード……駐インドネシア米国大使

マカラ・ハーコナン……………インドネシア人豪商
「マカラ社」および「ハーコナン海運」社長
ラン・ロー……………………「マカラ社」営業部長
ハヤーム・マンクラート……海賊の分捕り品差配
アキマ…………………………アスマト族族長　朝の星分離主義者
テオドール・ペトロヴィッチ・ペトロフ……ロシア貨物船〈ピスコフ〉船長

攻撃目標を殲滅せよ

ステルス艦カニンガムⅢ　上巻

南大西洋の二〇〇海里上空
二〇〇八年七月八日

地球は霜の純白とサファイア・ブルーの輝きを発していた。その脈動する色彩と、どこまでもつややかな黒一色の宇宙を、弓形《なり》の地平線を縁取る靄が画している。銀色がかった巨大な菱形の物体が、その地平線に向けて音もなく弧を描き、翼に似た太陽電池が、遠い太陽の鋭い光を捉えようと角度を変えた。

六週間前、ハワイの南にあるボーイング・エアロスペース社の海上発射プラットホームから、ロシア製プロトンⅣ大型打ち上げロケットが発射され、バスほどの大きさの無人宇宙船を軌道に乗せた。それ以来、その衛星は無言でてきぱきと働いて、サイバネティクスの研究を進め、ひろびろとした内部で、まったく新しい形の生物とでもいうべきものが育ちはじめていた。

無尽蔵でしかも無料の太陽エネルギーで作動する実験装置一式が、貨物室《ペイロード・ベイ》の内部でうなりを発し、カタカタと動いていた。超小型のロボット工場とコンピュータ制御の自動実験室が、無重力状態のもとでせっせと働き、地球という重力のある容器の底で創るのが不可能なたぐいの新しい化合物や素材をこしらえていた。

ガラス、金属、ナイロンから、完璧なボール・ベアリングが作られる。重量の場によってゆがめられていないので、耐用年数が長く、それを使用する機械類のエネルギー効率も向上する。重さによってたわむことがないので、完璧な結晶ファイバーが形成される。カーボンを主原料とする結合材と適切に組み合わせれば、最高の品質の鋼鉄の十倍の引張り強度をそなえたグラスファイバーがいずれ完成するはずだ。三分の一の重力のもとで、三分の一の量の原料を使って成形鋳造しても、耐久性が劣化しない鋳物ができる。さまざまな新しい合金が作られる。それも、金属と金属ばかりではなく、金属とセラミック、ガラス、プラスティックなど、画期的な組み合わせのものができる。エンジニアやテクノロジストが以前は夢想するしかなかったような品質の素材が、いくつも創られている。

ひとつ新しいものが創造されれば、そこから無数の可能性がひらける。眼下の地球では、いくつものプロジェクト・チームが、自分たちの創造物から降り注ぐ大量のデータをいそいそと浴びながら、遠隔操作ではなくじかに宇宙の軌道上で実験が行なえる日を夢見ていた。

彼らが創造している新テクノロジーの大きな潜在力を考えれば、その日が来るのはけっして遠い未来ではないかもしれない。ＩＮＤＡＳＡＴ（産業目的衛星）は、史上もっとも野心的かつ広範におよぶ民間の宇宙開発計画である。アメリカと西欧の企業の共同体が生み出したＩＮＤＡＳＡＴは、近宇宙空間の商業開発と産業利用を目的にはじめられた。

しかしいま、そういう夢想は中断しなければならない。実験室の電源が切れ、原料の在庫がつき、風変わりな積荷は固定された。ＩＮＤＡＳＡＴ06が故郷に帰る日が来たのだ。

翼の形の大きな太陽電池がゆっくりと本体に格納され、高熱に耐える扉が閉ざされた。スラスタ（姿勢制御ロケット）が点火される。ＩＮＤＡＳＡＴが針路を修正し、頭部の熱シールドと逆推進ロケットが進行方向を向いた。内蔵のコンピュータが、データリンクを介して地上のＩＮＤＡＳＡＴミッション管制のコンピュータと通信し、数限りないシステム・チェックと再チェックが行なわれた。

衛星の全機器異状なしが告げられた。コンピュータが主人である人間と最終的な打ち合わせをして、続行の承認を得た。南アフリカのプレトリアの上空で、逆推進ロケットが赤々と燃え、ＩＮＤＡＳＡＴ06が長い降下を開始した。

燃料が尽きると、爆発ボルトが作動して逆推進ロケットを切り離し、耐熱セラミックの熱シールドが剝き出しになって、すさまじい熱にそなえた。大きな衛星は、さながら巨大な銃弾の弾頭のように、インド洋上空で大気圏に突入し、イオン化空気の白熱した衝撃波を前方に送り込みながら、落下していった。はるか下のセーシェル諸島沖で、地元の漁民たちが空を見あげ、夜空に輝く条を曳いて北東へと流れてゆく銀色の大きな火の玉を、畏怖の念にかられて眺めていた。

衛星の速度が落ちるにつれて、高熱の輝きは弱まり、やがて消えた。高度一五万フィートで、最初の小さな制動傘《ドラッグ・シュート》がたなびき、落下を安定させた。

高度九万フィートで、それより大きな二番目のドラッグ・シュートがぱっとひらき、回収が行なわれるオーストラリアの北、アラフラ海の目標の座標に向けて、衛星はほぼ垂直に降下をはじめた。

高度三万フィートで、メイン・パラシュート四体が開傘し、フットボール場ほどの大きさのナイロンの布に吊られた衛星は、眼下の暗い水面に向けて最後の行程を開始した。

ＩＮＤＡＳＡＴの内部で、コンピュータが最後の段階の後片付けを行なった。回収チームのために位置表示閃光灯が点灯し、無線位置標識信号が発信された。安全のために、スラスタの残燃料は投棄され、着水にそなえて、浮き袋に空気が注入された。この最終の仕事が完了すると、コンピュータはみずから電源を切り、まったく動きを停止した金属と複合材の塊は、暖かな熱帯の海へとおりていった。

アラフラ海　ウェセル岬の北北西九七海里
二〇〇八年七月八日　二一四七時（現地時間）

「目視しました！　閃光灯《ストロボ》、方位は船首左三七度」

「よろしい、ミスター・カーステアズ。操舵手、取り舵、針路三三〇。全機関前進通常速力」ＩＮＤＡＳＡＴ〈スターキャッチャー〉船長のフィリップ・モスは、元オーストラリア海軍士官なので、船橋《ブリッジ》で堅苦しい手順を守りたがる傾向がある。「ボート・チームに発進準備をさせ、船渠凹甲板管制室に注水をうながしてくれ」

操舵室から出ると、鷹のような顔立ちの痩せた船乗りのモスは、双眼鏡を覗き、夜空からおりてきた脈動するまばゆい光に焦点を合わせた。全長八〇メートルの工船を改造した〈スターキャッチャー〉の甲板が足もとでふるえ、ずんぐりした船首が着水点に向けて回頭しはじめた。

アラン・デル・リオ博士のずんぐりした姿が、船橋《ブリッジ》の張り出し甲板《ウイング》に出てきて、ロスに近寄った。「じつにみごとな着水だな、船長」デル・リオは、ＩＮＤＡＳＡＴ回収チームの監督をつとめている。

「これまでのところは順調だ」モスが、不服そうにいった。「とにかく、最初のやつよりはましだ。二〇〇海里も大海を捜しまわって、沈む直前にやっと捕捉した」

「まだまだ実地に学ばなければならないことが多いのだよ」デル・リオが、達観したような台詞を吐いた。元NASAのミッション管制官のデル・リオは、すぐに機嫌をそこねる宇宙のハードウェアと何度となく戦ってきた。「回を追うごとに、上手になる。順調にいけば、いずれこんなことは日常のありふれた仕事になる」

「絶体にそんなありふれた仕事にはならないと思いますがね、博士」

二列の浮き袋のあいだで水平になって浮かんでいるINDASAT06は、ゆるやかなうねりに乗って上下していた。水を吸い込んだパラシュートがシーアンカーの役割を果たしている。発光する染料の帯と、上に伸びた伸縮式のマストのてっぺんで明滅する閃光灯によって、衛星の位置ははっきりとわかる。開発計画の最初のころに、衛星を発見して回収するのは昼間より夜間のほうがずっと簡単だとわかったので、いまでは夜間の回収が通常の手順となっている。

漂っている人工衛星まで五〇メートル以内に近づいたところで、〈スターキャッチャー〉は主機《メイン・エンジン》を切って踟躕《ちちゅう》した。アーク灯がいっせいにともって、一海里四方を明るく照らし出す。姿勢制御噴射機《ステアリング・スラスタ》を使って、その場でおもむろに向きを変え、船尾を衛星に向けた。

回収船に改造された〈スターキャッチャー〉は、民間の人工衛星を収容できる広さの注水可能な凹甲板を船尾にそなえている。その凹甲板のテイルゲートがあき、膨張式ボート〈ゾディアック〉の作業班がつぎつぎと出てきた。

それから一時間、海に漂うＩＮＤＡＳＡＴ06を、ゴム・ボートが小魚のようにつつきまわっていた。ウェットスーツを着た作業員が、最初の任務点検を行なって、損傷がないかどうかを調べ、パラシュートを再利用のために切り離して引き揚げ、回収用の曳索を取り付けた。

作業項目が完了すると、〈スターキャッチャー〉の上部構造の霧笛が鳴らされ、〈ゾディアック〉の群れは、波風を受けない母船の胎内へ急いでひきかえした。ウインチがうなりをあげて、曳索がぴんと張り、〈スターキャッチャー〉はゆっくりと人工衛星に向けて後退していった。

注水された凹甲板にＩＮＤＡＳＡＴがはいると、左右の骨組みがのびてきて、輸送に耐えられるように衛星を固定した。それが済むと、凹甲板が排水され、ダーウィン港に向けての航海が開始された。そこにあるオーストラリアのＩＮＤＡＳＡＴ整備施設で、ペイロードの貴重な金属やデータが回収され、衛星そのものはつぎの任務にそなえて機器装備を一新し、あらたな様態に調整される。一カ月以内に、06はふたたび飛ぶ準備が整う。

〈スターキャッチャー〉のブリッジでは、モス船長と回収ミッション監督のデル・リオが、積み込み作業の細かい手順を脇目もふらず進めていた。ブリッジの張り出し甲板からそれぞれの段階に目を光らせ、あるいは操舵室の船尾寄りの隔壁にならぶ監視カメラのモニターで観察した。その他のブリッジ当直員も、やはり回収作業に神経を集中していた――そのため、今夜この海域にいるのが自分たちの船だけではないと気づくのが遅れた。

「船長、船首の三〇〇メートル前方を船が横切っています」

見張員の叫びに、モスがさっと顔をあげた。「身許は？」

「複数の漁船です。三隻いるようです。速力約六ノット。いまは船首左舷の方角です」

モスはすばやく左舷の張り出し甲板に出て、夜間双眼鏡を覗いた。たしかになにかが見える。背の高いぼんやりした影が、冷光《ルミネセンス》を発する航跡を残して、船首から船尾のほうへ進んでいる。

「どうした、船長？」操舵室の戸口から、デル・リオがたずねた。

「まだわからない」モスは答えた。「小型船らしい。航行灯をつけていないが、オーストラリアやインドネシアの漁船は、だいたいそういうことはいいかげんだからな」

月が昇りはじめ、熱帯の海の水面に輝く光の道をこしらえていた。小型船の先頭の一隻が、そのなかを滑るように通過して、シルエットが浮かんだとき、モスもデル・リオも思わずはっと息を呑んだ。

その船は、遠い昔の美しい面影を宿していた。船体の低いなめらかな形の二本マストのスクーナー、縦帆が斜桁《ガフ》に取り付けられた艤装の軽快そうな船の輪郭が、真珠色の月光を浴びている。黒っぽい船体は、水切りから高く角張った船尾室まで、鋭い曲線を描いてのびあがっている。船尾室が、その船に一種異様な雰囲気をあたえていた。

「こいつはたまげた」モスが、感心したようにつぶやいた。

「あれはなんだ、船長?」デル・リオが、唖然としてたずねた。

「ピニシと呼ばれる船だ」モスは答えた。「インドネシアの海洋民族が島と島のあいだの交易に使う帆船だ。海のジプシーともいわれることもあるブギス族の船だ」

「海のジプシー? 冗談だろう」手摺に寄りながら、デル・リオがいった。

「冗談じゃない。ブギス族は世界でもっとも偉大な海上文明を誇っている。千年以上にもわたって、マレー沿岸からフィリピンまで、この海域をくまなく移動していた。インドネシアにブギス族の村のない島はないといっていいだろう」

デル・リオが、くすくす笑った。「ブギス族だって? 子供を攫う鬼のブギマンがわれわれに襲いかかってくるとでもいうのかね」

「百年ほど前には、それが冗談ごとではなかった」モスが、不機嫌にいった。「だいたいどこからそういう言葉が生まれたか、知っているか? 東インド会社が貿易をやっていた時代、ブギス族の男が短剣《クリス》をくわえて手摺を乗り越えてくるというのが、いちばん恐ろしい悪夢だったんだ。彼らは船乗りとして優秀だったばかりか、太平洋でもっとも悪名高い、残忍な海賊でもあった」

デル・リオは、肩をすくめた。「聞いたこともなかった。そもそも、いまの時代に帆船に乗っているものが、このあたりにいるとは思っていなかった」

「まあ、そうだろうな。あの船は、ブギス族が独自に創りあげたものだ。海のジプシーは、オランダやポルトガルのスクーナーと中国のジャンクをかけあわせ、より扱いやすく耐波性の高い船をこしらえた。インドネシア諸島では、いまでもめずらしくない。しかし、こんな南ではめったに見かけない」

モスは、闇のなかで眉をひそめた。

「それに、回収作業をやっているあいだに、あんなに近くで操業されては困る。ミスター・オルブライト――」操舵室の戸口のほうをふりかえった。「――拡声器で、あのスクーナーを追い払ってくれ」

それが、モスの下した最後の命令だった。しかも、その命令は実行されなかった。目がくらむような赤い点が、いくつも操舵室の側面に現われた――レーザー望遠照準器の死の点だ。つぎの瞬間、重機関銃三挺および自動小銃十数挺の集中射撃が、〈スターキャッチャー〉の船橋構造物に雨あられと襲いかかり、そこにいた当直の乗組員は男も女もすべてずたずたになって死んだ。

つぎに、レーザー照準器付きの機関銃は、船尾に向けられ、メイン・マストと上部構造のアンテナが狙い撃たれて、回収船は助けを呼ぶ悲鳴を発することもできなくなった。

強力な補助機関が轟然と始動した。ブギス族のスクーナーのうち二隻が、〈スターキャッチャー〉の左右に向けて突き進み、砲艇《ガンシップ》の役割を果たしたもう一隻は、その間も容赦なく甲板に銃弾を浴びせ、二隻が獲物を挟んだところで、ようやく発砲をやめた。

上半身裸の赤銅色の肌の男たちが、喚声をあげながら手摺を乗り越えた。黒豹のようにしなやかで、なおかつ恐ろしい。現代風にサブ・マシンガンやセミ・オートマティック・ピストルを持ったものが数人いた。あとは先祖の海賊がふりまわしたのとおなじ、剃刀のように鋭い短剣《クリス》や大鉈《バンガ》を持っていた。

まだ生き残っていた〈スターキャッチャー〉の乗組員にとっては、どっちで殺されようがたいした変わりはなかった。この作戦の計画では、はじめからはっきりと決められていた。皆殺し。目撃者は残さない。生存者はなし。

まともに抵抗する手段もなかった。見つからずにすむような隠れ場所はなかった。慈悲はかけられなかった。ほんの数分にして、悲鳴と銃声はやんだ。

〈スターキャッチャー〉の作業灯と航行灯が消され、アラフラ海に完全な闇が戻った。その闇のなかで、血みどろの斬り込みの混沌は終わり、念入りな予行演習がなされていた作戦計画が実行された。

ブギス族の作業班が、甲板をくまなくまわって、死体をすべて上部構造内にひきずっていった。救命胴衣が物入れから出された。救命筏が収納所から出されて、切り裂かれ、機動艇と端艇の船体と浮力を発生する部分に穴があけられた。救命ブイ、木のデッキ・チェアなど、甲板にあって浮かぶ可能性のあるものは、船内に詰め込まれ、固定された。

第二の作業班が、べつの作業を行なっていた。燃料庫にホースが引き込まれて、強力なポンプが運転を開始し、回収船のディーゼル燃料が、乗り込みに使われたスクーナーの船艙のゴム製嚢タンクに移された。

さらに第三の作業班が船内にいたが、こちらはブギス族だけではなかった。アジア人と西洋人の技術者を含む混成の一団が、海賊たちといっしょに、不快な作業に取り組んでいた。手脚をひろげて横たわる死体や真っ赤な縞のついた隔壁を見て吐き気をもよおし、蒼い顔をしながらも、決然と仕事にはげみ、〈スターキャッチャー〉のシステム区画からマニュアル、コンピュータのファイル、重要な機器を選んで運び出していた。

船尾では、三隻目のスクーナーが、ＩＮＤＡＳＡＴ06に横付けしていた。下帯姿の男たちが手摺を越えて飛び込み、人工衛星のまわりで作業を開始した。位置表示閃光灯を消し、位置信号の発信機のアンテナを斧で切り落とすなど、外国人顧問に見せられた図のとおりに作業を進めた。

人工衛星が波の下にすこし沈むくらいに、浮き袋の空気が慎重に抜かれた。そして、スクーナーの船艙からカムフラージュ用の覆いがひっぱり出され、水面におろされた。パラシュートの生地とおなじ薄手のナイロンを海の青とグリーンのまだらに染めた巨大な袋が、ＩＮＤＡＳＡＴにすっぽりとかぶせられ、耐熱素材の真っ白な表面が隠された。〈スターキャッチャー〉につながれていた曳索がはずされ、短い曳航ハーネスがブギス族のスクーナーの艇尾につながれた。水中で働いていた男たちが船にあがり、この排水量のスクーナーを動かすのには強力すぎるディーゼル機関がぶるぶると始動した。激しくまわるスクリュー・プロペラの起こす大きな航跡が、曳航されている人工衛星の上を覆い、低空飛行で綿密に観察しないかぎり、そのぼんやりした輪郭はほぼ見えないはずだった。

作業がすべて終わった。現場を離れる潮時だ。

舫いを解いた斬り込み隊の二隻が、生命の失せた〈スターキャッチャー〉から遠ざかり、衛星を曳航しているスクーナーを追った。人工衛星回収船の甲板の水密戸は、すべて厳重に閉ざされていた。だが、甲板下の水密戸は、すべてあけ放してあった。機関冷却システムの注水・排水管に大ハンマーで大穴があけられ、太さ一五センチの水柱が機関室になだれ込んで、たちまち激しい浸水がはじまった。

海賊のスクーナー三隻がそこを離れて三十分後に、割られた舷窓がひとつ水面下に沈んだ。その七分後、〈スターキャッチャー〉は転覆して沈み、人知れず姿を消した。

インドネシア　バリ島の西北端沖　パラウ・ピリ（王子たちの島）

二〇〇八年七月九日　〇一三一時（現地時間）

新任の駐インドネシア米国大使のために、伝統的なインドネシアの食事——ライスターフェルを供する宴が、ハウス・ハーコナンで催された。ランドルフ・グッドヤード大使と夫人は、オランダ語で〝米の食卓〟を意味するこの香辛料のきいたエキゾチックな料理と、選りすぐりのインドネシアの有力者を、マカラ・ハーコナンのもてなしによって紹介された。

数時間の楽しい会話と、最高のブランディのあと、広壮な平屋の屋敷のビーチに面した長大なラナイ（ベランダ）に出た。しかし、客はしだいに何人かずつまとまって辞去し、夜の闇のなかをバリ島へ帰っていった。おおかたは敷地内の桟橋で待っていた何隻もの豪華なクルーザーに乗り、少数の特別の客だけが、広いヘリパッドに駐機していたヘリコプターに乗った。最後に本日の賓客とホストだけが残った。

グッドヤード大使が、グラスを掲げて、最後の敬意を表した。「ハーコナンさん、たいへん楽しい晩を過ごさせていただいて、家内ともども感謝しております。こうした歓待が期待できるのでしたら、わたしのアジア在任はよろこばしい思い出に満ちたものになることでしょう」

ハーコナンが、いくぶん控え目にではあるが、得意げな顔をした。「大使をわが家にお迎えできて、このうえなく光栄でした。ご滞在がおたがいに楽しいものであり、また貴国とわが国にとって実り多いものであることを願っています」

マカラ・ハーコナンは、国籍はインドネシアだが、さまざまな面を持つ男だった。億万長者のトレーダー、商品取り引きのブローカーで、背の高さと逆三角形の体格は、父親譲りだ。だが、アジア系の母親の血が、浅黒いいかつい顔立ちに、エキゾチックな味わいをかすかにくわえている。ジャカルタ生まれのハーコナンは、二十一世紀の大班《タイパン》の司る急成長中のビジネス帝国に好都合な作戦基地として、バリ島を選んでいた。

ハーコナンは恐るべき人物であるとともに、貴重な味方になる可能性があり、情報源としてもおおいに役に立つ。元ネブラスカ州知事のグッドヤードは、国際政治の経験は浅いが、老練な政治家だった。それらの事実をじゅうぶんに認識していて、インドネシアの政財界でハーコナンを利用する機会に飛びついたのだ。それにハーコナンは積極的に応じて協力した。

そして、いよいよ最後の質問が、今夜の掉尾を飾るところだった。

「ハーコナンさん、あなたのご意見では、この地域にわたしが期待すべきことをひとつの言葉にまとめるなら、どういう言葉になるでしょう？」

ハーコナンが眉を寄せ、永年の考え込むときの癖で、細い口髭をなでた。かなり長いあいだ、答を考えていた。

「対比《コントラスト》ですね、大使」ようやく答えた。「インドネシアを相手にするときには、顕著な対比をつねに頭に入れておかなければなりません」

籐椅子から立ちあがると、そびえる山々と、バリ海峡の向こうに点々と見える海岸線の明かりを示した。「あれがジャワ島、地球上でもっとも人口密度の高い島のひとつです。ところが、ここから数十海里の範囲には、人っ子ひとり住んでいない前人未到の島がいくつもあります。

あなたがたの大使館のあるジャカルタは、世界でもっとも近代的で洗練された国際都市のひとつです。しかしながら、おなじ群島の西の涯にはイリアン・ジャヤ――いわゆるニューギニアがあって、いまでも石器時代さながらの生活が見られる。

北東には石油で栄えるブルネイ王国がある。地球上でもっとも裕福な国に数えられるでしょう。だが、そこもすさまじい貧困が蔓延している。インドネシアには、中東諸国をすべて併せたよりも多くのイスラム教徒がいます。しかしながら、インドをのぞけば、ヒンドゥー教徒の総数も、もっとも大きい。その他の島々の住民は、ほとんどキリスト教に改宗しています。そして、それらすべての上に、古代からの部族の魔術やアニミズムの信仰がいまなお根強く残っている。

インドネシアの人口は、世界第四位です。しかしながら、その人口は、三百もの異なった民族・文化に分かれ、言語は二百五十種類にのぼる。ほんとうの意味での単一国家のアイデンティティなど、ジャカルタの夢想にすぎない。

心を貫くような美しさがいたるところにあるが、おなじようにたいへんな醜さもある。やさしさとよろこびにあふれ、同時に怒りと憎しみもある。じつに想像を絶する相違が存在するんです、大使。それもつねに鮮明な対比《コントラスト》のもとで」

グッドヤードが眉をひそめ、急に単純素朴なリンカーンが懐かしくなったような顔をした。「なかなかやりがいのある仕事のようだ」と、グラスを置きながらいった。

ハーコナンが、ラナイの暗がりに目立たないように控えていた中国系ヌン族の護衛に小さく顎をしゃくった。警備員が、無線機のリップ・マイクにそっとささやいた。ハーコナンの社有機のパイロットが離陸準備を開始し、水上機用の斜路からタービン・エンジンの始動する甲高い音が響いてきた。

ハーコナンは、大使夫人の手を握って深々と頭を下げてから、大使と握手を交わした。

「グッドヤードさん、いつでもご用をお申しつけください。大使と貴国の政府のお役に立てるようなことがありましたら、電話してくださるだけで結構です」

「記憶に留めておきます、ハーコナンさん。あらためて、ありがとう。アメリカに反対する人間がはびこる世界で、そのような友情あふれる言葉を耳にすると、じつにほっとします」

＊　＊

カナデアCL215Tターボプロップ飛行艇が、波のない海峡の水面に銀色の飛沫《しぶき》の縞模様をこしらえ、やがて離水するのを、ハーコナンはラナイから見守っていた。大使と夫人を乗せた飛行艇は、北西に機首を転じ、一路ジャカルタを目指した。双発の大型飛行艇の航空灯は、真夜中の熱帯の明るい星空にたちまちまぎれた。

ディナージャケットの着くずれを直すと、大班《タイパン》は向きを変えて、ガラス戸を通り、広々とした使いやすい書斎兼オフィスにはいっていった。

暗がりから出てきた中国系の護衛が、音もなくラナイの中央の部署につき、海に向かってゆったりした整列休めの姿勢をとった。さっと風が吹いて、薄手のリネンのスポーツ・ジャケットの裾がめくれ、軍用のベレッタ・セミ・オートマティック・ピストルの銃把がつかのま見えた。

護衛は、その男ひとりではなかった。家の明かりがぼんやりと照らしている範囲の外側で、周辺防御を担当する護衛の群れが、迷彩服の肩にステアー・アサルト・ライフルを吊って、暗がりを音もなく徘徊していた。

オフィスのなかでは、ふんわりしたろうけつ染めの壁掛けや高価な金色の籐の家具調度が、まんなかに置かれたチーク材の巨大なデスクを効果的に引き立てていた。マカラ社の営業部長で、ハーコナンの股肱の臣でもあるラン・ローが、うしろで手を組み、整列休めに近い姿勢で、デスクのそばに恭しく控えていた。ほっそりした威厳のある中国人の真っ白な髪が、仕立てのいい地味なダークスーツと対照的だった。

「晩餐会はじつにうまくいった、バパック」ハーコナンは、インドネシア語で〝父〟を意味する尊称を使って呼びかけた。「グッドヤード大使は、なかなか感じのいい男だ。経験は浅いが、聡明だ。われわれはいっしょにうまくやっていけると思う」

オフィスのドアを閉めると、ハーコナンは夜の正装のボウタイをひっぱってゆるめた。

「ロンドンとパリの商品取引所のはじまりはどんなあんばいだ？」

「有利に動いております。ニッケル、錫、原油は安定しています。バニラと胡椒は、あいかわらずゆるやかな上昇傾向にあります」

「すばらしい。フォン・ファルケンの契約は？」

「ハンブルクのエージェントとずっと連絡を取り合っているのですが、状況は確実にいい方向に向かっております。取締役会の投票が行なわれるのは金曜日です。しかしながら、われわれの票の計算では、シンガポール－バリ間の地域コンテナ輸送に関してハーコナン海運の指値はＰＥＬＮＩをしりぞけて受け入れられるはずでございます」

ローの顔を、不愉快そうな色がかすかによぎった。「あいにく、われわれのエージェントは、契約を確実にものにするには、これまでの予定の予算にくわえ、八万四千ユーロが必要だとほのめかしておりますが」

ハーコナンは笑って、ネクタイを首からはずした。「ドイツのビジネスマンは、ドイツの車とおなじだ。たしかに買うのに金がかかるが、それに見合う性能を発揮する。心配するな、バパック。それぐらいの金はすぐに取り戻して、もっと儲けられる。それで、人工衛星の作戦のほうは？」

「ほぼ計画どおりに進んでおります。獲得は完了し、曳航中です。情報部は、遭難信号や国際緊急周波数での通報はなく、オーストラリア海軍にふだんとちがう動きは見られないといっております。われわれの作戦グループは、錨地を目指しています」

「それはたいへん結構。どの方面でも、今夜は勝利を収めているようだな」

「そのようでございます」

アラフラ海　ウェセル岬の北北西九七海里
二〇〇八年七月九日　〇五四〇時(現地時間)

回収船が、三度目の予定された無線呼び出しに応じなかったので、ダーウィンのＩＮＤＡＳＡＴ支部は、緊急事態の可能性があると、オーストラリア沿岸警備隊に通報した。反応はすばやかった。オーストラリア空軍のオライオン海洋哨戒機が、クックタウンの基地から緊急発進し、〈シーキャッチャー〉が最後にいたとわかっている水域に、夜明けとともに到着した。だれもが愕然としたことに、痕跡はまったく見つからなかった。船体の残骸や油膜すらなく、〈シーキャッチャー〉は完全に姿を消していた。

困惑がひろがり、捜索範囲がひろがる間に、ブギス族のスクーナー三隻は、インドネシア群島の入り組んだ海峡に達していた。彼らもまた、杳然と行方をくらました。

ハワイ州　オアフ島　パール・ハーバー海軍基地
アメリカ海軍特殊部隊作戦センター
二〇〇八年七月二十四日　〇四五五時（現地時間）

クリスティーン・レンディーノ少佐は、黄色のシボレー・エレクトロスター・コンバーティブルを、情報班の駐車場の自分専用のスペースに入れた。ダイヤモンド・ヘッドの上を縁取る夜明けの光のほうを向いて、眠たげに半分目をつぶりながら、通勤用の小さな電気自動車の太陽電池を〈充電〉に切り換えてから、車をおりた。軍の規定のハンドバッグを肩にかけ、重たいラップトップのケースを提げて、とぼとぼと作戦センターの入口へ歩いていった。

古びたシルバーのポルシェ・タルガが、駐車場の一列目にとまっていた。剃刀のように鋭く折り目のついた白作業服《トロピカル・ホワイト》姿のがっしりした体格の長身の男が、そのそばに立っていた。肩章には海軍将官の星が輝いている。ブロンドの情報士官が近づくと、日に焼けたなめし皮のような顔を、愉快そうな笑みがよぎった。

「おはよう、少佐」レンディーノの敬礼に答礼をしながら、その将官がいった。「美しい一日になりそうだな」

「この時刻に、そういう風説は肯定も否定もできません。確認のため、さらなる情報の提供をもとめます」

アメリカ海軍特殊部隊司令官エリオット・〝エディ・マック〟・マッキンタイア中将が、からからと笑い、ポルシェの助手席からブリーフケースを取った。「そういえば、ギャレット大佐が、きみは朝に強いほうじゃないといっていた」

クリスティーンは、ハンドバッグのストラップをかけなおした。「十一時半のわたしを見てください、提督。それでもまだ朝だし、そのころにはしゃんとしてますよ」

「きょうはワシントンの時間に合わせているんだ。進め、少佐。あるじどもがなかでお待ちじゃ」

「死刑囚護送車を用意してくれるのが、昔からのしきたりじゃないんですか？」

情報士官と提督は、作戦センターの入口の幾重ものセキュリティ・チェックを通った。白いシンダーブロックの廊下を、だだっぴろい一階だけの施設の中心にある通信センターに向けて進むとき、マッキンタイアがひょろながい足を動かして大股で決然と歩くのについていくために、クリスティーンはいつものように小走りになった。

通信センターは、飾り気のない狭い会議室だった。制帽を軍の標準支給品である灰色の金属製のコート掛けにひょいとかけると、ふたりは中央のテーブルに向かって腰をおろした。マッキンタイアはブリーフケースをあけ、クリスティーンはラップトップのカバーをあけて、テーブルの電源とコネクターにつないだ。

ふたりの向かいの壁には、テレビ会議に使用する幅二メートルのワイド・スクリーン平面モニターがあり、その枠の上からカメラのレンズのうつろな目が見おろしていた。

「用意はいいか、クリス？」マッキンタイアがたずねた。

「いつでもどうぞ」クリスティーンが、細かい作業をするときのための眼鏡をひらいてかけた。

マッキンタイアがうなずき、テーブルに埋め込まれた電話機の受話器を取った。「通信、こちら司令官。固有識別文字、ＩＮ《アイアンフィスト・ノヴエンバー》０２１。国務省との会議リンクの準備ができた」

画像受信機の赤い〝作動中〟ランプが点灯した。たちまち壁のディスプレイに国務省のロゴが現われ、実用一点張りの海軍の施設とはまったくちがう豪華な会議室が映し出された。

ふたりの男がモニターに向かっていた。ひとりは長身で瘦せ型、生まれついての威厳がそなわり、サヴィル・ロウで仕立てたとおぼしい粋なグレーのスーツを着ている。もっと小柄で横幅があり、険悪な表情を浮かべているもうひとりは、銀行員のような地味なピンストライプのスーツを身につけている。

マッキンタイアが切り出した。「おはよう、ハリー」グレーのスーツの男に向かっていった。「また会えてうれしい。エレインは達者かね？」

このあとの対決を考えれば、自分も国務長官も上層部に友人が多いことを相手に銘記させるのが得策というものだった。

ハリソン・ヴァン・リンデン国務長官が、マッキンタイアの先手に笑みで応じた。

「おはよう、エディ・マック。家内は元気だよ。きみがこんどこっちに来るときは、ぜひパスタを食べにきてもらいたいと思っているようだ。レンディーノ少佐、おはよう。ふたりとも、ウォルター・ドノヴァン上院議員を紹介しよう。上院議員、こちらはエリオット・マッキンタイア提督、アメリカ海軍特殊部隊司令官だ。それに、彼の情報幕僚のひとり、クリスティーン・レンディーノ少佐だ」

ドノヴァン上院議員は、会釈ともいえないほどかすかにうなずいただけだった。棘々しい態度をしいて抑えているのを、マッキンタイアとクリスティーンは察した。

ヴァン・リンデンは、如才なくつづけた。「上院議員の選挙民のなかに、INDASATプログラムに深くかかわっている関係者がいるようなのだ。今月の初めにオーストラリア付近で起きた事件のことで国務省に接触するようにと、その方面から議員に要請があった。海軍特殊部隊は調査を担当する筆頭の部局になっているから、この要請に応えるには、じかに会議をもったほうがいいと考えたのだ」

「わかった、長官」マッキンタイアは答えた。「レンディーノ少佐は、この問題に取り組むためにわれわれが特別に編成した情報タスク・フォースを指揮している。第一段階の調査は完了したところだ。答がわかっていることであれば、なんなりと質問に応じる用意がある」

ドノヴァン上院議員が、激しい口調で話に割り込んだ。「じゅうぶんな答がわかっているんだろうな、提督。あの船にはアメリカ国民十数名が乗っていた。それもそこいらにいくらでもいるような、ありきたりの人間ではない。最高の科学者や技術者だ。しかも、このプロジェクトには、アメリカ政府と民間企業が、何十億ドルも投資している。これまでに国務省と国防総省《ペンタゴン》からわたしが得たものは、その場しのぎの回答ばかりだ！　何者が、どういう理由で、どんなふうにやったのか、いまこそまともな答を聞かせてもらおう！」

ヴァン・リンデン国務長官が、片手をあげて制した。「答はちゃんと得られますよ、上院議員。約束します。しかし、とにかく提督とレンディーノ少佐に、まず彼らなりのやりかたで、この問題に関する情報を説明してもらったらどうでしょうか。どうぞ、エディ・マック」

マッキンタイアがうなずいて、了承したことを示した。「上院議員、現況はこうです。マスコミに発表されたとおり、〈スターキャッチャー〉はアラフラ海の回収予定水域付近の海底に沈んでいるのが発見されました。衛星は船内にはないが、乗組員はすべて船内に遺体となって閉じこめられているものと思われます。オーストラリア海軍が、いま現場に救難艦を送り込んで、遺体の回収作業を行なおうとしています。船の残骸が水深三〇〇メートル以上の海底にあることを考えると、かなり時間がかかる困難な作業になるでしょう。

無人潜水艇によって船の残骸を調べたところ、事故により沈没した可能性は皆無であると判明しました。〈スターキャッチャー〉は、攻撃され、銃撃を受け、故意に穴をあけて沈められています。回収されたINDASATおよびそのペイロードを奪うのが目的であったと考えられます」

「そんなことは、とうの昔にわかっている、提督」ドノヴァンが、辛辣にいった。「海軍はそれを確信するのに、どうしてこんなに長くかかったのだ。だいいち、船の発見に一週間もかかったのは、どういうわけだ？　油膜や漂流物があったはずだ。注意散漫だったのはだれだ？　オーストラリアか？　アメリカか？　どうなんだ？」

「だれも注意散漫ではありませんでした」クリスティーンが口を挟んだ。「船がなかなか見つからなかったのは、見つからないように、何者かが入念な手間をかけたからです」

「どういうふうに？」ドノヴァンが、太い眉の片方をあげた。

「われわれが相手にしているのは、きわめて高度な技術を持つ有能な集団です、上院議員。〈スターキャッチャー〉の沈没は、周到なやりかたでわからないようにしてありました。オーストラリア海軍の無人潜水艇の調査によれば、爆破されたり、焼かれたりした形跡はなく、海水弁のたぐいをあけ、たくみに沈没させたものと見られています。沈没現場に浮遊物が漂う水域ができないように、甲板上の水に浮くものは穴をあけて、船内に封じ込めてありました。燃料庫の燃料もポンプで吸いあげて、大きな油膜が残らないようにしたにちがいありません。

したがって、オーストラリア海軍の捜索計画は、範囲を狭めることができず、手間のかかるものとなりました。沈没したのか、ハイジャックされたのか、あるいは現場からそのまま遠ざかっただけなのか、見当がつかなかったからです。それらすべての可能性を考慮に入れて捜索しなければなりませんでした。航空機および艦船による大規模な空中・海上捜索活動でなにも発見できなかったので、オーストラリア海軍はこちらに援助を要請してきたのです」

「残骸をどうやって発見した？」ヴァン・リンデンが、身を乗り出してたずねた。

「OCEANSAT、海軍の海洋監視衛星で見つけました。さまざまな可視光線のスペクトルのフィルターをかけ、軌道からアラフラ海を走査《スキャン》して、海面の反射の変化を探知しました。油膜はじっさいあったのですが、ごく少量で、きわめて薄くひろがったものだったので、肉眼では見えなかったのです。

油膜の流れを、発生したところまで逆にたどり、オーストラリア海軍の救難艦が、サイドスキャン・ソーナーでその水域の捜索を開始しました。そして、すぐに〈スターキャッチャー〉を捕捉したわけです」

クリスティーンは、ラップトップのほうを向いて、テレビ電話のディスプレイに、いくつかのウィンドウを呼び出した。「画面の右の隅をご覧ください。沈没現場が記されたアラフラ海の海図です。その左は、救難艦から発進した無人潜水艇の撮影した一連の画像です」

画像を呼び出しながら、クリスティーンは一枚ずつ説明していった。「さて、これは〈スターキャッチャー〉の上部構造に残されていた、重機関銃に特有の弾痕です……これは空の凹甲板。ＩＮＤＡＳＡＴは見えません……これは機動艇——船外機付きのグラスファイバー製ボートの意味深長な画像です。もともと甲板に固定されていたものですが、浮力を発生するタンクを斧で断ち割ってありました……こちらは、船室の舷窓から撮影したものです……海洋生物のために遺体はかなり損傷していますが、頭部の傷はいまもはっきりとわかります。法病理学者は、この女性は処刑のやりかたで至近距離から軍用銃で撃たれているという結論を出しています」

ドノヴァン上院議員ですら、一瞬しゅんとした。

クリスティーンは、ウィンドウを閉じた。「〈スターキャッチャー〉が急襲を受けて乗り込まれ、回収した人工衛星が盗まれたことを、あらゆる証拠が物語っています。乗組員は男も女もひとり残らず殺され、船はどういう運命をたどったかも沈んだ場所もわからないように、念入りなやりかたで沈められたのです」

「どのようなテロリスト集団もしくは国がこのような蛮行を犯したか、手がかりはつかんでいるのか？」ヴァン・リンデンが、さっそく質問した。

マッキンタイアが、その質問を受けとめた。「これはわれわれの意見だが、長官、正確な言葉を使うなら、テロリスト集団、もしくは国ではない」

「では、何者だ、提督？」

「海賊だよ」マッキンタイアは、落ち着いて答えた。「われわれの推理では、INDASAT回収船は、海賊の攻撃を受け、人工衛星を奪われたのだ」

ドノヴァン上院議員が、いっそう険しい顔になった。「いまが二十一世紀だというのを承知しているんだろうな、提督？　キッド船長ははるか昔に海賊稼業をやめているぞ」

マッキンタイアは、両方の眉をあげた。「上院議員、現代が公海で跳梁跋扈する海賊にとって黄金時代だというのをご存じないのですか？　こんにち、海賊という犯罪は大きな国際的問題となっており、船舶と積荷の損害が毎年数億ドルにのぼるのを、ご存じないのですか？　年間五百件以上の海賊による被害が報告され、しかもこの十年間、それが増えつづけているんですがね」

「報告され——っていうのが要点なんですけど」クリスティーンがつけくわえた。「報告したのは、生存者がいた船だけですからね」

ドノヴァンは肝をつぶしていた。「ふむ、そういえば新聞で読んだような気がする。しかし、だいたいが些細な事件だとばかり思っていた——漁民がヨットから略奪するというような。人工衛星を盗むとなると、これはもうまったく次元のちがう大事件じゃないか」

「たしかに、十五年か二十年前まではそうだったんです、上院議員。でも、いまはぜんぜんちがいます」クリスティーンの指先が、ラップトップのキイボードの上できびびと踊った。「〈スターキャッチャー〉が襲われた現場に近いインドネシア領海で、べつの事件が報告されています。フィリピン船籍で乗組員二十四名の一万一〇〇〇トンの比較的新しいタンカーに関するものです」

そのファイルは、クリスティーンの直観像をそなえた記憶にはとっくに焼き付けられていたが、いちおう形式的に画面を読んでいった。「ブルネイの製油所でさまざまな石油製品を満載したあと、この船はマニラへの帰途につきました。その直後、完全に連絡がとだえ、船も乗組員も行方がわからなくなりました。

タンカーの所在がわからなくなってすぐに行なわれた捜索によって発見されたのは、ある島の海岸に打ちあげられた乗組員数名の遺体だけでした。針金を使って両手をうしろで縛られ、喉を切られていました。船そのものと積荷に関しては、二年間、なんの痕跡も見つかりませんでした。

しかしながら、保険会社の調査員が、南アメリカで沖を航行しているタンカーを発見しました。エクアドル船籍で、船名も船主も異なり、巧みに偽造された書類をそなえていました。新しい船主の証言によると、一年半前にインドネシアのゴアで、ある船舶ブローカーからまっとうな手続きで買ったもので、海賊に奪われた船を運航させていたとは、つゆ知らなかったそうです。さらなる調査で、問題のブローカーは、タンカー処分のために設立されたという〝よくある会社〟で、ブローカーも社員も会社をたたんで、とうに姿を消していました」

クリスティーンは、壁のスクリーンのほうを向いた。「これとおなじ規模の事例が、この十年のあいだに数え切れないくらいあります」

ドノヴァンが、ゆっくりと首をふった。「まったく知らなかった」

「知っているひとはごくすくないと思います、上院議員。ほとんどの場合、海賊行為は〝見えない〟犯罪です。世界の片隅の隔絶した地域で行なわれる場合が多いんです。インドネシア群島、南シナ海、アフリカや南アメリカの沿岸。それに、たいがいは第三世界の問題です。世界各国の海運会社は、便宜置籍船を運航し、乗組員もたいがい発展途上国の人間です。ギリシャ人が所有し、パナマの旗を翻し、マレー人が乗り組んでいる貨物船が消滅しても、アメリカのマスコミは記事にしませんよ。ニュースになるような派手なところはないから。

貿易関係の熱心な専門誌には、ときどき記事が載ります」クリスティーンは締めくくった。「でも、海運会社は海賊をあまり話題にしたがりません。たとえ自分の会社が被害を受けても。乗組員や得意先をおびえさせたくないし、保険料が急上昇するのを怖れているからです」

「海賊行為が爆発的に増えた原因は？」ヴァン・リンデンがきいた。

「一般的な要因は、いくつでも挙げられます、長官」クリスティーンが肩をすくめて答えた。「冷戦の終結にともなう世界各国の海軍の縮小。中国の共産党支配の終焉、第三世界の分裂にともなうさまざまな紛争。公海における現在の海賊行為は臨界点に達しつつある重大な懸念であるというのを、超大国が認識していないこと。しかしながら、インドネシア群島の場合、われわれはさらに大きな問題に直面しているとも考えられます」

「どういう問題かね、少佐？」

「わたしの見るところ、そこには新海賊王が存在する可能性が高いんです」

「海賊王！　ふん、そんな荒唐無稽な！」ドノヴァンが大声を出した。「ここはギルバートとサリヴァンの歌劇の世界じゃない、少佐……現実の世界なんだぞ！」

クリスティーンが舌鋒をふるって反撃した。「お言葉ですが、上院議員、これはまちがいのない事実ですよ。いいかたが悪かったかもしれませんが、インドネシアの海賊部族をたばねて、インドネシア沿岸およびそこを通る通商航路《シーレーン》を支配する能力を持つひとつの海上戦闘部隊をこしらえようとしている人間がいることを具体的に示す証拠が集まりつつあります」

ひと息入れて、クリスティーンはつづけた。「インドネシアの海賊部族の主だったものは、ブギス族のさまざまな派閥の集団です。この部族は、遠い昔から、船大工、熟練した水夫、海の戦士の伝統を誇ってきました。イギリスとオランダの植民地主義者の海軍によって打ちのめされる前は、ブギス族の船隊がインドネシア諸島を統べていたんです。

ところが、二十世紀になると、海賊としてのはたらきは、組織だっていない小規模なものばかりになり、やりかたも稚拙そのものでした――さっき上院議員がおっしゃったように、ヨット、小型船、地元の沿岸を航行する船などを、おもに狙っていました。しかし、数年前から、それが劇的に変わりはじめたんです。

突然、何者かが、彼らに大規模な兵站および組織化の支援を行なうようになりました。ブギス族は、電子機器、軍用の重火器、性能のいい船や装備をあたえられた。ハイテク装備の保守点検と使用法の訓練も受けた。何者かが、数カ国の通貨を秘密にマネーロンダリングする連絡網まで海賊に供給し、価値の高い船舶や積荷を外国で売りさばく故売人の役割をつとめているんです。この個人もしくは集団は、海運会社の内部から狙いをつける積荷の最新データを手に入れ、おそらくは該当する地域の政府高官や警備担当者を組織的に買収しているものと思われます」

ラップトップに向き直ると、またデータを呼び出した。簡素な甲板室をそなえた優美な商船の画像が、スクリーンの隅のウィンドウに表示された。

「この事件も考慮に入れてください、上院議員。これはオランダのコンテナ船〈オラフ・メール〉です。二カ月前、この船は貨物を満載して、アムステルダムから日本の神戸へ、東回りで出発しました。そして、スラバヤ沖で、ボグハマー武装艇隊の待ち伏せに遭いました。ボグハマーは、高性能の船外機を装備し、自動火器と軽対戦車ロケット発射機を取り付けた沿岸哨戒艇です。〈メール〉は停船を命じられ、ブギス族と思われるよく組織されたインドネシア人の一団が乗り込んできました。全員が新式のアサルト・ライフル、サブ・マシンガン、手榴弾などで武装していました。〈メール〉に武装した一団が乗り込んだとき、船長が会社の本社とマレーシアのクアラルンプール国際海運局地域海賊行為対策センターに遭難信号を送りました。どちらもただちにそのことをインドネシア当局に通報しました。しかしながら、〝通信上の問題〟を理由に、もっとも近くにいたインドネシア海軍の哨戒艇には、状況が伝えられませんでした。

〈メール〉の乗組員に銃を突きつけるいっぽう、海賊の爆破チームが外側に詰まれた一連のコンテナを、プラスティック爆薬を使い、手慣れたやりかたであけた。医薬品、コンピュータ・チップの原料の高純度のシリコン、工業用のレンズ研磨剤など、二百万ドル相当の高価な貨物が盗まれました――いずれも、ブギス族くんだりが宝物の山だと認識するはずがないような商品です」

クリスティーンは、ラップトップの画面から顔をあげた。「ここからが、じつに興味をそそられるんです、上院議員。海賊は、こうした特定の積荷番号の目録を持っていたわけですが、だいたいこの種の高価な積荷は、航海中に手をつけられないように、船舶内にあたるコンテナの山の中心に積まれるものなんです。〈メール〉の積荷目録と、コンテナを積んだアムステルダムの港の記録によれば、それらの商品はたしかにそこに積んであるはずでした」

クリスティーンは、ひとことひとことを強調するために、テーブルの表面を指先で叩いた。「でも、実際はちがってた。書類は改竄され、高価な積荷は露天甲板上、コンテナの山の外側に積んであった——海賊が容易に処理できるように。アムステルダムの荷役関係者が買収されていて、出航から三週間後、一万海里離れたインドネシア領海で待ち伏せて奪うことができるように、貨物のすり替えを行なったんです」

クリスティーンは、椅子に背中をあずけた。「これが組織化っていうものでしょう」

「同感だ、レンディーノ少佐」ヴァン・リンデン国務長官が答えた。「この海賊カルテルとＩＮＤＡＳＡＴ盗難事件のあいだに直接のつながりがあるのは、つかんでいるのか？」

「そういえるのは蓋然性の面だけだ、ハリー」マッキンタイアが答えた。「われわれの推理では、こうした仕事をやり、なおかつ商品を効果的に動かすことのできる資源（人的資源・物的資源・資金）を持っている組織は、その地域にはその海賊カルテルしかない。彼らは人工衛星を、産業スパイ網のなかでもっとも高い値段をつけたものに売るか、あるいは多国籍企業にもう販売を委託しているかもしれない。ＩＮＤＡＳＡＴの無重力生産システムと、軌道を周回中に製造した素材は、秘密の国際ハイテク市場で数千億ドルの価値がある。ＮＳＡ（国家安全保障局）とＦＢＩ（連邦捜査局）が、すでにそちらの方面から調査を開始した」

クリスティーンが、うなずいて同意を示した。「いずれにせよ、短期間のうちに、ＩＮＤＡＳＡＴは完全に分解されて……どこかへ送られるでしょう」

「よし。衛星を盗んだものとその動機はわかった」ドノヴァンがいった。「つぎは、どうやって取り戻すかだ」

マッキンタイアが、テーブルから両手を持ちあげた。「現時点では、上院議員、われわれとしては手の打ちようが……直接的にはなにもできません。衛星が奪われたのはインドネシア領海内と思われるので、厳密にいえば、これはインドネシアの官憲が手がける問題です。しかしながら、レンディーノ少佐が先ほど指摘したように、おそらく買収がなされているでしょうから、そっちの方面では成果が得られないでしょう」

「偵察衛星はどうなのだ？」ドノヴァンが、語気荒くたずねた。「沈没した船を発見するのに使った衛星だ。ＩＮＤＡＳＡＴがどこへ運ばれたかを、それで突き止めることはできないか？　偵察衛星を使えば、理論のうえでは、地上の新聞まで読むことができるそうじゃないか」

「できます」クリスティーンが答えた。「理論のうえではなく、文字どおり。でも、それには新聞の場所がわかっていないといけない。インドネシア群島は、三〇〇〇海里という長大なものなんですよ、上院議員。大西洋の幅とほぼひとしいんです。それだけの広さに、千七百もの島がある。海岸線は不規則に入り組んでいるし、鬱蒼たる熱帯雨林やジャングルに覆われている。そのなかから、差し渡し三メートル、長さ一二メートルの円筒形の物体ひとつを捜さないといけないんです。バスケットボール・コートの表面から顕微鏡でひとつの微生物を捜すようなものです。

それに、この連中は衛星偵察のことをよく知っています。〈スターキャッチャー〉が沈没したのがわからないようにしたのは、ＩＮＤＡＳＡＴをカムフラージュするか隠すことのできる場所まで運ぶ時間を稼ぐのが目的でしょう。偵察衛星を何度も通過させ、ブラック・マンタとオーロラの偵察飛行をじゅうぶんにやれば、見つけられないことはないでしょうが、データ分析に時間がかかります。こっちが動きはじめたときには、もうＩＮＤＡＳＡＴはボルトとナットに分解されて、宅配便《フェデックス》で発送されてるかもしれない」

ドノヴァンが、声を殺して毒づいた。

「偵察だけでは無理だとしたら、また、インドネシア当局があてにならないとしたら、ほかにどんな選択肢がある、エディ・マック？」ヴァン・リンデン国務長官が、静かにたずねた。

「選択肢はたったひとつしかないと思う、長官。上から下へ追いつめる《トップダウン》方式で取り組んでいる。ＩＮＤＡＳＡＴを追うのではなく、それを盗んだカルテルを追う。インドネシアはこの際除外し、直接行動を模索したらどうだろう。インドネシア群島に、秘密武力干渉・情報収集部隊を送り込み、海賊カルテルの活動を狙い撃ちする。やつらの木を激しく揺さぶれば、ＩＮＤＡＳＡＴが枝のあいだからわれわれの手のなかに落ちてくるかもしれない」

「主権国家の問題に介入しようというのか、提督」ドノヴァンが口を挟んだ。「きみが片付けなければならないのは、盗まれた衛星の問題だ。この海賊カルテルとやらの犯罪行為を取り締まるのは、インドネシアの問題だろう」

「ひとつ思い起こしてもらいたいのですが」会議テーブルの上に身を乗り出したとき、マッキンタイアの声は怒気をふくんでいた。「問題はたんなる私有物の盗難にとどまらない。さっき議員も指摘されたが、〈スターキャッチャー〉に乗り組んでいたアメリカ人十二名が殺害されている。これはアメリカ合衆国政府および海軍が〝片付けなければならない〟問題だと思う。

かてくわえて、わたしの考えでは、アメリカ合衆国はこの海賊問題を、あまりにも長いあいだ放置してきた。早急に手を打たなければ、海賊カルテルはインドネシア領海でただ活動をつづけるだけではなく、いずれそこを完全に支配するだろう。世界各国にとって戦略的に重要なシーレーンが通り、地球上の海上貿易の四〇パーセントが利用している水域も含めて。

海洋の自由(公海をいかなる国も自由に使用できるとする主張)は、アメリカにとってつねにもっとも重要な懸念でした」マッキンタイアは、やや口調を和らげて結んだ。「そして、これは明らかに、海洋の自由にかかわる問題です。ですから、上院議員、それに長官、状況報告書で述べたように、この問題は統合参謀本部議長および大統領に意見具申する用意があります。この地域でほんとうに深刻な問題が起きる前に、蝮の巣を取り除かなければならない」

「だからといって、これが外国の問題への不当かつ不必要な関与であることに変わりはない！」ドノヴァンが、かっとしてまた口を挟んだ。

クリスティーンが、眼鏡の上から、ドノヴァンのほうをじろりと見た。「上院議員、失礼ですけど、INDASATを取り戻したくないんですか？」

ドノヴァンが、静かになった。

「JCS（統合参謀本部議長）と総大将がOKを出したら、だれに作戦をやらせるつもりだ？」と、ヴァン・リンデンがたずねた。

「使用できるもっとも適切な部隊は、沿岸戦実験部隊、シーファイター任務部隊《タスク・フォース》だ」マッキンタイアは答えた。「まだ最大限の能力は発揮していないが、実戦での運用はほぼ可能で、いまは地中海で試験的な展開を行なっている。道具も経験もそなえているし、この仕事を達成するには最適だと確信している」

ヴァン・リンデンは、にやりと笑った。「マンディ・アマンダの指揮する部隊だな」

「そうだ、ハリー。だからこの仕事を達成するには最適だといった」

ドノヴァンが、顔をしかめた。「アマンダ・ギャレット？　それは……アフリカでの国連軍の大失態に巻き込まれた士官じゃないか」

マッキンタイアはポーカー・フェイスを保ったが、心のなかで笑みを浮かべた。アフリカ西部におけるその作戦（前作『シーファイター全艇発進』）は、ベントン・チャイルドレス大統領にとっては外交上の大勝利だったが、ドノヴァンの後押しする議会の孤立主義者にとっては屈辱的な大敗だった。

「そのとおりですよ、上院議員。ギャレット大佐は、UNAFIN（国連アフリカ阻止軍）の封鎖作戦の成功におおいに寄与しました。作戦終了後、大佐が招かれて国連総会で演説をしたのをおぼえておられるものと思います……ポート・モンロビア急襲を指揮した戦功により、安全保障理事会から称揚章を授与されたこともご記憶かと」

ドノヴァンがいっそう渋い顔になった。「マッキンタイア提督、われわれ大多数にとって、アマンダ・ギャレットはなにをしでかすかわからない危険人物だ」

マッキンタイアの目がいくぶん鋭さを増し、艶消しの鉄色の眉が気難しく曲がった。

「ギャレット大佐は最高の士官であると考えていただきたいのですがね」

シリア　アパメアの北北西一二キロメートル
レバノン山脈の東斜面
二〇〇八年七月二十七日　〇一二二時（現地時間）

まるで聖書そのままの風景だった。

月の光を浴びている山の斜面で、羊の群れが眠たげに草を食み、あるいは強い陽射しによって硬く乾燥した草の上で眠っている。羊飼いの少年が、それを見守っている。

これが遠い昔のことなら、少年は羊の群れを狼や徘徊するシナイのライオンやベドウィンの襲撃隊から護ろうとしていたはずだ。だが、狼もライオンも、この土地では絶滅してしまった。ベドウィンの襲撃隊も、いまは昔の話となった。それでも、羊の番は、昼も夜もやらなければならない。

サキム・ツハミは、そういう遠い昔の若き護り手とおなじ経験をしていた。こういうなにごともない静かな晩、昔の羊飼いも頭が変になるくらい退屈したにちがいないが、サキムも宇宙全体に嫌気がさしていた。

シリア人のティーンエイジャーのサキムは、羊飼いが雨露をしのぐのに使う乾いた低い石塀の蔭にうずくまり、ウールの外套をかき合わせて、羊や両親やアッラーの意思全般をののしった。

夏休みを僻地の村にある祖父の家で過ごしているのが、サキムは嫌でたまらなかった。だが、ダマスカス大学の歴史学の教授である母親は、〝アラブの伝統に触れることになる〟といって譲らなかった。

サキムは体を掻き、また悪態を漏らした。いまのところ、触れ合っている相手は、繁栄する蚤の集団ばかりだ。風呂と、パソコンと、恋人――スウェーデンからの交換留学生のおっぱいのでかいブロンド――のことばかりが頭に浮かぶ。伝統なんか、くそくらえだ。

突然、羊のねぐらの方角から、がらんがらんという鈴の音が聞こえ、心配そうなメエメエという啼き声がそれにくわわった。なにかのせいで、羊の群れが騒いでいる。サキムは立ちあがり、闇に目を凝らした。

羊はすべて立ちあがって、脅威を感じているのか、落ち着かないようすだった。サキムは、羊飼いの杖を握る手に力をこめた。周囲の黒い影が、急に実体のあるなにかのように思えた。いまの世界には狼もライオンもいない、怖れることはない、そう自分にい聞かせた。

そのとき、これまで一度も聞いたことがないような奇妙なシューッという音が聞こえた。金属的な低い音が、地面を這い進みながら、急激に大きくなってゆくように思われた。

そのとき、それがサキムの上へ達した。未来が過去に激突し、叩きのめした。

ほんの一瞬、それが頭上にあった。空を飛ぶ平たい円盤のようなものが、月光を受けて輝いた。手をのばせば触れられそうなくらい低かった。円盤がものすごい勢いで通過するとき、熱い風が顔をなで、つぎの瞬間には、現われたときとおなじように、ふっと消えていた。

羊の群れが暴れだし、パニックを起こして四方八方へ散らばった。空飛ぶ円盤を見たことを必死でだれかに告げようと、サキムも村へと駆け戻った。

サキムが息せき切って自分の目撃した現象を報告すると、祖父はまず群れを放置した罰としてしたたかにサキムを打ち据え、それから村の導師《イマーム》に相談した。無礼と嘘と不信心の罰として打擲せよと導師が指示した。

＊　＊

空飛ぶ円盤は、ダマスカスのハイスクールの一学生の生活にたいへんな混乱をもたらしたことなどつゆ知らず、何十キロも離れたところで任務をつづけていた。誘導装置に組み込まれたGPS（全地球測位システム）の特定の座標を捜し、そこへ到着すると、一連の手順を実行した。

その座標は、海岸線の六〇海里東、シリアの砂漠の隔絶した地域にある厳重に警備された工業施設に通じる唯一のルート――二車線の狭い道路沿いの一点を示していた。

内陸部に進むにつれて、空飛ぶ円盤は防空レーダーの電波を何度となく浴びた。しかし、地表近くを飛行するごく小さな物体であるうえに、ステルス製の高い複合材を使用しているので、空を探る電波の幅に捉えられるおそれはすくなかった。

ターゲットに接近すると、空飛ぶ円盤（円盤状空力立体無人偵察機、と呼ばれたがっているかもしれない）は、道路から四分の一海里離れたところでホバリングに移った。揚力ファンでバランスをとり、センサーで道路をスキャンして、車の往来などの動きがないかどうかを調べた。

そうした気配はなかった。任務計画で想定されていたとおり、定期的に道路を游動する装甲車巡察隊《パトロール》は、現時点では警戒区域のきわまで遠ざかっている。

地上監視レーザー・レーダーの見えない赤外線パルスに誘導されて、直径一二〇センチの円盤はじりじりと道路に近づいていった。舗装面から精確に六メートル手前で、ふたたびホバリングを開始し、地面すれすれに降下した。ペイロード・ベイのドアがあいた。

ひび割れた土の地面に、石が一個落ちた。

人間の拳くらいの大きさのその石は、半径四分の一海里の範囲にあるどの砂まみれの石とも区別がつかない。ところが、この石の価値は百万ドルではきかない。

石の人工の殻は、熱電対の層に覆われている。日中は砂漠の太陽の熱を利用して、持続時間の長いバッテリーを充電する。この電池によって、もともとはNASAの宇宙探測機に搭載するために設計されたエリア・シンチレーション計数管という計器が作動し、周囲の環境の放射線バックグラウンド計数の微妙な変化を探知する。また、おなじ電池を電源とするバースト伝送発信機が、地表のはるか上の軌道を周回するNSAのスパイ衛星に向けて、この装置に記録されたデータを送信する。

円盤型の無人機は、道路をジグザグに横断しては、ハイパーテクノロジーの〝石〟を一定のパターンで投下した。ストン、道路を往来する車によって局所的な重力場が変化するのを記録する重力計。ストン、車輛による地面の振動を敏感に探知する超小型地震計。ストン、エンジンと回転するギヤの音を記録することのできる無指向性マイク。

こうしたセンサー類のデータによって、NSAの分析官たちは、シリア最大の特殊兵器研究開発施設を出入する車の種類を識別し、周囲への放射線の放出量や搭載物のおおよその重量を知ることができる。

ＮＳＡの情報衛星からのデータとそれらを組み合わせれば、アメリカ合衆国は、シリアの秘密核兵器開発がどの程度まで進んでいるかを把握できる。

任務を終えた無人機は、一八〇度方向転換をして、一路海へとひきかえした。

ジャブレの南一三・七海里　シリア沿岸沖
二〇〇八年七月二十七日　〇一四五時（現地時間）

マムード・シャーラカール少佐は、シリア海軍のミサイル・コルヴェット〈ラククフ〉の操舵室の狭い甲板を歩きまわっていた。今夜の作戦は、これまで何度となく行なってきたありきたりの任務、通常の沿岸警備活動のはずだった。だが、今回は、それだけでは終わりそうにない。

今夜は……幽霊につきまとわれている。そうとしかいいようがなかった。日没後、断続的にレーダーの画面を幽霊が忍び歩いている。さまざまな距離で、かすかな一時的コンタクトが出現し、位置標定がなされる前に消えてしまう。一見でたらめな間隔で、不可思議な干渉が生じて画面が乱れ、またもとに戻る。電子妨害《ジャミング》のたぐいではないかと思われた。また、電子戦機器も異様な輝点を捉え、無線からは笑い声が聞こえるが、方向探知機で確実に方位を知ることができるようなデータは得られない。

〈ラククフ〉のシステム・オペレーターたちは、艦長のシャーラカールが怒り狂って何度もデータを要求するので、作業にてんてこまいになっていた。これまでのところ、行動を起こすのにじゅうぶんな材料はなにもつかんでいない。

シャーラカールは、つぶれた煙草の箱を作業服のシャツのポケットから出し、ライターを手首でひとふりして火をつけた。この沿岸部でやたらと不審なことが起きているという漠然とした不安——根拠はそれだけだ。間近でたしかになにかが起きている。それがひしひしと感じられた。

だが、なにが起きているのか？　さらに重要なのは、いったい何者の仕業か？　ということだった。

地中海東部というシリアの海洋戦略上の地勢は、けっしてうらやむべきものではない。この地域で強大な海軍力を誇るイスラエルとトルコという二カ国に挟まれた窮屈な立場なのだ。シャーラカールは暗い気分で思った。さらに悪いことに、この十年間、ユダヤ人のやつらとトルコは、じつに親密になっている。やつらは、つねになにかをたくらんでいる。

かてくわえて、艦隊情報部によると、小規模なアメリカ任務部隊が沖合いに潜んでいるという。アメリカ人は、こんどはなにをやらかそうとしているのか。

おそらくそんなところだろう。こっちにできるのは、総員を配置につけ、行動を開始できるようにしておくことだけだ。

「操舵員」シャーラカールは、語気鋭く命じた。「反転しろ！　一八〇度方向転換し、岸に五〇〇メートル接近する」

「かしこまりました、艦長」

針路を変更するとき、〈ラククフ〉の舵輪の真鍮の把手がモニターの鈍い光のなかでギラリと輝き、回頭するにつれて、コルヴェットの鋭い舳先が波頭をかき均《なら》した。

＊　　　＊

そこから陸地に三海里寄ったところに、海岸線と平行にのびた砂洲があった。半ば水没したその砂洲のてっぺんの警戒おこたりないふた組の目が、回頭するロシア製のタランタルⅣ級ミサイル・コルヴェットの舳先が月光を反射するのを捉えた。

「やっこさん、もう一度巡回しようとしている」ジェフリー・〝スティーマー〟・レイン少佐が、エアクッション哨戒艇〈クイーン・オヴ・ザ・ウェスト〉の艇長席からいった。

「異変を察したようだ」

「そうね」副操縦士席のアマンダ・ギャレットが同意した。「〝異変〟ぐらいなら我慢できる、スティーマー。確実に発見されないかぎり」

アマンダは体をひねって、ＰＧＡＣ（エアクッション哨戒艇〔砲〕）０２のコクピットのもうひとりの乗員のほうを向いた。「どう、ミスター・セルカーク？　あのシリアの友人について、あらたに報告することは？」

航法士コンソールに向かっていた情報士官が、アマンダの言葉を聞いて、ちらりと顔をあげた。上にあげたヘルメットのバイザーから、スクリーンの淡い光が反射している。

「格別な状況の変化はありません、大佐」学者のような生真面目な態度で答えた。作業にいそしんでいるときは、いつもそんなふうなのだ。「信号情報によれば、レーダーの周波数と出力をたえず急変させていますが、スキャンの頻度は変わりません。狩りをしていますが、なにも見つけられないようです」

アマンダは、考え込むようすでうなずいた。ジェラルド・セルカーク大尉は、クリスティーン・レンディーノ少佐がステルス駆逐艦〈カニンガム〉の鴉《からす》の塒《ねぐら》と呼ばれる電子情報収集班のワークステーションで手ずから鍛えた弟子のひとりだ。今夜のようなとき、クリスがいなくても、強力な代役をつとめられる。

「通信周波数帯は？」

「通常の三十分ごとの無線点呼だけで、ほかにはなにも探知していません」

アマンダはもう一度うなずき、鋭い目をした。シリア海軍のコルヴェットは、不安を感じてはいるが、応援を呼ぶほど不安にはなっていない。とにかく、しばらくは時間の猶予がある、と判断した。

「収容まで、あとどれぐらいかかるの？」

セルカークが、コンソールの時間割表示を確認した。「収容まで七分四十五秒、境界到達警告と接近呼び出しまで三分四十五秒です」

薄暗いコクピットで、レインがくすくす笑った。「あの不細工なフリスビーを、よっぽど信頼してるんだな、ジェル」

「信頼していけない理由はないですよ、少佐」セルカークが、ぎこちなくいいかえした。「配置確認のプロンプトをぴったり定刻に受信しましたし、地上のセンサーからの信号が順調に届いていると、NSAが報告しています。暗号《サイファー》は、作戦計画どおり収容されます」

期待にそむいたときには、自分が道に迷ったそいつの世話をする、とでもいいたげな口調だった。

レインが、またくすくす笑った。「じきにわかる……おい、スクラウンジ！」

「はい」サンドラ・〝部品屋《スクラウンジャー》〟・ケイトリン上等兵曹が、船体内部に通じる梯子《ラッタル》から、かわいらしい顔と茶色の髪を覗かせた。

「開口部を閉鎖してばりばり働けと伝えてくれ。このおとうちゃんを、これからすっ飛ばす。主機始動準備！　速力通信器に応じる用意！」

「アイアイ・サー」〈クイーン〉の艇最先任上等兵曹《チーフ・オヴ・ザ・ボート》（艇長・副長に直属して掌帆長的な役割を果たす職務）は姿を消した。

「エンジンをぶんまわして、どまんなかを突破するのね、スティーマー？」コンソールの画面の副操縦士チェックリストを呼び出しながら、アマンダはたずねた。

「そうしたらいいんじゃないかと思いますよ。ジェルの飛び道具を取り込むときには、海岸からもあの不気味なシリアのミサイル・コルヴェットからも、丸見えになりますからね。ステルスじゃなくなるときには、じっとしていないで動いていたい。それに、こっちが動いて風を受けていたほうが、収容がやりやすいですよ」

「全面的に賛成、ミスター・レイン。罐《かま》を焚いて走らせて」

アマンダ・ギャレットが海軍で学んだ重要な秘訣のひとつは、部下に指揮杖を渡すタイミングを心得ることだった。たしかに自分はシーファイター任務部隊司令、TACBOSSではあるが、スティーマー・レインは〈クイーン・オヴ・ザ・ウェスト〉艇長兼第一PGAC戦隊司令なのだ。左の艇長席についているこの砂色の髪をしたカリフォルニアのサーファーは、必殺のシーファイター・ホバークラフトの能力と限界を、アメリカ海軍のどの士官よりも知り尽くしている。

タービン技術兵曹が〈クイーン〉のアヴコ・ライカミングTF-40Cガスタービン主機四基を復活させると、機関コンソールの光の模様が、黄色から青に変わった。この砂洲にあがるときには、補助機関によって運転される電動推進ポッドでそっと航走していた。こんどは主機が駆動する円形ダクト内の直径三・三五メートルの推進プロペラ《エアスクリュー》を使い、沖めがけて驀進する。

アマンダは、ヘルメットのリップ・マイクを使い、戦術指揮チャンネルで呼びかけた。

「フランス人《フレンチマン》、反乱軍《レベル》、ふくろねずみ《ポッサム》1、こちら貴婦人《レディ》。王族《ロイアルティ》は収容および離脱にそなえている。時間割どおり。現況を報告」

「レベルよりレディへ。位置についています。艇は異状なし。掩護準備よし」

トニー・マーリン大尉の鋭い声が、水平線の彼方から届いた。PGAC04〈マナサス〉が、戦隊司令の支援活動を行なうために漂っている。

「フレンチマンよりレディへ。こちらもおなじ。異状なし。準備よし」

こちらの応答はいくぶんのんびりした穏和な感じだった。シーファイター戦隊の三隻目、PGAC03〈カロンデレット〉艇長のシグムンド・クラーク大尉の声だ。

「ポッサム1は、待機中。ECM（電子対策）気球をあげている。全無人機は定位置。掩護ジャミング開始準備よし」

その声を聞いても、アマンダは相手の顔を思い浮かべることができなかった。母艦である〈エヴァンズ・F・カールソン〉のCIC（戦闘情報センター）の当直員のだれかにはちがいない。新鋭のサンアントニオ級ドック型輸送揚陸艦を母艦とするシーファイター任務部隊《タスク・フォース》が海外派遣されるのは、これがはじめてなので、アマンダはすさまじい数に膨れあがった部下たちの顔を、まだぜんぶおぼえていない。

「レディ、受領した。全部隊、スタンバイ」

航海士ステーションでは、セルカークが画面を覗き込んでいた。「限界到達信号を受信」と告げた。

「そいつは結構」レインが答えた。

「時刻もぴったしです」セルカークが、レインの背中に向けて切り返した。

「こんどハイファへいったら、あの飛び道具にビールをおごってやる、ゲル。ぶんまわしてくれ、大佐！」

「主機始動手順」アマンダは、指先を何本も同時に使って、機関始動ボタンを押した。回転するタービン・ブレードのぼやけた影の奥で青い炎が踊り、燃焼が激しくなるにつれて、圧縮機《コンプレッサー》の悲鳴が甲高くなった。

「始動……始動……始動……」回転速度計《タコメーター》と高温計《パイロメータ》を注視しながら、アマンダは唱えた。

「点火！　四基とも計器異状なし。始動順調。出力じゅうぶん！」

「エアクッションに乗れ！」レインが、あらたな指示を下した。

アマンダは、揚力ファン制御レバーを操作した。〈クイーン〉の小舟のような平たい船体の下のプレナムチェンバーに空気を送り込むあいだ、機関の悲鳴にくわえてうめき声が響いていた。ケヴラーのスカートの下でプレナムチェンバーの気圧が上昇し、砂が捲きあがる。シーファイターの全長二七メートルの船体が、摩擦ゼロの薄い圧搾空気の層に載り、なかば水没した砂洲から浮かびあがった。LCAC（エアクッション型揚陸艇）を武装化して改良したシーファイターは、こうした水域でおおいに威力を発揮できるように造られている。

「エアクッション航走中、スティーマー」

「了解。沖を目指す」レインは、プロペラ・ピッチ制御レバーを動かし、推進スロットルを押し込んだ。五枚羽根のエアスクリューが空気をつかみ、〈クイーン〉はさっき上陸した場所を滑りおりて、夜の闇に向けて加速した。

明かりが点々と光るシリアの陸地の黒い影が、〈クイーン〉のかすかな航跡の向こうに、みるみる遠ざかる。

「針路三〇〇、スティーマー。あのタランタルとすこし距離をあけて。ミスター・セルカーク、ちっちゃな友だちをおうちに帰ってこさせて」

「アイアイ、大佐。収容作業開始」自動化された手順がつぎつぎと行なわれるのを画面で見ながら報告し、セルカークは興奮をつのらせていた。「呼び戻し・ドッキング応答機が作動……無人機が応答している……データリンク順調！」

レインの視線は、反射的にコンソールの計器と風防の先の闇を交互に見ていた。「ドッキング速力を指定してくれ、ジェル」

「二五ノットです」

「わかった。大佐、風は？」

アマンダは、気象ディスプレイをちらりと見た。「風速四ノット。北西の風を斜めうしろから受けている。宜候《ようそろ》。自動収容範囲にはいった」

対勢図ディスプレイの脅威表示盤に注意を戻した。ミッション時間割のこの時点までは、そっと身を隠すことで生き延びてきた。〈クイーン〉の兵装システムはすべて、RAM（レーダー波吸収素材）に覆われた船体という隠れ蓑のなかに収められ、レーダー断面積は水に浮かんでいる丸太程度のものだった。また、受動センサーだけを使用し、通信は傍受される可能性の低い微変動周波数チャンネルを使い、ごく短いものに限るというＥＭＣＯＮ《エムコン》（電波発射管制）命令を実行している。

しかしながら、いまは無人偵察機をうちに帰らせるために、位置標識電波を発信しなければならない。アメリカ海軍のロボット機だけではなく、シリアのＥＬＩＮＴ（電子情報［収集］）監視機器にも探知されるおそれがある。そういったシステムの限界は、陸地近くで発進と収容を行なう必要があるというサイファー無人機の航続距離の短さとともに、今後、解決をはからなければならない。

「来た！」セルカークが叫んだ。「時間枠どおり到着した！」

アマンダの脅威表示盤で、レーザー・ロック警告が断続的に点滅した、無人機の航法ＬＡＤＡＲ（レーザー・レーダー）の発信に反応しているのだ。アマンダはコンソールのモニターをもうひとつつけて、ＭＭＳＳ（マスト搭載照準システム）の画像を呼び出した。

セルカークは、艇尾アンテナの上、エアスクリューのダクトのあいだから後方が見えるように、シーファイターの艇尾に向けて傾斜した太く短いマストの高感度カメラをうしろに向けていた。水平線の薄闇のなかからサイファー無人機が現われ、搭載されているＡＩ（人工知能）によって母船の速力と方位に合わせながら、じりじりと接近してきた。

断続的にぶつかる波頭に対して、レインは四枚の方向舵を柔軟にあやつり、直進を維持した。無人機のへりから三本のドッキング・プローブが出てきて、ホバークラフトの船体上面のソケットに差し込まれる用意が整った。

「そうっと……」セルカークがつぶやいた。「もうちょっと……それで、まっすぐだ……まっすぐだ……」

アマンダが固唾を呑んでいると、小さなロボット機は、シーファイターの露天甲板の上で徐々に位置についた。生きているわけではないが、それでも自分の部下のようなものだ。

サイファーが、急に降下した。艇尾からドンという音が伝わり、つづいて鋭いカチリという音が何度か聞こえた。

「確実にドッキング！」セルカークが、うれしそうに大声をあげた。「プローブが三本とも接続、固定された。三本とも異状なし！　収容完了。無人機システム・パワー・オフ」

「ようし！」レインが、操縦輪から一瞬両手を放し、勝利の拳を固めた。

アマンダの左膝の近くで赤ランプが点灯し、脅威表示盤から音声の警告が発せられて、注意をうながした。「それを聞いてほっとした、ミスター・セルカーク。たったいま、プランク・シェイヴ・レーダーを照射《ペイント》された。方角は南だから、シリア海軍のタランタルにちがいない……掃引の間隔が、追跡パターンに変わった。われわれを探知したのよ！」

セルカークが、画面の無人機収容メニューを消し、ＥＣＭシステムを呼び出した。

「それだけじゃないですよ、司令《マーム》。バス・ティルト射撃指揮レーダーが作動。射撃ロック・オンしようとしてる！」

＊　＊

ＣＯＤＡＧ（ディーゼル＆ガスタービン）推進システムが最大出力を発揮し、三軸のプロペラがすさまじい速さで回転すると、〈ラククフ〉の甲板が激しく振動した。

「全機関、全速前進に応じています、艦長」ディーゼルの低い響きとタービンのうなりの入り混じった騒音に負けない大声で、操舵員が報告した。操舵コンソールの電磁測程儀《ログ》は、三〇ノットを指している。ロシア製の小さな戦闘艦は、領海に侵入した艦艇との距離を詰めようと、最大限の努力をしていた。

「あいつはいったいどこから現われたんだ、タルク？」シャーラカールは、レーダー員のそばで艦橋《ブリッジ》の手摺をつかみ、体を支えた。

「陸側からです。哨戒線の内側です。ごく小さな高速の水上コンタクトがたったひとつ。一瞬ふたつかと……ひとつは空に……でも、いまはひとつしかありません」

「どうやって、哨戒線の内側にはいった？　識別しろ！」

レーダー員は首をふった。「まったくわかりません。反射がひどく弱い。ゾディアックのような膨張式ボートかもしれない……速力は二五ノットで安定しています。距離は詰まっています……われわれの前方五キロメートルを横切っています」

「了解。見張員！　目視しているか？」

「この距離では肉眼では見えません、艦長！」

シャーラカールは、レーダー・コンソールの脇を拳で叩いた。「ゾディアックだろうがなんだろうが、ターゲットをロック・オンしろ！　サドラーティ大尉！　ＳＳＮ22対艦ミサイルと艦首七六ミリ砲を安全解除！　おれの命令で攻撃開始の用意！」

＊　＊

「ミサイルの目標検知追尾装置《シーカー・ヘッド》が作動しました」セルカークの声の緊張レベルが、ひと目盛りあがった。「ＳＳＮ22サンバーン、発射にそなえ照準中。やっこさん、本気になってきましたよ、マーム」

「わかった、ミスター・セルカーク。チャフ発射機とデコイ用意。ミスター・レイン、さっさと逃げ出す潮時みたい」

「同感です、マーム。光速まで加速！」

レインの唇がめくれ、ひきつった獰猛な笑みが浮かんだ。推力レバーを掌で目いっぱい押し込んだ。エアスクリューが、肋材をゆさぶる雷鳴のような音を轟かせ、激しい加速のために、乗員は座席のクッションに押しつけられた。

「レディから全部隊へ」アマンダは、戦術指揮チャンネルで呼びかけた。「広域電子対策開始。実行！　実行！　実行！」

＊　＊

「艦長――」レーダー員の叫びは、驚愕のあまり、首を絞められているような声になっていた。「――ターゲットがものすごい勢いで速力をあげています。四五ノット……五〇……五五。なおも加速している！　距離がひらいていきます！」

シャーラカールは、画面を睨みつけた。彼我不明船との距離は、ひらいているどころの話ではなかった。〈ラククフ〉のほとんど倍近い速力で、ぐんぐん遠ざかっていた。

「これはゾディアックではない！」シャーラカールは吼えた。「ミサイル士官！　全発射筒安全装置解除！　発射準備！」

「艦長」レーダー員が、また悲鳴のような声を発した。「画面を見てください」

レーダー・スコープの西寄りの扇形の広い範囲で、ひろがる花火のような形の光がぱっと輝いては重なり合い、画面に映っている画像を打ち消していた。揺れ動くその花火のあいだで、無数の小さな火花や輝点がのろのろと動いたり、すばやく踊ったりしている。これまでずっと追跡していた亡霊のようなかすかな画像は、電子の混沌にまぎれて、見えなくなりかかっていた。

「艦長」頭上の艦内通話装置《スクウォーク・ボックス》から、べつの切迫した声が響いた。「通信室です。全音声チャンネルとデータリンクが使えなくなりました。あらゆる周波数帯で、高出力のカスケード・ジャミングが行なわれています。発信源は複数！」

シャーラカールの喉はからからで、生唾を呑む込むこともできなかった。あそこにいるのはいったいなんだ？　おおアッラーよ、いったい何者なのだ？

「艦長！」ミサイル士官は、シャーラカールに祈ったり考えたりするひまをあたえなかった。「照準システムが、もうターゲットを捕捉していません！　ミサイル追跡ロック・オンがとぎれました！　ミサイルを独立近接誘導に切り換えています……！　艦長、ターゲットの方位に発射することは可能です……！　艦長、ご命令を！」

＊　＊

〈クイーン・オヴ・ザ・ウェスト〉のコクピットで、アマンダは〈カールソン〉のイーグルアイ遠隔操縦無人機のうちの一機のデータリンクにアクセスした。〈クイーン〉がさきほど収容したサイファーの遠い従兄弟にあたるこのティルトローター・ロボット機は、さきほど水平線から忽然と現われた。イーグルアイの搭載するジャミング・モジュールとシーファイター群の一体式ＥＣＭ機器によって、付近の大気中に大混乱が生じた。だが、イーグルアイに内蔵のレーダーは、まったく影響を受けなかった。スクランブル化された電磁スペクトルの細い隙間から覗き見しているイーグルアイのデータを受け取れば、交戦状況を対勢図ディスプレイに表示できる。アマンダは、いまそれをやろうとしている。

「バス・ティルトとプランク・シェイヴのロックは遮断しました、大佐」セルカークが報告した。「敵レーダーの反射は探知不可能なまでに弱まっています」

「たいへんよろしい、ミスター・セルカーク。ひきつづきＥＣＭを実行して。スティーマー、取り舵、針路二七〇。さっき探知された針路から変更するのよ」

「針路二七〇、アイ」レインが操縦輪をなめらかにまわし、ホバークラフトにあらたな針路をとらせた。「それでも、あてずっぽうで撃ってくるんじゃないですか？　兵装《ウエポン・》架台《ペデスタル》を出したほうがいいのでは？」

アマンダは、対勢図ディスプレイの冷たい輝きを見据え、シリア海軍のコルヴェットのアイコンを通して、それを指揮している人物のことを推し量ろうとした。彼が哨戒線に沿って沿岸水域をゆっくりと往復するのを、夜のあいだずっと見守ってきたのだ。この男は、つねに決まりきったことはきちんとやっていたが、それ以上のことはなにひとつしていない。

当たって砕けろの精神で、艦種未確認の評価できていない敵に向けて、やみくもにまっすぐ撃つような根性が、彼にあるだろうか？　アマンダは、ゆっくりと首をふった。

「いいえ。この艦長は、そこまではやらない。もうだいじょうぶだと思う」

〈クイーン〉のコクピットの全乗員は、さらに二分間、警戒態勢をとっていた。その間、距離はひらくいっぽうで、脅威表示盤にもなにも映らなかったので、全員が息を詰めていたのを吐き出し、緊張していた筋肉をほぐした。アマンダは、副操縦士席にもたれて、リップ・マイクで伝えた。「レディから〝三匹の子豚《スリー・リトル・ピッグズ》〟戦隊各艇へ。子豚一番艇《リトル・ピッグ・リード》のもとに集合、収容にそなえポイントＩ《アイテム》に向かう。ポッサム１、三匹の子豚はそっちに向かう。五分間、掩護のためのジャミングを続行し、そのあと作戦休止、作戦時間割に従って行動。任務達成をNAVSPECFORCEに報告してもよい。全部隊、みごとなはたらきだった」

「レベル、了解」

「フレンチマン、アイ」

「ポッサム、命令を受領」

ひれのついたなめらかな形の影がふたつ、闇から現われて、〈クイーン・オヴ・ザ・ウェスト〉に接近した。星明かりに照らされた縞模様の靄に乗って、〈クイーン〉の妹艇二隻が、一番艇の〈クイーン〉を先頭とする梯陣を組んだ。集合を終えると、三隻から成る戦隊は、公海に向けて疾駆した。

アマンダは座席をうしろにずらした。安全ハーネスのバックルをはずし、救命胴衣兼抗弾ベストの留め金をパチンとはずした。ヘルメットを脱ぎ、汗でもつれた髪をふって肩におろす。優秀な艇最先任上等兵曹《チーフ・オヴ・ザ・ボート》の勘がそなわっているスクラウンジャー・ケイトリンが、操縦席のあいだから身を乗り出し、調理室《ギャレー》の冷蔵庫から出してきたばかりのオレンジ・クラッシュを二本、差し出した。

アマンダは、ソフト・ドリンクをごくごくと飲んだ。緊張で嫌な味がしている口の奥を冷たい飲み物で洗い流せるのがありがたかった。もう一度対勢図ディスプレイを見ると、シリア海軍のコルヴェットは、追跡を中止し、針路を変更していた。打ちのめされたようすで、海岸を目指している。

今夜、あなたの軍歴をだいなしにしてしまったようね、とアマンダは思った。名も知らないシリア海軍の艦長へのいたわりの言葉を、闇に向けて放った。悪いけど、やらなければならなかったことなのよ。でも、たとえ戦争でなくとも、これが武運というものじゃないかしら。

＊　＊

一時間後、さらに五〇海里沖で、シーファイター は〝ポイント・アイテム〟に到達した。シリア沿岸から遠ざかったあと、シーファイター戦隊の脅威表示盤は、強力なSPY‐2Aイージス・レーダーの警戒おこたりない発信に反応しつづけた。燐光を発する蒼白い航跡の条が、黒いベルベットのような海と濃紺のサテンの空のあいだに見える。高速の艦艇が、航行灯を消し、闇のなかを進んでいる。

アマンダはにっこり笑って、二艦から成る任務部隊との合流を観察するために、ヘルメットの暗視バイザーをかけた。アマンダにとって、これはただの母艦への帰投ではなかった。ある意味では、家に帰るのとおなじで、いまだにその瞬間がよろこばしい。

陸地寄りを航行している先頭の護衛艦は、敵地と僚艇のあいだに身を置いて楯になろうとしている。

アマンダは、その艦《ふね》のことを、すっかりなじんだ恋人の体のように知り尽くしている。なにもかも前とおなじだ。独立したマストの鮫のひれを思わせる大きな角張ったフィン、側面が傾斜した低い甲板室、夜空に浮かびあがる無駄な凹凸のないなめらかな曲線、波を切り裂いている鋭く傾斜した艦首。

容易に見分けられるちがいは、中央の艦橋構造物の下とヘリパッドの艦尾寄りの凹甲板の砲塔だけだ。以前はOTOメララ七六ミリ速射砲を装備していたが、いまはより威力があり、性能に格段の差がある、最新鋭の一二七ミリ六二口径ERGM（射程延伸誘導砲弾）システムの〝斧の刃〟形ステルス構造砲塔をそなえている。

軽快な船体の内部の改良点は、列挙することもできないくらい多い。

かつてミサイル駆逐艦に分類されていた〈カニンガム〉は、海洋ステルス・テクノロジー開発のための最新鋭実験艦の役割を果たしていた。その任務を終えたいま、艦首の79という艦番号には新艦種記号CLA（対地攻撃巡洋艦）が割りふられ、この艦隊の戦闘ドクトリン〝兵力　フロム・ザ・シー〟（「フロム・ザ・シー」はアメリカ海軍／海兵隊年次白書の題目となっている）の革新的なテクノロジーを実証するというあらたな任務を負っている。

だが、〝デューク〟〈カニンガム〉であることに変わりはない。アマンダの心のなかでは、いまでも〝自分の艦〟だった。

この沿岸戦部隊をまとめあげるにあたって、エディ・マック・マッキンタイアは、アマンダに自由裁量をあたえ、NAVSPECFORCEの資源をすべて思いどおりに使えるようにした。シーファイターの重火力支援艦を選ぶとき、アマンダは一秒たりとも迷いはしなかった。

〈カニンガム〉の高い信号所でオールディス・ランプが明滅し、短い信号を送った。

『万事つつがなし、艦長』

以前はアマンダの副長だったケン・ヒロ中佐が、いまはデュークの艦橋で采配をふるっている。だが、昔日を懐かしんで、艦長と呼んだのだ。

シーファイター三隻は、梯陣を組んだままで、〈カニンガム〉の艦尾にまわり、つぎつぎと航跡をジャンプして横切った。前方ではもう一隻のさらに大型の艦が、ほんのりと光る条を曳いて、地中海を切り裂くように進んでいる。

〈エヴァンズ・F・カールソン〉は、唯一無二でありながら、おなじ仲間がおおぜいいる。なぜなら、この艦はサンアントニオ級ドック型輸送揚陸艦の腹違いのきょうだいなのだ。

そもそも海軍は、海兵隊の十二個の水陸両用群に一隻ずつ割りふるつもりで、この新型強襲揚陸艦をぴったり一ダース建造するようもとめた。しかしながら、議会の予算争奪戦と政治的駆け引きの勝負のあやで、望まれていなかった十三番艦の分が国防総省の予算に無理やり組み込まれた。いわば塩漬けの豚肉の樽からはみ出した肉で、この十三番艦は住まいも任務も定まっていなかった。

だが、エリオット・マッキンタイアには座右の銘がある。曰く、〝豚肉があるときは肉汁までなめろ〟。かくして、マッキンタイアの巧妙な策動により、十三番目の親なし子は、海軍特殊部隊をわが家にして、海軍で最大かつ最優秀の海上特殊作戦プラットホームに改装された。

この特徴に敬意を表し、海軍は艦名の選定に際して、〃はぐれ級〃をもうけた。十三番艦は、アメリカの都市名を帯びるサンアントニオ級の各艦とはちがい、第二次世界大戦中、名にし負う第二海兵突撃大隊の急進的な創案者であり、指揮官もつとめたエヴァンズ・F・カールソン准将（中国で毛沢東の遊撃戦に想を得て突撃大隊を編成したといわれている。ちなみにこの大隊の標語〃ガンホー「共に働こう」〃は、海兵隊員を形容する言葉にもなっている）にちなんで名づけられた。

あたえられた任務からして、艦と乗組員の両方にいかにもふさわしい誉れ高い命名といえよう。

〈クイーン・オヴ・ザ・ウェスト〉が〈カールソン〉の艦尾にならぶと、アマンダは暗視バイザーを通して、その新しい自分の旗艦のどっしりした輪郭をひとしきり眺め、心のなかでまたしても愛するデュークとくらべた。

ずんぐりしたペルシュロン種の荷馬と、すらりとした肢の長いサラブレッドを比較するようなものだ。とはいえ、似たところもずいぶんある。設計の目的はまったく異なるとはいえ、〈カールソン〉と〈カニンガム〉は、すくなくとも内面的にはいとこに近い。

〈カールソン〉は全長二〇八・四メートルで、〈カニンガム〉ほど長くはないが、満載排水量は約二万五〇〇〇トンだから、〈カニンガム〉の三倍近い。最大幅もずっと広く、上部構造もはるかに巨大だが、船体のレーダー識別特性が低い艦艇のつねで、幾何学図形のような形とアール・デコ調の簡素な設計は、かなり似通っている。

いずれもセンサー類を凹凸のすくない独立したマストに収めるか、傾斜した上部構造の〝知能的な表面〟に埋め込んでいる。いずれも最先端の軍事技術が詰め込まれていて、いかなるたぐいの戦いでも甘く見ていいような相手ではない。

サンアントニオ級LPD（ドック型輸送揚陸艦）は、従来のLPDとは異なり、自分の身を護れない補助艦艇の一種ではない。激しい戦闘が予想される海岸近く、つまり〝未占領地《インディアン・カントリー》〟に部隊を運ぶ役目を担っている。したがって、〝補助艦艇〟とはいえ、世界の有力水上戦闘艦の三分の二をしのぐ火力がそなわっている。

かててくわえ、〈カールソン〉には、他のサンアントニオ級LPDにはない特別のびっくり兵器がいくつかある。

スティーマー・レインは、〈カールソン〉の艦尾に〈クイーン〉をそろそろと近づけた。二〇ノットに減速して、大型艦の溝のような航跡に乗り入れる。

「子豚一番艇《リトル・ビッグ・リード》より、子豚たちへ」リップ・マイクに向かい、ぼそぼそといった。「収容にそなえろ。編隊形を変える。梯陣から単縦陣へ……いまだ」

短く「了解」という応答が闇から帰ってきて、〈カロンデレット〉と〈マナサス〉がなめらかに梯陣を解き、戦隊司令のうしろで一列になった。

「収容許可を、大佐」レインが、アマンダのほうをちらと見ていった。

アマンダはうなずいた。「実行して、ミスター・レイン。おかあさんのなかに入れて」

肉眼で手順を見守るために、暗視バイザーを上にあげた。戦隊にとってはもう日常茶飯事の運動になっているが、いまだに感動をおぼえる。

「わかりました、マーム。やりますよ……ポッサム1、ベイ・コントロール、こちらリトル・ピッグ・リード。収容位置につき、育児嚢《パウチ》に戻る準備ができた」

「受領した、リトル・ピッグ・リード」BAYBOSS《ベイボス》の無線でひずんだ声が聞こえた。

「収容を開始。リトル・ピッグズ、お帰りなさい」

　真っ赤な淡い光の条が一本、〈カールソン〉の角張った広い艦尾を横切るようにひろがった。巨大な傾斜板《ボーディング・ランプ》がおりるにつれて、赤い条はたちまち幅がひろがって、赤く輝く長方形と化した。傾斜板の末端が泡立つ航跡に触れ、水面をなめらかに均した。

　そして、揚陸艦の船体のまんなかを艦首に向けてのびている二層の貨物区画《ベイ》があらわになった。戦闘用照明の血を思わせる赤い光を浴びて、ドッキング作業員とシーファイターの整備員がベイの左右の狭い整備通路を走っているのが見える。今回、〈エヴァンズ・F・カールソン〉は〝乾ドック〟ホバークラフト収容作業にもっとも適した様態をとっている。通常の上陸用舟艇を収容するときとはちがい、バラストに注水して艦尾を沈め、ドックに注水する必要はない。つまり、〈カールソン〉はまったく新しい概念の艦――空母《エアクラフト・キャリア》ならぬ海母《シークラフト・キャリア》なのだ。

　スティーマー・レインは、方向舵とスロットルをたくみにあやつって、〈クイーン〉の艇首スカートを艦尾傾斜板の縁に載せた。エアスクリューの回転をあげて、傾斜板を登らせ、ベイに入れると、タービンの甲高い歌声が鋼鉄の洞窟の壁に反響して、船体を押し包んだ。

レインは、エアスクリューの回転を絞ると、推進用の後部主機を切り、右手を中央コンソールの〝噴き出し口《パフポート》〟制御装置のＴグリップ・ジョイスティックに置いた。甲板誘導員がアイドリングしている〈クイーン〉の前に出てきて、発光指示棒で前進をうながした。〈カロンデレット〉が傾斜板をあがる余地をこしらえるために、レインはパフポートから高圧空気を噴出して、〈クイーン〉をベイの奥へと進めた。

ゆっくりと前進するあいだに、アマンダはベイの隔壁の整備通路の上の大胆なアートを見あげた。シーファイター任務部隊《タスク・フォース》の各隊が、人間の身長ほどの大きさの隊章を、そこに誇らしげに掲げてあった。

徽章が横を通るたびに、アマンダは頭のなかで照合した。左舷……〈カールソン〉の竹文字の〝ガンホー！〟の楯……右舷……〈カニンガム〉の幽霊船のシルエットと〝隠密に攻撃〟という標語……左舷……第一ＰＧＡＣの徽章、アフリカのイノシシをディズニーのアニメのように描いた〝三匹の子豚〟……右舷……第一海兵突撃中隊（臨時編成）の暴れ狂う蛟竜《こうりゅう》……左舷……第一特殊船艇隊Ｂ《ブラヴォー》独立班、短剣の柄と組み合わせた急襲艇のシルエット……右舷……戦術情報群アルファ、すべてを見透かす目と交差した稲妻《24》……最後が左舷の金と青のオーシャンホーク・ヘリコプター一対、第二四《ヘロロン》ヘリコプター飛行隊。

こうした部隊が、ＮＡＶＳＰＥＣＦＯＲＣＥの擁する部隊から引き出され、あるいはアマンダの構想するタスク・フォースの要求を満たすために特に創設された。エディ・

マック・マッキンタイア中将は、アマンダに白紙の小切手を渡して、〝ベスト・オヴ・ザ・ベスト〟――世界各地の沿岸紛争地帯《リットラル・ホットスポット》に急速展開して低・中段階のあらゆる脅威を処理することが可能な、バランスのとれた、自己支援能力をそなえたミニチュア海・陸・空軍――を創らせた。

右舷にひとつだけあいているスペースは、それらの部隊をすべてたばねたひとつの部隊が完成したときのために残してある。そのときに、アマンダの構想の正しかったことが証明される。

元駆逐艦乗りのアマンダ・リー・ギャレットにとって、それは新しい形の戦争だった。いや、最近、彼女の人生には新奇なことが山ほどある。新テクノロジー、新ドクトリン、あらたな仲間、一隻の艦長ではなくタスク・フォース司令としてのあらたな思考法。この一年のあいだに、ずいぶん大きな変化があった。

とにかく、傷ついてドック入りした艦の指揮官として、目的を失い、あせりに悩まされていたころのような感情は、完全に消え失せた。自分の力で得たこの司令職と立場の転換が、いまは気に入っている。

とはいえ、新しいものを得れば、えてして旧いものを失う。ケープ・ハッテラス沖の最後の完璧な黄金の一日、黒髪の若い愛人へと、心はたゆたう。最後まで語られることのなかった、あの日の会話。

まあ、たしかに私生活には孤独な穴がいくつかあいているかもしれないが、当分は我慢できる。通常の仕事に戻れる日も来るだろうし、タスク・フォースがちゃんとまとまれば、そういう穴をつくろう機会があるだろう。

「どうかしましたか、マーム？」レインが、艇長席からちらちらと視線を投げて、たずねた。

「べつに、スティーマー」アマンダは、にっこり笑った。「どうもしてないったら。さあ、進め」

＊　＊

特別あつらえの〈ダナー・フォート・ルイス〉コンバット・ブーツをはいた身長一九〇センチのストーンウォール・キレイン大尉の立ち姿は、広い肩幅と隆々たる筋肉があいまって、長軀というよりは山のようだ。キレインは、生まれ育つのならジョージア州ヴァンドスタに勝る場所はなく、男の職業としてアメリカ海兵隊員をしのぐものはないと考えている。

顔立ちは、無骨な部品をいくつも合わせたという感じで、美男子とはいいかねる。にやにや笑っているより、顔をしかめていることのほうが、ずっと多い。じっさい、〝鮫《シード》竜《ラゴン》〟突撃中隊の部下たちの言によれば、〝大将のうれしそうな顔なんか見たことがない。いつもより怒っていないっていうだけだ〟という。

とはいえ、面と向かってあげつらう勇気のあるものはいないが、ストーン・キレイン大尉は、その面貌の下にきわめて感傷的な性向をそなえている。今夜の作戦には、キレイン本人も部下たちも参加していないが、友人たちが参加している。だから、帰投を見守っているのだ。

〈カールソン〉の腹が、巨大な管楽器のように濃密な音響を発した。交信が聞こえるように、キレインはヘッドセットを耳に押し付けなければならなかった。

「格納ベイ、第二層、ホバークラフト受け入れおよび係止にそなえろ」

眼下では、艦尾傾斜板を登りきった〈クイーン〉が、車輛用斜路の端に到達するところだった。いくら艦内が広いとはいえ、傾斜板をあがった第一層には、二隻ないし三隻のホバークラフト哨戒艇を係止するだけのスペースしかない。したがって、甲板員が舞踏の振り付けよろしく移動をさばいていかなければならない。

キレインがなおも眺めていると、甲板員二名が上の整備通路から〈クイーン〉の広い背中におりた。揚力ファンの空気取入口に引き込まれないように命綱をつけたそのふたりが、コクピットのふくらみのすぐうしろにあって艇尾に向けて傾斜している太いマストの根元のロッキング・ピンを抜き、マストを折って、甲板とおなじ高さにした。

それと同時に、べつの作業チームが、スカートの下から噴き出す高圧空気にもひるまず、ずんぐりした艇首のアイプレートに、太い鋼鉄のケーブルのフックをかけた。ケーブルがひっかからないようにたぐってから、頭上のウインチ・オペレーターに、引きあげるよう手信号で指示した。

タービンの咆哮に電動機の低いうなりがくわわり、走行ウインチの運転台が軌道に沿って後退しはじめた。まだエアクションに乗っている〈クイーン〉は、傾斜が急すぎてホバークラフトが自力では登れない車輛用斜路を引き揚げられてゆき、艦の中央部の格納ベイに達した。

サンアントニオ級の標準の艦では、ここは二層の車庫甲板になっていて、海兵遠征隊のトラックとFAV（高速攻撃車輛）が格納される。しかし、〈カールソン〉では、隔壁と天井がはずされ、シーファイター戦隊の〝駐車スペース〟に作りかえられている。

キレインは、隔壁に背中をくっつけて、シーファイターの揚力ファンの生暖かい竜巻のような風にさらわれないように、ヘッドセットを押さえた。重々しい動きで、〈クイーン〉が甲板のガイド枠のあいだを窮屈そうにあがってきた。膨れているプレナムチェンバー・スカートと下広がりの船体が、キレインや戦隊の整備員の頭上にそびえている。

シーファイターは、通常の光のもとではさえない灰色に見えるまだらの迷彩に塗装されている。ただし、艦名と艦番号は輪郭だけの〝幽霊文字〟で記され、剝き出した鮫の牙が艇首の幅いっぱいに描かれて、ずんぐりした舳先のすぐ下には一対の鋭い目がある。なめらかな曲線になっている斜路の縁で艇首が持ちあがり、高圧空気の〝げっぷ〟をして、エアクッションがいくぶん抜け、スカートがへこんだ。コクピットの上面が、頭上のウインチの軌道に触れそうになったところで、どすんと艇首がさがって、また水平になり、かすかに上下動しながら、タスク・フォースに配備された通常のエアクッション揚陸艇の奥の係止区画にゆっくりとはいっていった。

ほどなく揚力ファン用主機が運転を停止し、〈クイーン〉は甲高い金属音の溜息を漏らし、空気の抜けたスカートがゴム引きの黒いケヴラーのひだと化した。

キレインは、それでよしというようにうなずいた。シーファイターは、キレインの専門分野ではなく、指揮下にある部隊でもないが、どんな軍隊であろうと、運動がみごとに行なわれたとき、キレインには、それを正しく評価する眼識がある。

　下の主格納ベイでは、〈マナサス〉と〈カロンデレット〉の収容が終わっていた。この二隻も係止スポットへそろそろと進み、主機停止手順を行なっていた。突然の静けさが、不安をもよおすような空漠をかもし出した――だから、1‐MC（全戦闘部署・総員配置用の艦内音声通信網）スピーカーから声が鳴り響いたときには肝をつぶした。

「ホバークラフト収容完了、艦尾ゲート閉鎖。総員、収容部署から解放。連絡、格納・収容ベイでのイヤ・プロテクターの使用は必要なし」

　ベイの照明が、暗い赤から通常の白に変わり、整備班がはいってきた。

　シーファイターには、一隻ごとに、航空機とおなじようにふた組のクルー――海上でじっさいに操縦し、あるいは機械や兵装を担当する乗組員《クルー》と、ホバークラフトの技術面での健康を維持するのに必要不可欠な地上員《クルー》――がいる。

　係止作業員が甲板のハードポイントに〈クイーン〉をケーブルで固定するいっぽうで、整備用通板《みちいた》が、ベイの側面の整備通路から露天甲板へのびてきた。アースが接続され、補助動力ケーブルが差し込まれ、給油ホースが甲板の上を燃料注入口に向けてひっぱられる。片時も無駄にすることなく、つぎに武力が必要となるときのために大きな戦争機械の戦支度をととのえる。

キレインは、それにも感銘を受けていた。

忙しく立ち働いている整備員の邪魔にならないように、隔壁にぴったりくっつき、キレインはシーファイターの船体中央舷側のハッチに向けて歩いていった。

そこまで行ったとき、ハッチが勢いよくあいた。

「おはよう、ストーン」高い昇降口から、アマンダが大声でいった。

「今夜はどうでした、司令《スキッパー》?」

「任務は予定どおり」アマンダは答えた。「沿岸警備の艦艇とすれちがったけど、電子のやりとり以上には発展しなかった」

移動梯子がかけられるのを待たず、キレインの赤毛の（まあ、だいたいは赤毛のようなものだ。茶色とブロンドが混じっていて、正確にはなんといえばいいのかわからない）司令は、一五〇センチの高さから、滑り止め板の甲板に跳びおりた。着地のときに大きく膝を折り、キレインの差しのべた手を借りて立ちあがった。

かつて、この女性を指揮官もしくは戦友として受け入れるのに懐疑的だったことがあったのが悔まれる。西アフリカでのことだった。それ以来、キレインはすっかり考えをあらためた。

スティーマー・レインが、つぎにどすんと跳びおりてきた。レインも西アフリカで戦闘を経験し、力量を示した友人だ。

「空飛ぶ円盤はどうでした？」キレインはたずねた。

アマンダは、〈クイーン〉の露天甲板のほうをちらりと見あげた。セルカーク大尉が、早くもコクピットの上のハッチから出て、固定されているサイファー無人機を熱心に点検している。

「センサー・ポッドは地上に設置され、宣伝文句どおりに働いていると、セルカークはいっている。あとはNSAの友人たちのやることよ」

キレインのいつもの眉間の皺が、いっそう深くなった。「リモコン装置もけっこうですがね、うちの連中にちゃんと見てこさせたほうがいいと思いますよ」

アマンダが、両眉を吊りあげた。「お願いをするときは気をつけて、ストーン。いつかなえられないともかぎらないんだから。シリアが本気でプルトニウムのおもちゃをいじりはじめたら、わたしたちがこっそりと電源プラグをひっこぬかないといけなくなるかもしれない。イスラエルとトルコはシリアが核爆弾を持つようになったら平気ではいられないだろうし、この地域に戦争の口実が生じるようなことはぜったいに避けないといけない」

それを聞いて、キレインの口の端が、ほんのちょっぴり持ちあがった。「それはものすごく大好きな事柄は数多くあるが、困難な任務ほどそそられるものはない。「それはものすごくおもしろそうな仕事だなあ。原子炉の使い道なら……始末のしかたなら……おれにまかせておいてください」

レインがくすくす笑い、キレインに親指を突きつけた。「ねえ、マーム、おれはときどきこいつのことがむやみと恐ろしくなるんです」

そこでキレインがにやりと笑った。まさに狼が牙を剝くような感じだ。「ときどき？」

アマンダは笑い声をあげ、任務の緊張を体から追い出そうと、大きくのびをした。

「ミスター・キレインは、あなたの期待に応えてくれるはずよ、スティーマー。さて、ふたりとも、士官室でいっしょにコーヒーでも――」

1－MCスピーカーから声が響き、アマンダは言葉を切った。

「傾聴《アテンション》。TACBOSSはただちに艦橋に連絡願います。くりかえします、TACBOSSはただちに艦橋に連絡願います」

航海係兵曹の増幅された声が消える前に、キレインが指揮ヘッドセットをはずして、アマンダに渡した。アマンダは。ヘッドホンの片方を耳に押し当てて、リップ・マイクの位置を直した。

「艦橋、こちらギャレット。どうぞ」

アマンダの顔が、くつろいだ戦友の顔から、警戒怠りない指揮官の顔へと、微妙に変化してゆくのを、レインとキレインは見守った。

「わかった。すぐに艦橋へ行くと、艦長に伝えて。それから、タスク・フォース全艦を総員配置に」

頭上のクラクションがけたたましい音を発し、全戦闘部署完全配備を命じると、アマンダはヘッドセットをキレインに返した。「おふたりさん、わたしたちはシリアの腹立ちを甘く見すぎていたようね。本艦は彼我不明機に付け狙われている。スティーマー、リトル・ピッグズに乗組員を戻して。戦闘発進準備。ストーン、個艦防御手順《ポイント・ディフェンス》を開始。急いで！」

＊　　＊

「TACBOSSが艦橋に！」

アマンダは、薄手のカーテンを抜けて、星とモニターの明かりに照らされた薄暗い艦橋にはいっていった。〈カールソン〉の艦内はどこもそうだが、ここも最新鋭の洗練された造りだ。

操舵員、速力通信器員、当直航海係兵曹が、旅客機の座席のような快適な椅子に座り、コンピュータ化されたワークステーションで作業している。艦橋のワイドスクリーン・モニターの上下に、レーダーなどのモニター類がならんでいる。データはたえまなく更新され、艦の運転状況、周囲の環境の状態、戦術的状況の推移が、間断なく当直士官に伝えられる。

もはや情報の不足を心配する必要はない。ひとしきり視線を動かしていけば、交話員から聞く情報の断片ではなく、これまで想像もしなかったほど多くの情報が得られる。現代の海軍士官の取り組むべき仕事は、情報へのアクセスではなく、この豊富な情報を組み立てて真の情勢を把握することだ。

あふれんばかりの情報は、〈カールソン〉だけではなく、〈カニンガム〉のセンサーからも流れてくる。二艦は、搭載されているCEBMS（共同交戦戦闘管理システム）の多重データリンクを介して共生関係を結んでいる。

サイバネティックスの面からいうと、このタスク・フォースは混成戦闘部隊という存在であり、単一の集中兵力として、感知されるあらゆる脅威に対応できる。シーファイター、LAMPS（多目的軽航空システム＝艦載ヘリコプター）、RPV（遠隔操縦飛翔体＝無人機）を発進させれば、それらもまた共同交戦ネットにくわわって、戦闘能力が一段と向上する。

〈カールソン〉艦長ルーカス・カーベリイ中佐が、中央の対勢図ディスプレイから視線をあげ、コンピュータ・グラフィックスの光が、赤ら顔を下から照らした。

「司令」カーベリイが、堅苦しく呼びかけた。「タスク・フォースは総員配置につきました」

タスク・フォースが展開を開始してから一カ月たつが、カーベリイは形式を重んじすぎ、ほんとうの友情をはぐくむのはむずかしいと、アマンダは見ていた。また、指揮ぶりも独裁者的で、好みに合わなかった。しかし、粋な身だしなみのこの小柄な中佐が、両用戦というきわめて特異な専門化された分野での達人であることは、アマンダも認めていた。

〝鰐輸送艦《ゲイター・フレイター》〟を効果的に操艦するのは、だれにでもできる仕事ではない。有能な海軍士官であり、艦船の操作に長けているだけでは不足なのだ。きわめて危険な状況へと艦と乗組員を導き、あたえられた任務が達成されるまでそこに踏みとどまるには、とてつもない図太さと、非情なまでの意志の強さが必要とされる。

アマンダは、カーベリイがそういう男だと見抜いていたので、多少のことは目をつぶっていられた。

「たいへんよろしい、中佐」対勢図テーブルに向かいながら、アマンダは応じた。「われわれの現況は？」

「〈カニンガム〉が現在、能動発信艦で、防御調整を行なっております。南東より航空機一機が接近中であると、ヒロ艦長が報告しています」カーベリイが、ディスプレイ中央のタスク・フォースの青いアイコンに向けてじりじりとのびている黄色い軌跡を太い指で示した。「指示をもとめています、司令」

アマンダはうなずいた。よりすぐれたレーダーと兵装システムをそなえた〝デューク〟が、通常、タスク・フォースの楯の役目を担い、攻撃に弱い〈カールソン〉が発信封止を行なって、完全ステルス態勢をとる。共同交戦システムは、傍受が不可能なレーザー通信で維持する。

「ヒロ艦長につないで」

カーベリイが、対勢図テーブルの向かいに静かに立っていた戦闘支援業務係兵曹のほうをちらりと見た。指を小さく鳴らし、高いところにあるモニターを指差した。女性兵曹の指がキイボードの上で踊り、艦隊直通チャンネルを呼び出した。〈カニンガム〉のＣＩＣのかつてはアマンダの艦長席だった椅子にゆったりと座っているヒロ中佐の姿が、平面モニターいっぱいに映った。

アマンダがかねがね思っていたとおり、がっしりした体格の日系アメリカ人であるヒロは、〈カニンガム〉艦長にうってつけだった。ふつう、副長からおなじ艦の艦長になるのは、海軍の慣習に反している。しかし、アマンダがシーファイター任務群を指揮するために異動になったとき、強力なコネを使い、自分の艦だった〈カニンガム〉が信頼できる人間の手に渡るようにはからった。

「おはよう、ケン。状況を教えて」

「おはようございます、マーム」会釈を返して、ヒロが答えた。「イージス・レーダーで捉えています。低速で飛んでいます。速力一四〇ノット。高度五〇フィート。不明機《ボギー》は完全なＥＭＣＯＮを行なっています。ＩＦＦトランスポンダーも発信していません。無線もレーダーもです。現時点では確実な身許確認はできませんが、ローターらしきちらつきが見えます。大型対潜ヘリ、おそらくシリア海軍のスーパー・ヒップでしょう」

「なるほど」アマンダは対勢図ディスプレイを見おろし、不明機の軌跡をじっと見つめた。対潜ヘリは、潜水艦ばかりか水上艦にとっても脅威だ。対艦ミサイルを搭載している――それも大型のものを。「通りすがりだという可能性は？」

「まず考えられませんね、司令。われわれがここにいるのを知っていて、飛んできたんです。水平線から姿を現わしたあと、まっすぐタスク・フォースに向けて飛んでいます。レーダーを発信していませんから、われわれの電波を捉えているにちがいありません」

アマンダは、つぎに〈カールソン〉の前甲板を映し出す高感度テレビの画像が映っているモニターを見た。艦橋のひとつ下の甲板で、箱型のRAM（回転弾体ミサイル）近接防御SAM二十一連装発射機が、〈カニンガム〉からのターゲット情報に誘導され、接近する航空機を自動追跡している。さらに艦首寄りでは、甲板に内蔵の十六セルのVLS（垂直発射システム）のハッチがあき、各セルの発展型シー・スパロー・ミサイル四基ずつを覆う黒いプラスティックの防水カバーが見えている。その向こう、艦首楼の尖端では、海兵隊ミサイル員チームがうずくまり、射手が歩兵携帯式のスティンガーSAMの筒を肩にかつぎ、発射準備をしている。

その先の〈カニンガム〉の光を反射しない影は、水平線の星が隠れているので、見分けることができる。三番目のモニターをちらりと見ると、スタンダードⅣミサイル発射機が空を突き刺すように立ち、一二七ミリ砲も狙いを定めて、射撃準備が整っているのがわかった。アマンダのタスク・フォースは、航空攻撃に対してぜんぶで五層の防御を行なうことができる。

しかし、いくら難攻不落とはいえ、防御陣を盲信するのは軍人としてあまりにも軽率だということを、アマンダははるか昔から知っている。

彼我不明機が、対勢図ディスプレイの目盛りの距離二〇海里の線を越えた。これが何者であるにせよ、どういう航空機であるにせよ、まごまごしているひまはない。

「諸君、われわれの友人がじっと耳を傾けているのなら、感動するようなものを聞かせてあげたらどう。カーベリイ中佐、射撃指揮レーダーを作動。ケン、タスク・フォースに不明機をターゲットに指定させて。全システムで」

蝙蝠《こうもり》の翼の形をしたターゲット・アイコンを、明滅する黄色い照準ボックスが囲んだ。接近するヘリの脅威表示盤は、複数の砲熕兵器とミサイルのレーダーの誘導ビームにロックされ、苦しげに悲鳴をあげているにちがいない。国際的な軍事用語では、それは簡明でなおかつまがいようのないひとつの要求を意味する。

「正体を明かしなさい！　いますぐに！」

数秒後、トランスポンダーの発する識別符号が二行、強調表示されたターゲットのアイコンの横に現われた。戦術システム・オペレーターが小首をかしげ、ヘッドホンから聞こえる声に耳を傾けた。「CICが、コンタクトA《エーブル》はイスラエル空軍とNAVSPECFORCEのIFF符号を発信しているといっています」

「NAVSPECFORCE」カーベリイが、怪訝そうにつぶやいた。「司令、だれかと合流する予定があるんですか？」

アマンダは、眉を寄せて首をふった。「とんでもない」

システム・オペレーターが、また小首をかしげた。「CICが、コンタクト・エーブルは音声通信を確立したといっています。先方の機長は、自分の機はイスラエル空軍の

CH-53で、特殊作戦部隊幹部の命令で飛行しているといっているそうです。われわれに向けてVIPの乗客を運んでいるところで、接近と着艦の許可がほしいと」

「だから超低空飛行でEMCONを実施していたのか」ヒロが、高いモニターの画面でつぶやいた。「イスラエルの特殊作戦ヘリがシリア沖を単機で飛んでいるとくれば、目立ちたくはないだろう」

カーベリイが、意地の悪そうな目つきで、対勢図テーブルのモニターのターゲット・アイコンを見おろした。「しかし、われわれの側の人間が、どうしてこんな乗り込みかたをしなければならないんだ」

アマンダは首をふった。「諸君。理由はわたしにもわからないけれど、これからたしかめる。カーベリイ中佐、飛行長《エアボス》にイスラエル機の着陸を承認すると報せて。艦を風とななめに立て、航空機収容準備」

「かしこまりました、マーム」カーベリイが、大声でどなった。「当直士官！　航空科配置1。ヘリパッド安全確保、航空機要員全班作業にはげめ。戦術航空統制センターに、大至急ヘリを着艦させろと指示しろ！」

「タスク・フォースの総員配置を解きますか、マーム？」無線でひずんだヒロの声が聞こえた。

「いいえ……まだよ、ケン。ターゲット指定ははずし、全戦闘部署完全配備はつづけて」

VTOL（垂直離着陸）機十二機を同時に運用できる広々とした艦尾の飛行甲板は、〈カールソン〉の全長の三分の一を占める。重々しく回頭した大型揚陸艦は、ヘリ着艦の際の所定の手順にしたがい、卓越風をななめ四五度から受ける針路をとった。暗視装置向けのフィルターをかけた閃光灯がヘリパッドの四隅で明滅し、客人を招き寄せた。

艦橋では、進入の最後の段階を見守っていた。

「目視した」高感度カメラのモニターを見ていた見張員が叫んだ。「相対方位二九〇。距離二〇〇〇メートル、接近中。ターゲットがCH－53であることを確認」

CH－53シースタリオン大型ヘリコプターは、文字どおり波頭をかすめて飛来し、六枚羽根のメイン・ローターの起こす風が白い波頭を叩いて、平らな通り道をこしらえた。レーダーで照射された仕返しか、イスラエル軍のパイロットは〈カールソン〉の艦首めがけて直進した。あわやという瞬間に引き起こし、雷鳴のような音を轟かせて通過したとき、艦橋の風防が枠ごと激しくふるえた。

マストの高感度カメラに追跡されながら、シースタリオンは〈カールソン〉を一周して、ヘリパッドに向けて突き進んだ。航続距離をのばすための胴体スポンソンの増槽が目につく。

降着装置を出すと、大型ヘリコプターにしては驚くほど繊細な動きで、シースタリオンはふんわりと飛行甲板におりた。アマンダとカーベリイがなおも見守っていると、側面の昇降口があき、たったひとりの乗客が飛行甲板におり立った。カーキの作業服に濃紺のウィンドブレーカーをはおったその人物は、飛行ヘルメットを脱いでイスラエル軍の機付長に渡し、差し出されたコンピュータバッグとスーツケース一個を受け取った。

手をふって別れの挨拶をすると、身をかがめてローターが起こす激しい風のなかから駆け出した。接地からわずか数秒後に、シースタリオンはふたたび轟然と離昇出力を発揮した。

「乗客乗り移り完了」艦橋のシステム・オペレーターが報告すると同時に、シースタリオンは夜空に舞いあがった。「イスラエル機が離脱」

アマンダは、眉根を寄せて、甲板を映し出しているモニターを見た。あの乗客には、見おぼえが……。

「カーベリイ中佐」アマンダは、ぼそぼそといった。「速力をもとに戻し、ヒロ中佐に、総員配置を解除すると伝えて。飛行甲板へ行ってくる」

＊　＊

問題の乗客は、格納庫ベイの通路で待っていた。まさかと思ったが、アマンダの勘ちがいではなかった。

「乗艦許可をもとめます、マーム」クリスティーン・レンディーノが、絵のように完璧な敬礼をしながら、粛然とたずねた。

「許可する」アマンダは反射的に答え、答礼しようとした。だが、手をあげきる前に、アマンダより小柄なクリスティーンが走り寄って、ぎゅっと抱きついた。

「ハイ、ボス、マーム。わたしがいなくて淋しかった?」

アマンダは、以前の乗組員仲間で親友でもあるクリスティーンを、おなじように力いっぱい抱きしめた。「クリス、どうしたのよ! いったいなにしにきたの?」

「エディ・マックと飛んできたんですよ」クリスティーンはにやにや笑い、一歩さがって、アマンダの顔を見あげた。「大提督はいまサウジアラビアで、航空基地を借りるために、族長やら有力者やらと握手してます」

アマンダは、すっかりまごついていた。「航空基地? どうしてまた?」

「それが長い話で、わたしは説明するためにきたんです。大佐とタスク・フォースの幹部士官にじかにブリーフィングするために。でもその前に、やらなきゃならないことがあります。景気よくすっ飛ばしてポート・サイドへ向かってください。エジプト海軍が給油してくれますから。そのあと、あすの晩、最優先でスエズ運河を通してもらいます。マッキンタイア提督と合流するのは、紅海で、あさって以降ですね」

「紅海? ちょっと待ってよ、クリス。どういう理由で、どこへ行くのよ?」

「インドネシアです、ボス・マーム。そこいらで悪いやつらが船に乗って〝荒稼ぎ〟してるんで、わたしたちはそれをやめさせる仕事をもらったんです」

インドネシア　バリ島の西北端沖　パラウ・ピリ
二〇〇八年七月二十九日　〇六一四時（現地時間）

マカラ・ハーコナンは、朝いちばんにきまって自分の島を二周する。トランクス型の水着を身につけ、黒い砂のビーチを走るのと、岸と平行に速く泳ぐのを交互にやり、筋肉のよくついた体を鍛え、仕事にそなえて頭を明晰にする。

それと同時に、屋敷から離れた接近ルートの警戒地点をみずから点検し、游動パトロールがきちんと移動しながら警備しているかどうかを確認することができる。背後を護る手順にたったひとつミスがあっても、それが命取りになることがある。ハーコナンは、そういうたったひとつのミスを犯したくはなかった。

走って泳いだあとは、肌を刺すような冷たいシャワーを浴び、専属のマッサージ師に揉ませる。それから、ズボンとサンダルをはき、サファリ・シャツを着て、広大な館の中央の庭園にかこまれたパティオへ行き、米飯、新鮮な果物、濃いジャワのコーヒーという朝食をとる。

食事のあいだ、ローが手をつけていない緑茶の茶碗を前に、テーブルの向かいに座っている。茶はハーコナンがどうしても出すようにといい張ったもので、朝食をともにするという問題に関するローとの意志の戦いの象徴だった。ハーコナンの股肱の臣であるラン・ローは、厳格な伝統主義者で、雇い主と馴れ馴れしくつきあうのは正しくないと考えている。

こうした朝の儀式に則って、朝食の世話をするメイドがさがったあと、呼ばれないかぎり使用人は朝食のテーブルには近づかない。屋内の護衛も話が聞こえないところまで遠ざかって、中庭の秘密保全のための一体式盗聴器スキャナ兼ホワイトノイズ発信機の作動をモニターする。

「きょう検討を要する最初のものは、ロー？」ハーコナンがたずねた。

「衛星プロジェクトに、いくつか進展がございました。おおむねプラスですが、ひとつだけ懸念されることがあります」

「それで」

「ファラウド・グループ、ヤン・ソン・インターナショナル、マルート・ゴア連合から、積極的な返答を受け取りました。いずれも必要な約定金を出し、五百万ドルもしくはそれに相当する額のポンドを、われわれのチューリヒとバーレーンの秘密口座に送金しました。三社とも、保管所に送る研究開発チームを待機させています。

ミテル・エウロパ・グループは、直接の関与を拒みましたが、衛星のペイロードの特定の鋳物と合金に手付金として百万ポンドを出しています。日本ゲノム財閥も、直接の関与は拒みましたが、衛星の宇宙製造ボール・ベアリングいっさいがっさいに二百万ドルの手付金を出すといっています。モスクワ-グレヴィッチは、あいかわらず興味を示してはいるのですが、金を出す前に全システムのもっと詳しい仕様が知りたいといっております」

暗誦するように静かな声で説明するとき、ローはメモや書類をまったく見なかった。そういう手がかりが必要ないということもあるが、ハーコナンの〝特別な検討を要する〟ビジネスは、けっしてハードコピーを残さない。

ハーコナンは、その報告に不満を感じはしなかった。このポーランド-チェコ多国籍企業は、全面的に参加しないだろうと、最初から思っていた。二カ国は、アメリカとの経済的なつながりが強すぎるし、今年中に欧州連合の完全な加盟国になることを願っている。日本の企業はそもそもリスクを負いたがらないし、ロシアの企業は国際的な規模の事業に参画するだけの資金力がない。六社のうち三社の話がまとまれば、じゅうぶんだろう。

ハーコナンは、カップにあらたにコーヒーを注いだ。「ファラウド、ヤン・ソン、マルートに、チームを派遣するよう指示してくれ。特殊な装備が必要かどうか問い合わせ、入手して保管所に送る手配をしろ。ミテル・エウロパには、あと五十万万出すよう、粘ってみてくれ。それだけの力はあるはずだ。ゲノムのオファーは、そのまま受けていい。

ロシアのほうは、例によって、金を出さずにもらうものだけもらおうとしている。信憑性はじゅうぶんに示したといってやれ。要求に見合う価値の品物がこっちにはある。

条件は伝えたはずだ。それは変わらない。受け入れるか拒むか、ふたつにひとつだ」

ローが、頭を下げた。「かしこまりました。わたしもまったく同感でございます。さて、懸念される点についてですが」

「それで？」

「われわれの民間用人工衛星入手に、アメリカが過激な反応を示す……可能性がございます」

「過激とは？」

ラン・ローの象牙色の顔に、問題がきわめて重大であると感じているときだけ見せる、曖昧模糊とした表情が浮かんだ。「アメリカ海軍の任務部隊《タスク・フォース》が、最優先の扱いを受けて、昨夜、スエズ運河を通過したと、ポート・サイドのわれわれのビジネス・エージェントが報告しています。たった二隻の艦隊ですが、いずれも強力な特殊作戦用艦艇で、インド洋を東に向けて進んでいます。運河港湾局とエジプト政府は、目的地を知らされていません。

インターネットのさまざまな海軍関係サイトにアクセスしたところ、これは予定の展開ではないとわかりました。この二艦は、二カ月以上、地中海にいる予定になっていたのです。インド洋および環太平洋地域における事件を調べたところ、現時点では、兵力を急に動かすほどアメリカの権益に重大なかかわりのある問題は、例の一件をのぞいてはない模様です。われわれの作戦に的を絞った対応行動であるというのが、わたしの推測でございます」

ハーコナンはゆっくりとうなずき、強いコーヒーをひと口飲んだ。「シンガポールとジャカルタの情報源はどうだ、ロー？　アメリカの海洋政策の意図について、なにかつかんでいるか？」

「いまのところはなにもつかんでおりません」ローが答えた。「そこから、さらにふたつの可能性が演繹されます。ひとつ、わたしの推測はまちがっており、アメリカ艦隊はべつの任務のために、べつの場所を目指している。ふたつ……」

ハーコナンの黒い目が鋭さを増した。「……行方不明の人工衛星の捜索についてインドネシア政府が故意に無能をよそおっているのに業を煮やし、自分たちがことを運ぼうとしている」

「そのとおりございます。まさにそれが懸念される点です」

「場合によりけりだな、ロー。われわれを狩るのに、連中がだれをよこしたか、それによって大きくちがう」

「それがまた心配なところです。問題の艦隊は、アメリカ海軍がシーファイター任務部隊《タスク・フォース》と呼んでいるものです。小型船艇を擁し、沿岸作戦を専門としており、昨年のギニア－西アフリカ連邦の紛争解決に寄与したとされています。わが社の軍事専門家と、このタスク・フォースについてしばらく検討しました。こうした作戦能力の面で、たいへんな強敵であると、専門家は断言しております。しかも、指揮官が優秀だそうです」

ハーコナンは、またカップをゆっくりと口もとへ運んだ。やや遠くを見る目になっていたが、頭のなかでは眼前の光景とはちがうものを見ていた。大衆向けの雑誌や国際的な軍事専門誌で読んだ事柄。台北やシンガポールの政府高官がこっそり教えてくれた話。全世界ネット・テレビ局の国連総会中継の場面。海軍の軍服姿のはっとするような赤毛の美女が、自信に満ちたおだやかな落ち着いた表情で演説をしている。

「アマンダ・ギャレット大佐か」ハーコナンはつぶやいた。

「さようでございます。おおいに懸念される点です」

ポート・スーダンの北東　紅海

二〇〇八年七月二十九日　〇五〇一時(現地時間)

砂漠も海も、息を殺していた。

ほどなく無慈悲な太陽が地平線から昇り、地表にきょうの烙印を捺す。それとともに風が立ち、アラビア半島とアフリカの角のあいだを落ち着きなく移動する砂で空を汚すはずだ。

だが、いま、この瞬間は、ひんやりとした完全な静寂が支配している。濃いサファイア色の天穹では、消えゆく星がまだいくつか輝いている。東の地平線をなすサウジアラビアの黒いベルベットの山々と海は、流れる石油のようななめらかな光沢を帯びている。グレーの大型軍艦二艦の艦首が、剣《つるぎ》の刃《やいば》がシルクを裁つように水面を切り裂き、斜めうしろへとひろがる艦首波が、泡すら立てずに完璧な幾何学模様を描いていた。静寂のなか、ガスタービンの細い気息音と、船舶用ディーゼル機関の低いうなりが、一〇海里離れても聞こえるはずだった。もっと近くから、かすかな音楽の音が耳に届いた。

アメリカ海軍の建造した艦船のなかで、サンアントニオ級ドック型輸送揚陸艦ほど艦内の乗組員居住スペースが広い艦はほかにはない。そうはいっても、プライバシーはきわめて希少だった。上部構造の艦尾寄りの短い露天甲板は、プライバシーの得られる数すくない場所のひとつだった。

そこは艦尾RAM近接SAM発射機二基のあいだで、マストと小さな電子機器収納部のでっぱりの蔭になって、信号所からは見えない。しばらくひとりになりたいときには、格好の場所だった。アマンダは、〈カールソン〉に乗り組んですぐにここを見つけ、晴天の朝の夜明けには自分がひとりでそこを使うと宣言していた。アマンダが踊るときは、だいたい観客がいないほうを好む。

きょうだけはべつだ。

ポータブルCDプレイヤーから流れる主旋律が、打ちひしがれた絶望から、再建と復譬をもとめる重厚な終章へと盛りあがっていった。アマンダは、肉体を音楽に沿わせ、ピルエットからピルエット・パセへ、そしてルルベへと流れるような動きをした。短い貴重な時間のあいだ、司令の責任から完全に心を解放していた。

曲がしだいにうねりを増して高潮に達して終わったとき、アマンダはそれに合わせて、拳を空に突きあげた。そこでCDプレイヤーの音が消え、アマンダは道場パッドに片膝をついた。音楽と踊りが、頭のなかではしばらくつづいていた。やがて、おもむろに呪文を解き、目をあけて、ゆっくりと一度深呼吸をした。

「すてきだった」マットのへりに座っていたクリスティーンが、感想をいった。「この曲はなんですか？　知らない曲だったけど」

「最近、ずっとこれをためしているの」アマンダは立ちあがり、また深呼吸をした。「リチャード・ロジャーズの〈太平洋は沸騰する〉。テレビ・ドキュメンタリーの〈悲劇の海戦史〉のパール・ハーバーのテーマ音楽」

「そんなことだろうと思った」クリスティーンは、よく冷えたエビアンのペットボトルを差し出した。「〈白鳥の湖〉じゃ、ダサいものね」

「あいにく、この曲を使ってるひとはいないの。残念ね」アマンダは、冷たいミネラルウォーターをごくごく飲み、残りを手脚と茶色のレオタードにかけた。水気があっというまに蒸発して体の表面を冷やし、心地よかった。「この番組のサウンドトラックは、世界一長くて複雑な交響曲なのよ。だれかが使えば、すごいダンスの振り付けができると思うんだけど」

クリスティーンのそばにどさりと座り、電子機器収納部のでっぱりに背中をあずけた。

「ブラシを取ってくれる」といって、髪を留めているピンを抜いた。

クリスティーンは、横の事務用バッグからブラシを出した。「すこしのびすぎね」手をのばし、くしゃくしゃになった赤茶色の髪に触れながらいった。

「うーん。手入れをサボってるのよ」

「やってあげましょうか？」

「どうぞ」

アマンダは、あぐらをかいて、斜めを向き、髪の手入れをクリスティーンにまかせた。ふたりはしばらく言葉を交わさず、見知らぬ同士の気まずい沈黙ではなく、気持ちの通う親しい相手同士の心地よい沈黙のもとで、明るさをます夜明けの光のなかで〈カールソン〉の航跡が白く泡立つのを眺めていた。

「最近、アーカディから頼りは？」しばらくして、クリスティーンがたずねた。

「ときどきね。いまは日本にいて、海上自衛隊の航空機搭載艦開発計画に参加しているの。戦闘機パイロットの仕事が大好きで、仔猫みたいに楽しくやっているらしい」

クリスティーンは視線をそらし、さりげない口調でつづけた。「そういう話は知っているの。ただね、なにかいってきたのかと思って……とくに、あなたのことで」

クリスティーンがもつれを解けるように、アマンダは首を曲げた。「ときどき手紙をやりとりするだけよ、クリス。友だち同士の手紙」

「あっ、そう」

アマンダは、クリスティーンの脇腹を肘で突いた。「あっ、そう、はないでしょう、クリスティーン・モード。アーカディもわたしも後悔していないし、楽しい思い出がいっぱいあるのよ。将来のために、しばらく我慢する時期だったのよ」

「それならいいんですけどね。代わりはどなた？」

「代わり？　やめてよ、クリス。彼の代わりなんていない」

「そう、べつにいいんじゃない」

「だって、時間がなかったから……その気にもならなかったし」

クリスティーンは、掌で額のまんなかをぴしゃりと叩いた。「わかった。そういうことなんだ。仕事が終わったら、大佐みたいなお偉いさんはメイン・パワー・スイッチを切って、体に埃よけのカバーをかけるのね。だから、ＮＡＶＳＰＥＣＦＯＲＣＥの海外遠征を受けちゃいけなかったのよ。お守りがいりますね」

「ちゃんとやってるからだいじょうぶ。ご親切にどうも」アマンダは、ブラシをかけてつやつやしている髪を整えた。

クリスティーンが、鼻を鳴らした。「ふうん。それで、墓碑銘はなんて刻むんですか？　〝アマンダ・ギャレットここに瞑す。多忙のため人生を送る暇なく〟」

「水葬してもらうつもりなの」

クリスティーンは溜息をついて、ブラシをジム・バッグに投げ込んだ。また隔壁にもたれて、目を閉じる。「とんでもないことをいっちゃった、ボス・マーム……アマンダ、ごめんなさい。だけど、ときどきいらいらしちゃうんです。あなたって、いままで見たことがないくらい……気前がいいんだもの。なんでもあげちゃうでしょう。海軍、任務、乗組員、友だち、恋人に。だからね、ちょっとぐらい自分の分をとっといたらいいのにって思うのよ。それぐらいかまわないんじゃない？」

アマンダは苦笑を漏らし、うしろに手をのばして、クリスティーンの太腿を軽く叩いた。

「そんなふうにいわれてるのは知ってる。正直いって、そのことは考えないわけではないの。ヴィンス・アーカディとは、けっしてタイミングのいい別れかたではなかったから、すごく残念に思っていることがあるの。こんどヴィンスか、それともだれかべつのひととつきあってるときは、タイミングが悪いなんていうことはないようにしたい」

なぜかしら探るような口調で、クリスティーンがきいた。「最近、エディ・マックと話をしたことはありますか？」

アマンダは、肩ごしにふりかえった。「マッキンタイア提督と？　もちろん。タスク・フォースの試運転のぐあいを伝えるのに、一週間に二度ばかり報告しているけど。それがなにか？」

クリスティーンは肩をすくめて、海に目を向けただけだった。「べつに。ちょっとどうかなって思っただけ」

アマンダの指揮ヘッドセットは、それまでずっと、あけたままのジム・バッグの縁にかけてあった。いまそのアラームが鳴り、注意をうながした。クリスティーンがそれを渡し、アマンダは膝立ちになった。「ギャレット」頭の片側にヘッドホンを押し付けて、アマンダが応答した。しばらく、真剣に聞き入っていた。

「たいへん結構。どうぞ進めて」

しなやかな動きで立ちあがると、アマンダは手摺にかけてあったノーアイロンの生地のカーキ作業服を取った。「噂をすれば影よ、クリス。タスク・フォース飛行長《エアボス》からの連絡。マッキンタイア提督が来る」

＊　＊

エリオット・マッキンタイア中将は、バージニア州ノーフォーク基地の地下壕のような施設群ＦＬＥＥＴＬＡＮＴ（大西洋艦隊）司令部にいて作戦を統括するＣＩＮＣＬＡＮＴ（大西洋艦隊司令長官）を三年のあいだつとめた。ＮＡＶＳＰＥＣＦＯＲＣＥ（海軍特殊部隊）に転任してノーフォークを去るに際し、マッキンタイアは二度と〝煉瓦造りの便所から指揮をとるまい〟と心に誓った。

三日にわたり、マッキンタイアは自分の戦闘部隊とともに野外で一日の勤務時間の半分を過ごした。最小限の戦術幕僚だけをともない、軍事電気通信の最先端技術をフルに活用して、電子的な手段で司令部との連絡をたもちつつ、実戦部隊の指揮官とじかに接して作業を進めた。

NAVSPECFORCEでは、〝エディ〟・マックは三十分以内に空からおりてくる、という言葉が、昼も夜も、どんな時間でも、兵隊の口の端にのぼる。それでほっとするか戦慄するかは、状況によってちがう。

たしかに大部隊の指揮をとるには異例のやりかただというのは、マッキンタイア本人も認めている。しかしながら、マッキンタイアは、紅海を切り裂いて進む自分の艦の霜と翡翠の色の航跡を見おろし、ブリーフィング・ルームのフラット・スクリーンのモニターを見ているよりは断じてましだと明言してはばからない。

砂漠用迷彩塗装のシコルスキーS‐70が、〈カールソン〉の飛行甲板の上に達した。無理もないこととはいえ、サウジアラビア空軍のパイロットは、着艦作業には慣れていない。UH‐60ブラックホーク・ヘリコプターの輸出型であるS‐70の降着装置がはずんだところで、パイロットは最小出力《アイドル》にスロットルを戻した。側面の昇降口があき、アメリカ海軍の水兵、上等兵曹、下級士官など、とりどりの面々十数名を引き連れて、マッキンタイアが貨物室《カーゴ・ベイ》から〈カールソン〉の甲板におり立った。

いつもの流儀で、マッキンタイアは自分の荷物をみずからの手でおろした。NAVSPECFORCEにおけるマッキンタイアの永続命令に従い、数名の士官が飛行甲板の隅に固まっているだけで、提督来艦にともなう儀式はいっさい行なわれない。

回転翼《ローター》の風を避けるために、マッキンタイアは制帽を目深にかぶり、身をかがめて、待っている士官たちのほうへ向かった。背すじをのばし、向きを変えて艦尾の軍艦旗（アメリカの場合は軍艦旗も商船旗も国旗とおなじ星条旗）に敬礼すると、ふりむいて、士官たちの矢継ぎ早の敬礼の一斉射撃に答礼で応じた。

「乗艦許可を要求する、艦長」ローターの激しい連打音に負けない大声で、カーベリイ中佐に向かっていった。

「許可いたします！」

サウジアラビア空軍のヘリコプターがうしろで離陸するあいだ、甲板での会話は不可能になった。ヘリコプターがサウジアラビアの海岸のほうへ遠ざかると、マッキンタイアはもう一度制帽をぎゅっとひっぱって直した。「ああ、ましになった。カーベリイ中佐、また会えてうれしい。それに、レンディーノ中佐、きみも……それから、ギャレット大佐」

いつもながらマッキンタイアは、アマンダの物腰の落ち着きぶりと自然に身についた気品に心を打たれた。それに、このはっとするような気取りのない美貌、赤茶色の髪、白作業服《トロピカル・ホワイト》とシーファイターの小粋な黒ベレーによく似合う金色の肌の輝き。

「提督をお迎えできて、うれしゅうございます」猫が喉を鳴らすようなアルトで、アマンダが答えた。「なにかおもしろい仕事があると、クリスから聞きました」

「とっておきのやつだ。しかし、その前に、けさはサウジアラビアのヘリがのべ十数機来ることをいっておかないといけない。わたしの幕僚にくわえ、〈カールソン〉と〈カニンガム》の人員の移送もあるし、装備と弾薬も積み込む。仲間がおおぜい乗り込むぞ」

去ってゆくヘリコプターの爆音が遠くで小さくなってゆくあいだに、音色のちがうあらたな低い爆音が早くも激しさを増していた。梯陣を組む四つの黒い点が、抜けるような青空に見え、海岸線を越えて、タスク・フォースに近づいてくる。

アマンダ・ギャレットは、金色に近い薄茶色の目を大きく瞠った。「わたしのためにあれを手に入れてくださったんですね!」大きな声をあげて、一歩近寄った。

アマンダがよろこぶのを見て、マッキンタイアはうれしかった。女性への贈り物としては、いっぷう変わっているが、アマンダ・ギャレットはそもそもいっぷう変わった女性なのだ。

「二日前にコブラと話をしたとき、艦に乗るにはあと一カ月の検査が必要だといわれた」マッキンタイアは説明した。「ところが、牙を剝き出す仕事になるかもしれないといったら、やっこさん、『なんだ、実戦ですか。それならいますぐ行きます』ときた」

「リチャードソン中佐は、そういうひとなんですよ、提督」アマンダは、おもしろがるような目をマッキンタイアに向けた。「リヤードでそういうことをなさっていたんですか」

マッキンタイアはうなずいた。「メッカの近くのサウジアラビア空軍基地を借りるのに、さんざん取り引きしなければならなかった。空輪軍団が、きのうコブラの先遣隊を運んできた。けさタスク・フォースに乗れるように、連中は自分たちの機を徹夜で組み立てた」

近づいてくるヘリコプターの編隊をじっと見つめて、アマンダはしきりと首をふった。

「みんな、きょうは最高の一日になりそう。海の狼《シーウルフ》がふたたび飛ぶのよ」

まったくそのとおり、とマッキンタイアは思った。伝説の再現は、めったにないことだ。

HA(L)–3――第三ヘリコプター攻撃(軽)飛行隊という正式名称を持つ海の狼《シーウルヴズ》たちは、アメリカがインドシナ半島の戦争に介入していた荒々しい死闘の時代に生まれた。河川哨戒艇戦隊とSEAL独立班が随時呼び出せる上空掩護を用意する必要に迫られた海軍は、初の、そして唯一の、攻撃ヘリコプターのみの編隊を創りあげた。

孤絶した沼沢地帯の基地や繫留したLST(戦車揚陸艦)〝空母〟から発進する第一世代のUH–1Bヒューイ・ヘリコプター〝シーウルヴズ〟は、大義も定かでないこの陰惨な紛争で、他の追随を許さない数々の戦闘における栄誉を積みあげ、豪胆、献身、不敵、獰猛との評判も築いた。

海の狼《シーウルフ》という名を聞けば、ひとはみなふるえあがる。だから、アマンダはこの旧い部隊を再編成させたのだろうと、マッキンタイアは思った。戦いでは、兵力や火力ではない要素が勝利に結びつくことがままある。

さらに近づくと、UH–1イロコイの識別しやすいオタマジャクシのようなシルエットが、ひときわはっきりと見えた。だが、その四機は、ベトナム戦争当時の旧型の二枚《ツイン・》羽根《ブレード》のヒュンヒュンヒュンという特徴のある音ではなく、新式のフレックス・ローター飛行システムのふるえを帯びた低いうなりを発していた。ヘリの編隊が、〈カールソン〉の艦尾甲板のわずか一〇〇フィート上を通過したとき、もうひとつの異なった特徴が目についた。ずんぐりした灰色の胴体の上のツイン・ターボシャフト・エンジンが、ブラック・ホールとフリッカー・フラッシュと呼ばれる赤外線サプレッサー・システムを装備している。兵装などを取り付けるハードポイントが何カ所にもある短翼《スタブ・ウィング》が、キャビン後部から横に突き出し、機首下のセンサー銃塔《タレット》からOCSW（オブジェクティブ組装備兵器）（組装備とは、個人装備ではなく数名が使用できる装備の意味）の恐ろしげな短い銃身が突き出している。

　四十年を経て、この品種は大幅に進化した。

　さっと向き直ったアマンダは、指揮ヘッドセットをかけて立っていた飛行甲板伝声員の視線を捉えた。「そこの水兵」大声で呼んだ。「タスク・フォース飛行長に伝えて。シーウルフ一個小隊を各艦に割りふってほしい。二機が本艦。二機が〈カニンガム〉。わかった？」

「アイアイ・マーム。二機ずつですね」

「きみが要求したとおり」マッキンタイアが口を挟んだ。「UH‐1Yガンシップ（攻撃ヘリコプター）の改良型だ。どうしてW《ウイスキー》型コブラか武装オーシャンホークではなく、スーパー・ヒューイの改修型を希望したのか、いまだによくわからない。大声でくれといえば、シーコマンチだって用意してあげられたかもしれないんだ」

「それなりの理由があったんですよ、提督。タンデム・コクピットの攻撃ヘリのほうが火力は上かもしれませんが、特殊作戦の作業に使うには、応用がきかないんですよ。Yバードは、兵装を載せるだけではなく、海兵隊射撃チーム四名を送り込むこともできます。それに、オーシャンホークよりも小さいので、利用できるスペースになんとか収納できる。だから都合がいいんです」

腕を組み、航走する〈カールソン〉の受ける風に髪をなぶられながら、アマンダはシーウルヴズの動きにつれて体をまわし、熱心に目で追っていた。この贈り物を自分の計画に織り込み、早くもさまざまな可能性や考えられる選択肢を思い巡らしているのだと、マッキンタイアはうかがい知った。「そうなんです」うなずきながら、アマンダはくりかえした。

「あのおばあちゃんたちは、きっとわたしの役に立ってくれます」

＊　＊

〈カールソン〉の士官室は広く、中央に焦茶色のオークの食卓が三列にならび、壁ぎわにそれに合った茶色の革のソファやラウンジチェアがあるという、居心地のいいしつらえだった。とはいえ、新しい艦の殺風景な感じが、まだ残っている。このタスク・フォースの士官の居間を個人的なものにする賞牌や賞状や記念品、航海の思い出の品物が、まだあまり集まっていない。

しかしながら、多少の改善はなされている。カーベリイ中佐の欧州列強時代の戦艦や巡洋艦のリトグラフが、隔壁を飾っている。私蔵のコレクションを持ってきたもので、カーベリイが〝昔の黒靴の海軍〟の時代と流儀をいたく気に入っていることを物語っている。カーベリイが、テキサス級ドレッドノート型戦艦やミルウォーキー級軽巡洋艦に関する詳細や逸話を熱くなって弁じはじめたときは、そっと抜け出す算段をしたほうがいいというのを、下級士官たちは心得ている。〝現在の艦隊はいったいなにがよくないか〟という連続講義の第×回が、そのあとに控えている。

むろん、士官室には椰子の木もある。

パール・ハーバー基地士官クラブに飾られていたものと気味が悪いくらい似ている椰子の木が、〈カールソン〉出航の前夜、士官室の隅に忽然と現われた。セコイアのプランターの土に、〈ギャレット大佐の私物〉と書かれた札が差してあった。

当直士官、舷門の見張り、艦内巡察の警衛らは、頑として椰子の木が運ばれてきたのを見ていないといった。手書きの札の文字が、自分の知っているある女性情報士官の字と似ているとアマンダは思ったが、なんらかの処置をするに足るようなはっきりした証拠はなかった。

士官候補生めいたいたずらに威厳をもって対処する方法は、ひとつしかなかった。アマンダはその小さな椰子をみずから世話することにした。葉の茂る闖入者《ちんにゅう》の上に成長促進用のランプを取り付け、枯れないように気を配った。

　可笑しいのは、そのみょうちきりんなものが、だんだん好きになったことだった。

　ストーン・キレインが、中央のテーブルで一行を待っていた。痩せこけた海兵隊《レザー・ネック》（かつて海兵隊員が首を切り落とされないように革襟の軍服を着ていたことに由来する）は、タスク・フォース先任海兵隊士官で、アマンダ直属の地上戦顧問でもあるので、この急な計画会議に出席するようにもとめられていた。

　アマンダ、クリスティーン、マッキンタイアがはいってゆくと、キレインはさっと立ちあがった。

「またよろしくな、ストーン」握手を交わしながら、マッキンタイアがいった。「シードラゴンの調子はどうだ？」

「まあまあです、提督。どうにかこうにかやっています。まあ、これまでは教練や演習にすぎませんが」鋭く細められた黒い目に、好奇の色がきらりと光った。「ほんものの砲火を浴びてからでないと、確実なところはいえません」

　蛟竜《シードラゴン》という通称を持つキレインの第一海兵隊突撃中隊（臨時編成）も、アマンダが行なっている〝大きな実験〟のひとつだった。五個小隊から成るこの特異な中隊のうち、小隊三個は通常の海兵隊ＳＯＣ（特殊作戦能力）とおなじ重火器小隊一個とライフル小隊二個だが、あとの小隊二個は、戦場における縦深潜入と秘密情報収集を専門とする十四名編成の強行偵察海兵《フォース・レコン・マリーン》だ。

「願い事は慎重にするものよといったでしょう、ストーン」アマンダはつぶやいた。

「望みというのは、ときとしていちばんぐあいが悪いときに叶うものだから」

飲みたいわけではないがいつもの習慣で、大きなステンレスのコーヒーメーカーから
マグカップにコーヒーが注がれ、四人はまんなかのテーブルに固まって座った。

「よし、諸君」マッキンタイアが切り出した。「手短にいおう。国家指揮最高部は、例のインドネシアの海賊問題をNAVSPECFORCEに任せた。そこでわたしはこいつをシーファイターに任せることにした。われわれが直面している問題について、諸君は報告を受けていて、二日ほど検討する時間があったはずだ。諸君の方針と、仕事をやるのためにさらに必要なものを聞かせてくれ」

アマンダは、部下ふたりと顔を見合わせた。「そうですね。いまの段階ではっきりしていることはたったひとつ。ありきたりのやりかたでは、ぜったいにうまくいかないでしょう」

マッキンタイアが顔をしかめ、コーヒーをひと口飲んだ。「やっぱりそうか」

「それはそうですよ、提督」キレインがいい添えた。「インドネシア群島ほど沿岸戦を行なうのに最悪な環境は、地球上にはほかにありません。第七艦隊と第一海兵遠征軍を丸ごと合同で任務にあたらせたとしても、解決に十年かかるかもしれません」

マッキンタイアはうなずいた。「まったく同感だ。だが、わたしが知りたいのは、われわれのいまの資源と持てる時間で、どこまでやれるかということだ」

「いくつか案があります」アマンダは話を再開した。「まず、インドネシア領海内で任

務を行なう許可を得なければなりません。現在のわが国とインドネシアの外交関係はどうなんですか?」

マッキンタイアが渋い顔をした。「よくない。われわれはINDASATの問題で、ずっと強い圧力をかけているが、ジャカルタはあらゆる面で頑なになっている。この海賊問題そのものに、ほとんど対処していないのだが、それを指摘されるのが不快なのだ」

「偏見かもしれませんが」クリスティーンが意見をいった。「あの地域では、いまでも面子が重要なんです」

「それに、それがわれわれに有利に働くかもしれない」アマンダはつけくわえた。「提督は国務省にいまも顔がきくんでしょう?」

「ハリー・ヴァン・リンデンとは、いまも釣りのほら話やルアーを交換しているよ」

「ひとつ頼んでみてくれませんか?」

マッキンタイアは、肩をすくめた。「ことしだいによるが」

「手を引くようにいってください。INDASAT〈スターキャッチャー〉とインドネシアの海賊の件は、問題にするのを公式にやめるようにと。いえ、インドネシア大使に、これらの問題に過剰に反応したことを、内密に詫びてもらうという手もあります」

マッキンタイアは、灰色の混じった眉を片方あげた。「国務省は、今回の件で議会の一部からかなり突きあげられている。長官にちゃんとした説明をしないといけないだろうな」

アマンダは、頬をゆるめた。「そうすれば、インドネシア政府との友好関係を修復し、いっそう強固なものにするために、アメリカ海軍がインドネシアの港を親善訪問する理由ができるじゃありませんか」

マッキンタイアが、アマンダとおなじようににやにや笑った。「つまり領海内にはいる口実ができる」

「そのとおりです。ぶらぶら出たりはいったりして、道々で海賊についての情報を集めます。クリスティーンが指摘しているのですが、海賊カルテルはインドネシアの政府や軍に浸透している可能性が高い――とにかく情報源は持っているでしょう。われわれがなにをやるにせよ、独自に、隠密裏にやらなければなりません。INDASATと海賊の指導者のいどころを突き止めたところで、行動を開始し、掃滅します」

マッキンタイアは、疑問視するような表情で、うなじを掻いた。「われわれがインドネシア領土内でインドネシア国民に対して、自国の承認を得ていない戦争行為を仕掛けたら、インドネシア政府はどう反応するだろうか？」

「先方に選択させればいいんですよ、提督」と、クリスティーンは答えた。「外部の人間の手を借りないと不始末を処理できない腐敗した無能な役人の群れに見られていいのか、それとも世界の海上社会に対する大きな脅威を壊滅させた雄々しい同盟国になるか、ふたつにひとつ」ほっそりした手に顎を載せた。「いまギャレット大佐がおっしゃったみたいに、面子には面子の使い道があります」

マッキンタイアは、考えながらマグカップの底を覗き込んだ。「INDASATの隠し場所に関する確実な情報が得られるかどうか——万事がそれにかかってくる」

「そのとおりです」アマンダは認めた。「この作戦では、情報収集が要になります。そこで、わたしの直接指揮下に、もっと情報収集資源が必要になります」

「なんでも欲しいものを用意する」

「はい。この作戦のあいだずっとグローバル・ホーク半個飛行隊を運用できるようにして、それが使用するオーストラリアの前進基地を用意してください」

マッキンタイアは、顔をしかめた。「原子爆弾とか空母とか、もっと簡単なものではだめなのか？　それなら内輪で調達できる。グローバル・ホークは、空軍に頼まないといけない」

「申しわけありませんが、わたしが必要な資源はそれです。リアルタイムの地域偵察を二十四時間いつでも呼び出せるようにしないと、この作戦は実行できません。つまり、Gホークがタスク・フォースに直属するようにしてください。〈カールソン〉には、統制接続ポイントとして使える装備がありますし、われわれが移動しているあいだに、システム・オペレーターをサンディエゴから飛行機でよこしてもらいましょう」

「なんとか手配しよう」マッキンタイアが、うなり声を発した。「青い軍服の悪党どもがそのうち見返りになにを欲しがるかを心配すればいいだけのことだ」

アマンダは、マグカップの上で笑みを浮かべた。「めんどうなことは提督にやっていただけるので、ほんとうに助かります。こちらは毎日、海賊王の塒《ねぐら》捜しに専念できます」

マッキンタイアが、喉の奥から忍び笑いを漏らした。「そっちのほうがずっとおもしろそうだ。わが男の海軍では、ちかごろ冒険活劇はとんと見られなくなった。旗艦艦橋《ブリッジ》にいる人間が増えてもかまわなければ、今回はわたしも同行したい。どのみち指揮はずっときみがとることになるが、この新シーファイター・タスク・フォースの組織がどういう働きをするか、肌で感じたいんだ」

「すばらしいことだし、歓迎いたします、提督。今回の航海では政治工作《すじ》や外交がある程度必要になるでしょうし、アメリカ海軍中将の星三つは、一大佐の金条四本よりもはるかに重みがあります。それに、われわれがこれから作戦行動を行なうのは、イスラム文化圏なので、男性の将官が乗っていたほうが、物事が複雑にならずにすむでしょう」

マッキンタイアはうなずいた。「偉ぶった高官や王族や実力者は、わたしに任せてくれ。議会を相手にすることを思えば、楽なものだ。ほかに必要なことは？」

「航空兵站を少々余分に。隠密裏に行なえるものを。インドネシア群島内でごく小規模な部隊を支援しなければならなくなるかもしれません。グローバル・ホークを手配するあいだ、コンバット・タロンを一機、用意できませんか？」

「わかった。ほかに考慮しておくことは？」

「戦術的警戒措置です」ストーン・キレインがいった。「インドネシアの港内や近海で作戦を行なうのは、こっちにとって好都合であるとともに、悪党どもにとっても好都合です。やつらは手持ちの資源でわれわれを襲撃できます。われわれの艦艇と人員は、破壊工作やテロ活動に対してもろい面があります」

「まったくそのとおり、ストーン」アマンダは同意した。「それも相手は海賊カルテルとはかぎらない。作戦海域全体が爆発しそうになっている。ジャカルタの政府は、群島のあちこちで数々の反乱分子と対立しているし、反射的な反米活動が勃発する可能性もある。インド洋を横断するあいだ、艦内警備・乗り込み防止演習を、徹底してやりましょう。あなたの部下たちが乗組員にほどこしている戦闘訓練のぐあいは？」

「かなり順調です。戦域に達するころには、全乗組員が上級訓練を終えているでしょう。でも、予備の乗組員用武器があって、艦載の弾薬がもっと多いと、助かりますが」

アマンダはうなずいた。「シンガポールで積み込めるように手配しておくわ」マッキンタイアのほうをちらりと見た。「タスク・フォースで実施しているプログラムのひとつが、武器強化訓練なんです。全乗組員に行き渡るだけの小火器、抗弾ベスト、射撃に必要な装備が、武器庫にあります。それに、ストーンのところの海兵隊員が、艦内および陸上における戦闘の上級訓練をやってくれています。必要に迫られたときは、艦を護るだけではなく、強襲揚陸隊で突撃中隊《レイダーズ》を応援できます」

「まあ、おれたちに応援はいらないだろうが」と、キレインがつぶやいた。

アマンダは、大男の海兵隊大尉に向けて、片方の眉をあげてみせた。「それはそうかもしれないけれど、このショーが終わるまでに、そういう強襲揚陸隊が必要になるような気がするのよ」

「この作戦がどういう側面を見せるかということは、まだ決めつけたくはない」マッキンタイアが、不満げにいった。「なにしろ相手のことがまだわかっていないからな。その前の初手はどう打つつもりなんだ、大佐？　インドネシア寄港の承認を国務省が得るまで、しばらく時間がかかるだろう。それはそうと、どこに寄るつもりだ？　ジャカルタか？」

アマンダは、首をふった。「いいえ、バリ島のブノアです。インドネシア群島の中心にあり、ジャワ島西部の軍や政府の中枢からもある程度離れていて、静かです。のんびりしたリゾート地ですから、乗組員に上陸許可をあたえるのにもよく、いかにも友好的な寄港という感じがします」

「どんなふうに接近するつもりだ？」マッキンタイアはたずねた。

「ずっとそれを考えていました」マグカップを置くと、アマンダはテーブルの上で腕を組んだ。「海賊カルテルについてのクリスティーンの分析が正しいとすれば、世界中の主要港に恐るべき海上情報収集ネットワークが張りめぐらされているはずです。当然、スエズ運河への入口のポート・サイドも含まれている。したがって、われわれがインドネシア領海へ向かっていることは、十中八九、知られているでしょう。われわれの寄港を国務省がインドネシア政府に打診すれば、海賊カルテルはたちまちわれわれの目的地を知り、到着の日時までつかむはずです」

金茶色の瞳に熱意をみなぎらせ、アマンダはすこし身を乗り出した。「わたしはそういう彼らの情報収集能力を逆手《ぎゃくて》にとるつもりです。こちらのいどころを精確に教えてやるが、それとともに、おなじ時間にちがう場所にいるようにする」

「よく説明してくれ」マッキンタイアが、ゆっくりといった。

「まず、バリ島到着の日時と、シンガポールの艦隊基地での通常の補給作業の日時を定めます。どちらも、ＬＰＤがゆっくりとインド洋を横断する時間割に添うようにします。海賊は、タスク・フォースが艦隊のもっとも遅い艦艇の速力に合わせて進むと判断するはずです。二艦ともシンガポールで補給を行なう予定にしておきますが、じっさいに到着するのは〈カールソン〉だけです。

紅海を出たところで、わたしは海兵隊一個乗り込み小隊およびシーウルフ・ガンシップの半数とともに、〈カニンガム〉に乗り移ります。そこで〈カニンガム〉は〈カールソン〉と分かれ、完全ステルス・ＥＭＣＯＮ《エムコン》（電波発射管制）を実施、全速力で東インド洋を横断します。オーストラリア領海に達したところで、オーストラリア海軍の洋上補給が受けられると助かります。そのあと、シンガポール到着の予定日まで、数日にわたって海賊狩りを行ないます」

マッキンタイアのいかつい顔に、ふたたび笑みが浮かんだ。「いや、こいつは愉快だ！　海賊カルテルは、われわれが付近の海上にいるときは用心するだろうが、われわれが到着して位置につく前に、一回か二回、手荒な仕事をやろうとするかもしれない」

「そうです。〈カールソン〉が単艦で到着すれば、やつらの意表を衝くことができるかもしれません。襲撃隊の一部が、まだ海で荒稼ぎをしているかもしれない。運がよければ、何人かを捕虜にして訊問できるでしょう。物的証拠や書類も押収できるかもしれません。金梃子を突っ込む隙間をこしらえられるかもしれない」

ストーン・キレインが、感銘を受けたことをうなり声で示した。「大佐の許可をもらって、その行動に参加したいですね。こっちの水陸両用作戦は、おれの中隊の副長にやらせます」

「ぜひ参加して、ストーン。あなたが先鋒をつとめてくれるとありがたいわ。この初手は、きわめて重要だから」

「それに、ボス・マームのお許しを得て」クリスティーン・レンディーノが口を挟んだ。「わたしもくわえてもらいます。ちがう方面でね」

「どういうこと、クリス？」

「きょうの午後の最後のヘリで、サウジアラビアへ上陸します。リヤードからシンガポールへ飛び、一般観光客として潜入します」

「なにをたくらんでいる？」マッキンタイアがたずねた。

「いわゆる現地人のガイドというやつに関して、わたしはちょっとばかし先んじてるんです」

アラビア海　イエメン南岸の南東一五五海里
二〇〇八年　七月三十日　〇八四六時（現地時間）

細かい装備は変わっているが、雰囲気はまったくおなじだった。波を切る低い船体の安定した乗り心地。換気装置の管を通る空気のささやき。通路に漂う温かな感じのくすんだ灰色のペンキと軽油のにおい……

アマンダは、飛行甲板から〈カニンガム〉の上部構造を通って、ゆっくりと艦首の方向へ歩きながら、そういった周囲のすべてをじっくり味わっていた。現在の指揮官職は申し分ないが、艦長をつとめたことのあるものならだれでもいうように、〝自分の〟艦として記憶に残る特定の一隻というのは、かけがえのない存在なのだ。夜、夢に出てくるのは、その艦の艦橋《ブリッジ》と決まっている。

士官居住区に向かう前に、アマンダは士官室を覗いた。装備が新しくなっているほかは、なにひとつ変わっていない。アマンダの父親が描いて寄贈した〈カニンガム〉の絵が、右舷の入口に近い隔壁に飾られ、艦名を頂戴したランディ・〝デューク〟・カニンガム少将の海軍航空徽章が、左舷のガラス・ケースに収められている。そう、ケンがこういったものを変えるはずがない。

上部構造の一層上の来艦者用船室で、アマンダはズックの雑嚢とブリーフケースをおろした。〝デューク〟の居住区に旗艦司令室はないし、自分のために士官が部屋を換えることはないと、アマンダはきっぱり拒絶していた。

荷物を置くと、アマンダはかつて何度となくやったように、梯子《ラッタル》を昇って艦橋へ行った。

「司令《コモードア》が艦橋へ！」

「休め」機械的に、アマンダは応じた。それから、一分ほどじっと入口に立ち、中央コンソールの前に着席した操舵チームと、広々とした前甲板や波を切り裂いている鋭く尖った艦首のほうを、肩ごしに見やった。

転属になってからも、計画会議や査察のために、何度かここに来たことはある。しかし、今回はちがう。ここは海上だし、どこかの工廠へ向けて移動しているのではない。ここでは自分も艦も、完全に生き生きとしている。

「よくいらっしゃいました、マーム」黒い目の上まで〈カニンガム〉のキャップの庇を引きおろしたケン・ヒロ艦長が、そばに立っていた。日系アメリカ人のいつもの慎みが、顔いっぱいにひろげた笑みにすっかり打ち負かされている。

アマンダは、片方の眉をぴくりと吊りあげた。「あなたたちはお似合いのカップルね、ケン。いい結婚になるとわかっていたわ」

「最高です、マーム」

「あなたたちふたりにとって、よろこばしいことね。お別れの準備はできた？」

「いつでもご命令を」

「では、はじめて、ヒロ艦長。〈カールソン〉に、わたしたちは独行すると信号を送って」

「かしこまりました、マーム」ヒロが、すこし声を張りあげた。「操舵員《ヘルム》、航法通信装置《ナビコム》連動。規程船首方位、東航航程1を、針路設定に選択。速力通信器員《リー・ヘルム》、全機械室に高速巡航を指示。全機関前進四分の三。速力三〇ノットに調整」

熟練した手と目が、主コンソールと速力通信器の上で動きはじめ、必要なシステムを呼び出し、スロットルやプロペラの制御レバーを動かし、反応を確認した。

「艦長、ナビコム連動、艦は東航航程1に追従しています」

「艦長、主機および機械室は高速巡航を確認。速力はまもなく三〇ノットに達します」

〝デューク〟が、竜骨から甲板まで小刻みにふるえ、二軸の二重反転プロペラの連打音とともに速力を増した。激しい加速から体を支えようとして、反射的にアマンダは座席のうしろの手がけを握っていた。

インド洋横断の大圏針路をオートパイロットと航法システムが見定めるあいだ、艦首がつかのま横に動いた。なめらかにあらたな針路へと回頭すると、〈カニンガム〉はいらだたしげに波を払いのけ、艦首の波切りの分けるV字形の泡立ちが高くなった。

ヒロが、かけている指揮ヘッドセットを通じて、テニスのネットプレイを思わせる矢継ぎ早の命令を下した。「CIC《コンバット》、こちら艦長。CEBMS（共同交戦戦闘管理システム）解除、独立作戦に様態を変更。信号、〈カールソン〉に離脱すると報せろ」

アマンダは、左舷張り出し甲板にぶらりと出て、艦尾方向を覗いた。〈カニンガム〉は、ゆっくりとインド洋を東に向かう〈カールソン〉の行く手を横切り、どんどん距離をあけていた。大きなLPD（ドック型輸送揚陸艦）の信号所で、インド洋の太陽の輝きをもしのぐまばゆい光がまたたいてる。ケンの離脱するという信号に応答しているのだ。意外にも、馬鹿でかい〈カールソン〉がいなくなると思うと、アマンダは急に淋しくなった。〈カニンガム〉に戻ったのは、おとなになって生まれ育った町に帰ってきたようなものだ。未来は〈カールソン〉にある。

「なんといってきたのですか、マーム？」水密戸のあたりでぶらぶらしているアマンダのそばに、ヒロがやってきた。「どうも発光信号は苦手で」

「ええと、『道中の安全とよい……戦果を祈る……改行……シンガポール……で会おう……改行……すこし……われわれの分も……残して……おいてくれ』」

ヒロが、くすくす笑った。「カーベリイがこんなふうに本音を吐くとは思わなかった」

「そんなに悪い男じゃないのよ。変わっているだけで。わたしの以前の副長だって、おなじように堅苦しかったときがあったような気がするけれど」

「まあ、それは一筋縄ではいかない女性艦長が、こちこちなところを叩いてやわらかくしてくれる前の話でしょう」

ふたりは涼しい操舵室にはいった。「ほかにご命令は、マーム？」ヒロがたずねた。

「いまのところはないわ、ケン。どうぞこのまま。わたしは片隅に座って、しばらく海を眺めていることにするから」

「よろしければ艦長席に座ってください」ケンは、艦橋の右手の高くなった座席を顎で示した。艦長にとっては昔ながらの神聖な場所だ。アマンダはかつてそこにゆったりと座って、幾多の当直を重ね、のべ何万海里もの航海を行なったものだった。

アマンダはかぶりをふった。「いいえ、ケン。あの席は〝デューク〟の艦長のもの、あなたのものよ。いまのわたしは階級が上のヒッチハイカーにすぎない」

「たしかに了解しました、マーム。そういうことでしたら、〈カニンガム〉艦長として、タスク・フォース司令につつしんで要求いたします。昔のよしみで、一度だけ……艦橋到来の記念として、わたしの椅子に座っていただけますでしょうか？」

アマンダは、くすくす笑った。「要求を許可する」

艦長席のところへ行き、体を持ちあげて座った。クッションが交換され、肘掛の制御装置類が改善されているが、リングを踵で押して艦首方向を中心に座席を四五度回転させ、艦橋の隔壁の手がけに足を載せることができるところは変わっていない。腕を組み、背もたれを倒せば、くつろいだ姿勢がとれる。いまでも座りごこちは悪くない。

ひょっとして、故郷へ帰ることはできないという昔の言葉は、まちがっているのかもしれない。たとえ短いあいだでも帰れるのだ。

イエメン南岸の南東一八〇海里
アメリカ海軍LPD〈エヴァンズ・F・カールソン〉艦隊司令公室
二〇〇八年七月三十日 〇九四四時(現地時間)

エリオット・マッキンタイアが、女性とおなじ部屋をいっしょに使うのは、久しぶりのことだった。その女性が留守であるとはいえ。

居住スペースがすくない軍艦で空いている船室を使わないのは無意味だから、自分が〈カニンガム〉を離れているあいだは司令室を使ってほしいと、アマンダがマッキンタイアに強く勧めたのだ。艦に滞在中はずっと使ってもらいたいという要求をいったん拒んでいるので、今回はマッキンタイアとしても承諾するほかはなかった。

とはいえ、理由はわからないが、じつに不思議な感じだった。

洗面所が付属しているその続き部屋に、極端に女らしい雰囲気はまったくなかった。

もとから敷いてあるネイヴィー・ブルーの絨毯と、隔壁の松材に見せかけた壁紙をのぞけば、よけいな装飾はなにもない。天井は管や電線が剝き出しのままのびていて、軍艦そのものだ。

　執務室と居間を兼ねたスペースには、灰色の大きな鋼鉄のデスクとコンピュータの端末、革と鉄パイプのソファ、〈カニンガム〉の士官室でアマンダが気に入っていたのが記憶にある、ここにそぐわない感じの古ぼけた革のリクライニング・チェアが、どうにかこうにかならべてある。

　隔壁にかけた数点の絵は、たしかに一見の価値がある。アマンダは、数千ドルの価値のあるオリジナルの海洋絵画を飾っていた。いずれも、アマンダの父親のウィンストン・ギャレット海軍少将（退役）の作品だ。

　マッキンタイアは、往時を思い出してにやりと笑った。ペルシャ湾でミサイル駆逐艦〈カラハン〉に乗り組んでいたころ、艦長《オールド・マン》はスケッチブックやイーゼルに向かうときに真剣すぎやしないかと、みんなが思っていた。

　絵のうちの二点は、かつて〈カニンガム〉にあったものだ。一点はアマンダが最初に指揮した艦隊航洋曳船《フリート・オーシャン・タグ》〈ピーガン〉、もう一点はケープ・コッド風のスループ（通常一本マスト二枚帆の小さなヨット〝ジーアドラー「海の鷲」〟）。だが、これまで見たことのない絵があった。海岸の近くの岩の崖の上で、幼い少女が海を眺めている。ブルージーンズ姿で、おもちゃのヨットを両腕に抱え、双眸に切なる願いを宿し、遠い水平線をじっと見ている。

「ああ、これは」マッキンタイアはつぶやいた。少女がだれであるか、見まちがうはずはなかった。父親のあふれんばかりの愛が、その絵にこめられていた。

マッキンタイアは、司令私室に通じるドアのほうへ行った。ネイヴィー・ブルーの絨毯と松の木目の壁紙はおなじで、隔壁に取り付けられた簡易ベッドの紺の毛布は、太鼓の皮のようにぴっちりと張ってある。そこもやはり過度に女らしいところはどこにもないが、それでもどこかしら……

香りだ！　そのせいだ！　艦内はふつう暖かな金属のはっきりしないにおいが漂っているが、コロンとタルカム・パウダーのやわらかな甘い香りがそれをしのいでいる。海上で長期間勤務したあと、家の寝室にはいるとはっとすることを思い出した。亡くなった妻のにおいと、それがかもし出す期待。別れていた時間を取り戻す方法のあれこれ。

マッキンタイアは、いらだたしげに首をふり、思い出を保管してあった箱に戻して、蓋をばたんと閉めた。過去の話だ。二度と戻らない過去の。

簡易ベッドの向かいの隔壁に造りつけたロッカーと抽斗のほうを不機嫌に向くと、主計兵曹が装備をきちんと収納しているかどうかを確認した。ところが、三番目の抽斗をあけると、薄物の女らしい下着がぱっと目に飛び込んだ。マッキンタイアは、あわてて抽斗を閉めた。

アマンダ・ギャレットと黒いちっちゃなレースの下着という、まるで似つかわしくない組み合わせの映像が、脳裏に殺到してきた。マッキンタイアは片手を額に当て、こめかみを揉んだ。まったく……やりにくい。

注意をふたたび集中しようと、ベッドに目を向けた。波で揺れても平気なように横棒を渡したくぼんだ棚が、ベッドの長さだけのびている。それを見て、やっと気分を変えることができた。高価な小型CDプレイヤーが、何枚ものCDとならべて、そのなかごろに置いてある。

それに本もある。

一枚がCDプレイヤーに入れてあるのが目に留まった。手をのばし、再生ボタンを押した。ややあって、耳に残る特徴のある楽章が、スピーカーから流れた。〈大海原の歌〉。推《お》して知るべしだった。

ベッドの枕もとのほうの本を、マッキンタイアは熱心に見ていった。ひとりの人間の心と頭のなかを知る確実な方法のひとつは、読んでいる本を調べることだ。アマンダは、執務室のスペースにも専門書がびっしりならぶ書棚を置いているが、これは旧い友だち、心休まる書物で、何度も読み直したために手ずれてぼろぼろになっている。

海にまつわるものが多いのは、驚くにあたらない。セシル・スコット・フォレスターが何冊もある。『巡洋艦アルテミス』、『駆逐艦キーリング』。だが、ホーンブロワー物はない。主人公がたえず自分の無能さをののしるのにいらいらする、とアマンダがいったことがあった。ジャック・ロンドンもある。『グリーフ船長の冒険』。ジャン・ド・アルトゥグの『海の呼び声』アンソロジーもある。

ユーモア物もある。ダン・ギャリー提督の『太っちょ船長物』が二冊、ずっと前に《サタデイ・イヴニング・ポスト》に連載されていた『タグボート・アニー・シリーズ』の分厚い復刻版が一冊。ふと思いついて、マッキンタイアはあとのほうを抜き、ぱらぱらとめくってタイトル・ページをあけた。思ったとおりだ。

艇長へ
メリー・クリスマス
つつしんで敬意と愛をこめて
アメリカ海軍艦隊航洋曳船〈ピーガン〉の士官・乗組員一同より

マッキンタイアは、その本をもとの場所に戻した。最後に、アマンダの父親の蔵書だったにちがいないかなり古い書物が二冊あった。ローウェル・トマスの『海の悪魔ルックナー伯爵』と『海の悪魔の船首楼』。
先の本には、栞が挟んであった。アマンダは、二日ほど前に読み直しているところだったにちがいない。マッキンタイアはにっこり笑い、尊い感じに古びたハードカバーを手に取った。本を読みやすいように枕を直すと、ベッドに大の字になって、最初のページをひらいた。

オーストラリア西北　キンバリー
カーティン・オーストラリア空軍基地
二〇〇八年八月二日　〇七二三（現地時間）

オーストラリア軍の用語では、そこは〝裸の基地〟と呼ばれている。つまり、常時配置されている飛行隊も駐屯部隊もおらず、基地を運営する部隊も警衛もいない。太陽に焼かれている殺風景なコンクリートの滑走路とがらんとした建物数棟が、キング湾のぎらぎら光る水面と、はるか彼方の金色を帯びた赤茶色のキング・レオポルド山地のあいだにあるにすぎない。茨の茂るまわりの窪地よりましな点はたったひとつ、大型の高速機が中継基地として離着陸に使えるということだけだ。

まさにオーストラリアでももっとも孤絶した沿岸部にあるということ自体が、カーティン基地の役目でもある。海からの脅威がふたたび勃発した場合、足場として使える可能性がある。

けさも、ふだんとおなじような一日のはじまりで、なにもない駐機場や誘導路ですさまじい熱風が渦巻き、滑走路の上では陽炎が本日のダンスをはじめている。建物の近くの蓋をかぶせた井戸のまわりにカンガルーが群がって、ひびのはいったパッキンから漏れている貴重な水をなめている。

突然、砂漠の向こうから腹に響く爆音が聞こえてきて、カンガルーが空を見あげた。ほどなく、カーティンに本日最初の便が到着すると、カンガルーの群れは逆上したように叢林へと逃げていった。

オーストラリア陸軍のCH－47チヌーク・ヘリコプターが、飛行列線に重たげな動作でゆっくりと着陸するあいだ、大きなツイン・ローターが砂を竜巻のように捲きあげた。

降着装置の上で機体を沈ませてとまったところは、無人の管制塔のそばだった。

オーストラリア空軍とアメリカ空軍の作業服を着た四十名近い男女兵士が、大型ヘリコプターから出てきた。重たい個人装備、工具箱、装備の箱をかかえ、尾部の傾斜板をぞろぞろとおりてきた。

荷物と乗客をおろしたチヌークが、ふたたび空に昇り、残されたものたちは作業に取りかかった。

オーストラリア空軍兵士数名が、キー・リングを持ってばらばらと走り出し、飛行列線に沿って立つがらんどうの建物数棟の鍵をあけにいった。アメリカ空軍の通信担当が、外界と連絡をとるための衛星電話を設営し、SINCGARS（単チャンネル地対空無線機コンポーネント・システム［VHF］）無線機のバックパックを背負って、管制塔を昇っていった。その他の兵士たちは、太陽に殴りつけられながら長い滑走路を歩き、コンクリートの面から、エンジンに吸い込まれるおそれのある異物を捜して取り除いた。のんびりしているひまはない。すぐに多数の航空機がやってくる。

最初のアメリカ空軍のＣ－１３０Ｊ輸送機が、一時間後に着陸態勢にはいった。場周経路に進入すると、そろそろと姿勢をととのえ、着陸した。急ブレーキをかけ、ターボプロップ・エンジン四基のプロペラをリバースさせ（羽根の角度を0度以下の負角に変えて負推力を発生させること）、センターラインで停止した。尾部傾斜板《テイルゲート》がおろされ、飛行場用移動レーダー車がすぐに吐き出され、さらに地上員十数名と、気動車を牽引するＨＭＭＷＶ《ハンヴィー》（高機動多目的走輪車）一台が出てきた。

積荷をおろしたＣ－１３０は、滑走路の端まで地上滑走《タキシー》し、離陸準備を開始した。おなじ型の輸送機が、早くもいらだたしげに旋回し、滑走路をあけろと要求している。一日ずっと、Ｃ－１３０とＣ－17がひっきりなしに着陸し、一機到着するたびに、カーティン飛行場《フィールド》はどんどん活気を呈していった。発電機がいびきのような音を発し、スイッチが入れられた回路に電気を送り込む。水道が錆を吐き出して、やがてきれいな水が勢いよく噴き出す。窓やドアが力まかせにあけられ、湾から吹く風が宿舎のむっとする饐えたにおいを追い出す。

輸送機が着陸するあいだにも、滑走路に携帯着陸灯がならべられる。エアコンの効いたバンのなかで、ＧＣＡ（地上管制誘導）管制官が、ロサンジェルス国際空港とおなじようなのんびりした口調で、航空交通をさばく。どんどん数を増す地上の車輛が、基地の道路をのろのろと走りまわる。ハンヴィー、ピックアップ、タンクローリー、消防車、救助車輌。

野外炊事場が、温かいＡ口糧《レーション》(新鮮な材料を用いた、兵営での食事とほぼおなじもの)を供している。がらんとしたオフィスに野外机が運び込まれる。寝袋が兵舎の床にひろげられる。

到着した航空機すべてが飛び去ったわけではなかった。鉄球のような艶消しの黒に塗装されたアメリカ空軍第一特殊作戦航空団のＭＣ－１３０Ｊコンバット・タロン輸送機一機が、駐機場の専用の場所へタキシーしていって、エンジンを切り、ここにとどまるのに必要な地上員と支援装備とパーツ一式を吐き出した。

空のコマンドウともいえるコンバット・タロンは、カーティンに何機も飛来したＣ－１３０輸送機の親類ではあるが、せいぜい従兄弟といえるくらいの共通点しかない。ステルス性を高め、最新鋭の感知装置《センサー》類や電子戦システムを各種搭載したコンバット・タロンは、通常の輸送機では生残できないようなところへ飛び込んでは離脱するための特殊戦機だ。

べつの駐機場では、きわめて異色の航空機を迎える準備が行なわれていた。任務管制・発進回収班の白いバンとトレイラーが何台も、訓練の賜物の早さで配置についた。油圧式の無線アンテナが、何本もするするとのびる。衛星通信用のディッシュ・アンテナが高く揚げられ、彼らの担当する航空機を探知しようと、空を捜索した。

そうした作業の目的のものが到着したのは、太陽が西の地平線に触れようかというころで、複合材の外板から反射する陽光が赤く燃えていた。細いまっすぐな主翼がずんぐりした胴体の倍の長さで、シルエットだけ見ると、とてつもなく未来的なセールプレーン（上昇気流を利用して飛ぶ超軽量グライダー）のようだった。尾部には鋭角のV字尾翼があり、胴体の上の目につく瘤にはロールス・ロイス／アリソン・ターボファン・エンジンが収められている。それがいまはかすかなささやきのような音を発する程度まで推力を絞られている。

なめらかに、そして密やかに、主滑走路上に達したその航空機が、機体下から降着装置を出した。タイヤが舗装面に触れ、ぱっと煙が出たと思うと、もう着陸して、アメリカ合衆国西海岸から一万一〇〇〇海里の海外派遣の旅を終えていた。

駐機場に向けてタキシーするとき、観察していたものがいたなら、あの伝説的なU－2／TR－1偵察機の一族とよく似ているのに気がついたはずだ。

決定的なちがいがひとつあった。グローバル・ホークUAV（無人機）には、コクピットがない。もちろん必要ないからだ。それを着陸させた〝パイロット〟は、任務管制車のバーチャル・コクピットに座っている。

一機目が無事に着陸してエンジンを切ると、UAVシステム・オペレーターは、VR（バーチャル・リアリティ）ヘルメットの重いディスプレイ・バイザーを上に持ちあげて、コンソールの上に置いたぬるいダイエット・ペプシをごくりと飲んだ。運航監視車の班員に通じているインターコムのスイッチを入れ、到着するUAV全四機のうちの二機目との接続を行なう準備ができていることを告げた。食堂のラザニアがなくなる前に、さっさと片付けてくれないか？

カーティン基地を夜の闇が包むころには、部隊移動は完了していた。打ち捨てられていた基地が、俄然、あわただしくなった。格納庫や建物のなかでぎらぎら照明が輝いた。夜が明ければ、グローバル・ホークは北のインドネシア上空に向けて出動する。カーティン基地は、ふたたび任務と意義を持つようになった。

基地周辺防御の外の茨の藪では、喉が渇いたカンガルーたちが、基地の騒ぎを見守り、どうやったら井戸まで行けるだろうと考えていた。

シンガポール　セントーサ島
蘭の幻想《オーキッド・ファンタジー》モノレール駅
二〇〇八年八月四日　〇八二九時（現地時間）

セントーサ島は、東洋のディズニー・ワールドだ。ケッペル・ハーバーのすぐ沖にあって、本土からはケーブルカーか専用道路かフェリーで行ける。庭園、博物館、テーマパーク、シンガポール最高のビーチが、一周三キロメートルの島にネックレスの珠のように点々とある。超現代的なモノレールが、珠と珠をつなぐ糸の役目を果たし、セントーサを訪れる国内と海外からの観光客を、娯楽施設から娯楽施設へと、すみやかに、そして静かに、てきぱきと運んでいる。

セントーサは、美と教育と楽しみにあふれた場所だ。しかしながら、シンガポール国家警察のグエン・チャン警視は、そうした目的のためにここに来たのではなかった。

モノレールの改札口のそばの暗い日陰の一角に潜んでいるチャンは、腕時計を見てから、薄茶色の麻のスーツの下のショルダー・ホルスターに収めたグロック19をたしかめた。

シンガポールは、表立った街中の犯罪という点に関しては、東南アジアではずばぬけて安全な街だろう。チャンは治安を維持するのが仕事であるだけに、それが事実であるのを承知していた。それと同時に、用心を怠るのはおろかだということも知っていた。まして今回は、匿名の電子メールで、秘密裏に会うことをもとめられたのだ。独りで来るようにと、とくに注文をつけて。

チャンは暗がりに身を潜めて、自分が来た経路に視線を走らせ、怪しい人間、疑わしい動き、場違いな顔やようすが見あたらないかと捜した。観光客や遊びにきたものたちの早朝のまばらな人の流れに、それらしいものは見当たらなかった。

コンピュータ制御の精確さで、八時三十分発のなめらかなモノレールが、ささやくような音とともにオーキッド・ファンタジー駅にはいってきた。チャンは、帰ってきた乗客がおりるのをやり過ごしてから、プラットホームに行った。ほとんど乗客のいない最後尾の車輌のドアをはいり、島巡りのために乗ってくるものがあれば一望にできるいちばんうしろのベンチに座った。

ドアが軽い音を立てて閉まった。するすると加速した数輌の電車は、森林公園の島の青々とした樹林にそびえる支柱の上のモノレールを、流れるように進んでいった。

チャンの受けた指示は単純で簡明だった。専用道路の橋を通って、セントーサ島に渡る。オーキッド・ファンタジー駅で八時半発のモノレールに乗る。接触を待つ。チャンはその指示に従い、鷹のような浅黒い整った顔の表情を消して、待っているところだった。

夜の市場《ナイト・マーケット》駅、失われた文明《ロースト・シヴィリゼイション》駅では、なにも起こらなかった。だが、アンダーウォーター・ワールド海底水族館駅で、若い西洋人の女性が乗ってきた。ショルダーバッグのポケットに旅行パンフレットを差し込み、手首にテーマパークの風船の糸を結んで、小粋に揺らしているところからして、観光客にちがいない。

これが非番のときだったら、チャンはそのブロンド娘の短い薄手のシフトドレスから覗く金色に日焼けしたきれいな脚を、ほれぼれと眺めていたはずだった。しかし、いまは仕事中だ。チャンはことさら怖そうな顔をして、娘を離れた席に追い払おうとした。ところが、娘がとなりに座ったので、チャンはどぎまぎした。

「チャン警視ね」モノレールの速度があがると、女が小声でいった。

チャンが驚いて両眉をあげ、そこでなんとか踏みとどまって答えた。「ええ、グエン・チャンです」低い声をたもって、英語で答えた。「で、あなたは……？」

「あなたが会うことになってる相手」娘——というよりはおとなの女——が答えた。近くで見ると、周到に若く見せかけているのがわかった。「あなたに接触したのはわたし」

「証明できるか？」チャンは、用心深くたずねた。

ブロンド女が、にっこり笑った。「あなたが受け取ったメッセージには、認証のために変な言葉があったでしょう。勝無意志《ウィンノーウィル》。合ってる？」

チャンはうなずいた。「合っている。たしかにその言葉だった。みょうちきりんなメッセージを送ったのがあなただというのは認めよう。しかし、あなたが何者で、どういうわけでぼくに接触したのかということが、まだわからない。もうじき教えてもらえるんだろうね」

「わたしはクリスティーン・レンディーノ、アメリカ海軍特殊部隊のクリスティーン・レンディーノ海軍中佐」

「アメリカ海軍特殊部隊？」

「そう」掌に隠していたＩＤカードを、クリスティーンは見せた。「おたがいに関心がある問題について話し合うために来たの」

「ぼくとアメリカ海軍の両方にとって関心がある問題とはなんだろう、レンディーノ中佐？」

「海賊よ、チャン警視」若い女が、脚を組みながら答えた。「おたがい、海賊にはすっごく頭にきてるじゃない」

＊　＊

世界的にも有名なベルベットを思わせる緑色のゴルフコースを借景とし、葉擦れの音がする椰子の木陰にあるホテル・ビューフォートのラナイ・カフェは、海軍士官と海賊の話をするのに、ありきたりの舞台とはいえない。しかし、このクリスティーン・レンディーノは、ありきたりの士官ではないのだ。

「こんなふうにぼくを捜し当てたわけを聞かせてもらえますか、中佐？」

「ええ」クリスティーンはサンダルを脱ぎ捨てると、籐椅子に心地よさそうにもたれた。「アジアでの現代の海賊が様変わりしていることについて、あなたが去年、《国際海事ジャーナル》に書いた記事とかかわりがあるの。わたしもふくめて、おおぜいが、すごく感銘を受けたのよ。すごい調査だし、上司は当然、認めてくれたんでしょう」

「ぼくにとって、あの記事はまったく個人的な研究結果だったんだ」チャンは、硬い口調で答えた。「シンガポール国家警察の警察官としての任務とは、まったく関係がない」

クリスティーンはくすりと笑い、フレンチ・バニラ・ラテをひと口飲んだ。「知ってる。あなたの記事で大騒動が起きたせいで、上司と政府があなたやあの記事と距離をおこうとしたことも知ってる。インドネシア外務省が反論したとき、どういういいまわしを使ったんだっけ？『証拠もない不確かな憶測、無用のヒステリーを助長』とかなんとか、神経質な官僚機構がぶっそうな真実の漏洩に直面したときに、しろうとを煙に巻くためによく使う台詞」

チャンは思わず笑みを漏らした。謎めいてはいるが、この若い女は好意がもてる。

「真実は剝き出しのまま置いておくと危険な商品になりうると、遠まわしにいわれた。しかし、われわれが話題にしているのは、どっちの真実かな?」

クリスティーンは、話を再開した。「その記事であなたは、インドネシア群島での海賊行為は、ひとつの中央集権型の指揮のもとで行なわれてると示唆していた。ばらばらの襲撃集団が百あるんじゃなくて、十六世紀以来、この地域では見られなかった統合された海賊艦隊組織が存在する。その艦隊は、高度な支援兵站網を築きあげ、おまけに金と貨物を組織だって動かしてる、とあなたは遠まわしに書いてる。国際ビジネス界と近隣諸国政府に腐敗が蔓延してるっていう大胆なほのめかしもあった」

チャンが、顔をしかめた。「インドネシア外務省の反論にあるとおり、レンディーノ中佐、そこのところは憶測でしかない」

「たしかに」ブルーグレーの瞳に真剣な色を宿して、クリスティーンが身を乗り出した。「それじゃ、あなたの〝憶測〟がずばり的中してることがわかってるっていったら? 海賊カルテルは存在するのよ。現実にあるの。どんどん勢力をひろげてるし、だれかがなにか手を打たないと、北大西洋とおなじ広さの水域を完全に支配し、ポート・モレスビーからマレー半島に至る範囲の人間の運命を握ってしまう」

チャンは、ドアがあけられるのを感じたが、その奥にあるのが罠なのか、それとも好機なのか、まだよくわからなかった。「では、なんらかの手を打とうと提案しているのは何者なんだ、レンディーノ中佐？」

「ＩＮＤＡＳＡＴ〈スターキャッチャー〉の事件を知ってるでしょう？」

チャンはうなずいた。「ずっと事件の推移を追い、関係書類をファイルしてある」

「それがわたしたちの注意を惹いたの。わたしたちは、カルテルを掃滅するよう命じられた」

チャンが、あからさまに笑い声を発した。「アメリカ海軍が無敵の資源を持っているのは知っている。しかし、東インド洋の海賊を一度の打撃で一掃できると思っているのなら、ひどい落胆を味わうことになるよ。海賊はこのあたりの水域では、犯罪ではなく、文化なんだ」

チャンは、アイス・ウォーターのグラスを持ちあげた。「西側諸国と近隣諸国は、六百年ものあいだ、この稼業を根絶やしにしようとしてきたが、成功していない。きみらの国にできるわけがない」

クリスティーンは、猫が凝視するように、チャンの顔をじっと見据えた。「ええ、無理でしょうね。インドネシア諸島の辺鄙な水路の洞窟に隠れているブギス族の海賊どもをひとり残らず殺すなんて、とうていできっこない。でも、東インド洋の海賊が組織化されてないばらばらな犯罪者で、ろくな武器装備を持たずに自分勝手に襲撃を行なっていた昔の状態に戻すのなら、できるかもしれない。この海賊王を排除し、彼の築いたインフラを破壊すれば、それで片がつくかもしれない。そう、ことのついでに、衛星も取り戻す。それなら実行可能じゃない?」

チャンが、険しい表情になった。まだ確信はもてないが、この話がほんとうなら……。

「ひとつ質問がある、中佐。あなたの政府は、この件に関して、どれほど真剣なんだ? だれかの政治的な都合でやっていることなのか、それとも場合によってはとことん最後までやるつもりなのか?」

「わたしはこの作戦をやってるふたりの人間と親しいの」クリスティーンは、重々しい口調で答えた。「わたしが請け合う。ふたりはやらなければならないことを実行するはずよ。それに、ふたりともルールブックを気にするたちじゃない」

「それで、この問題について、あなたはこっちの政府に接触したんだろう?」

「いいえ。われわれの計画は、シンガポール政府にもインドネシア政府にも伝えてない。カルテルの幹部のいどころを疑問の余地なくつかむまで、いっさい報せるつもりはないのよ。われわれはインドネシア領海内で、ひそかに作業を行なう。そういうふうにやろうって決めたのは、あなたが推測してるみたいに、近隣諸国のいくつかの政府の外交筋や治安関係者にカルテルが浸透してる疑いがあるから。だれを信じていいものか、わからないのよ」

「レンディーノ中佐」チャンがいった。「きっぱり断言するが、シンガポールはアジアでもっとも安全な国だし、政府も正直で腐敗していない」

言葉を切り、アイス・ウォーターをひと口飲んだ。「ついでながら」いたずらっぽい笑みを浮かべて、言葉を継いだ。「きっぱり断言するが、近隣水域における海賊掃討作戦についてシンガポール政府になんらかの形で連絡をとれば、海賊カルテルの幹部に……二十四時間以内に情報が届けられるだろう」

クリスティーンは、目を丸くした。「そんなにひどいの？　このシンガポールまでが？」

「ひどいんだ、中佐。クアラルンプール、バンコク、バンダルスリブガワン、マニラ、ジャカルタでは、もっとひどい——ことにジャカルタは最悪だ。キャンベラを相手にするときも、ある程度の用心は必要かもしれない。それはそうと、ぼくにどんな手伝いができる？　ぼくというたったひとりの人間になにができる？」

「そのひとりの人間は、東南アジアの海賊問題をこれまでの半生、ずっと研究してきた。NAVSPECFORCEのわたしの情報班は、二週間ほど前から、あなたの経歴をじっくり調べてるの。あなたの書いた記事や論文だけでなく、シンガポール政府の省庁にあなたが提出したこの問題に関する覚書や報告書も手に入れた」

クリスティーンは首をふって、チャンが怪訝そうに質問しかけるのをさえぎった。

「きかないで。とにかく入手したの。とにかく、あなたはもっとも知識が豊富な東南アジアの海賊に関する生きてる〝実務的な〟権威だと、わたしたちは判断したのよ。それに、資料の行間を読むなら、あなたは書いてること以外にも、かなりの事実をつかんでるはずよ」

「そのとおりだ」チャンは率直に答えた。「でも、あなたのいうとおり、ぼくはもっとも知識が豊富な生きている権威だよ。この問題について……あまりずばずばものをいうと、それも危なくなるかもしれないけど」

クリスティーンの目が鋭くなり、ユーモアのかけらもない笑みが浮かんだ。「でも、やつらに痛打をあたえるためだったら、一度ぐらいは、危険を冒す気持ちはある。そうよね?」

チャンは、手にしたグラスをじっと見つめた。まるで大昔のアラビアの船乗りの寓話のようだ。東インド洋で生まれた船乗りシンドバッドの物語——ある日、思いもよらないときに、美しい精霊が壺から飛び出し、心からのいちばんの願いを叶えようと持ちかける。だが、その代償はなにか?

「ぼくになにをやれというんだ?」チャンは、ゆっくりとたずねた。

「いっしょに来てもらいたいの。この地域と海賊カルテルの活動に関する顧問をつとめてほしいの。わたしたちの知らないことを教え、わたしたちが蹴りあけるドアを指差し、海賊王を斃《たお》すのを手伝って。非公式な活動になる。ささやかな満足のほかには、なにもお返しはないけど」

「それに平和も」ひとりごとのようにつぶやいていた。チャンは、クリスティーンの顔を見た。「最後の質問だ。シンガポール政府を信用していないのに、どうしてぼくを信用する？　カルテルに買収されていないともかぎらないじゃないか——周到に仕掛けられた欺騙の手段として」

クリスティーンがふたたび笑みを浮かべた。やさしい目になり、微笑には同情と事情を知っている気配が感じられた。「わたしたちが調べたのは、あなたの報告書だけじゃないの。あなた自身のことも調べたのよ。

たとえば、あなたはベトナム人、ボートピープルだった。サイゴンの生まれで、一九八六年、八歳のときに、家族ぐるみで共産国ベトナムから脱出しようとした。あなたとご両親と、十四歳のお姉さまが、小さな漁船に乗り、二十四人のベトナム人といっしょに、マレー半島を目指した。

でも、たどり着けなかった。南シナ海で海賊の待ち伏せを受けた。お父さまをふくめ、男たちは全員、銃やナイフで殺され、お母さまもふくめ女はみんなレイプされ、すこしでも値打ちのあるものは船から持ち去られた。お姉さまもふくめて。そのあと、海賊は自動火器で船底を撃ち抜き、十数名の女子供を食料も水もない沈みかけた船に置き去りにした。

あなたは半分沈んだ船体に四日間しがみついていて、アメリカ海軍高速戦闘支援艦〈サクラメント〉に救助された。生存者は、あなたをふくめて三人だった。お母さまは、そのなかにはいなかった」

アメリカ海軍中佐が、おだやかな落ち着いた声で話しつづけるうちに、チャンの脳裏をつぎつぎと映像が流れていった。「あなたはシンガポールの孤児院に入れられた。学業はずばぬけた成績で、スポーツの選手にも選ばれた。志願して海軍で一定期間を勤務したあと、大学にはいり、それから国家警察に入隊した。

その間ずっと、あなたはふたつの動機に揺り動かされてた。ひとつは海賊行為とあらゆる海賊に対する永久不変の憎悪。ひとつはお姉さまを捜すこと」

「あなたはたしかに優秀な捜査官だ」チャンが、悲しげにひとこといった。

クリスティーンは、それを認めるように小さくうなずいた。「これはうまくいったほうね。そのうちにあなたはお姉さまを見つけたけど、残念な結果だった。二〇〇二年の夏、二年前にバンコクの売春窟でエイズと梅毒のために死んでいることがわかった」

あの嵐の空の色をした瞳、澄み切っている。おれの目を捉えて離さない。「不思議なことに」クリスティーンがつづけた。「お姉さまを買って働かせていた売春窟の持ち主が、その直後に死んだ。自宅で、処刑のやりかたで、耳のうしろに九ミリ口径弾を一発撃ち込まれてるのを発見された。ありきたりの容疑者が何人も連行されたけど、犯人は見つからなかった。もっとも、真剣に捜査したわけじゃなかった。

もっとおもしろいのは、そのすぐあとに、やはり未解決の殺人事件が起きてることよ。今回は、マレー半島の海岸の村だった。お金持ちだけど評判のよくない引退した漁船の船長、南シナ海で海賊をやっていたという噂のある男が、処刑のやりかたで、耳のうしろに九ミリ口径弾一発を打ち込まれて殺されているのが発見された」

クリスティーンは、カップを置き、テーブルの上から手をのばした。一本の指先で、チャンのジャケットをめくり、九ミリ口径のグロック・セミ・オートマティック・ピストルの銃把が見えるようにした。

「わたしはSIGザウアーP226のほうが好き」クリスティーンは、座りなおした。「だからね、警視。この問題でシンガポールに信用できる人間がいるとすれば、それはあなたなのよ。仲間にはいって、チャン。やつらを斃すのを手伝って。お姉さまみたいな少女が、ほかにもおおぜいいるのよ」

手にしたグラスを割ってしまいそうだと気づき、チャンはそっと籐のテーブルに置いた。

「最近はだいぶ働きすぎだった、レンディーノ中佐。休暇をとったほうがいいかもしれない」口の端をちょっと持ちあげて、笑みを浮かべた。「長い海の旅とか」

「そうよ！」クリスティーンがうれしそうに甲高い声をあげ、海軍士官からモノレールに乗るのをチャンが見ていたときの観光客の若い娘へと、またたくまに変身した。「カルテルの蔭の人物について、手がかりを教えてくれるでしょう？　ほんとうの指導者を」

「それだけじゃない」チャンは、きっぱりといった。「名前も所在も教えよう。そいつの資産、目標、ビジネス界や国際社会で接触している相手のリストをこしらえる。教えられることは、いくらでもあるんだ。あいにく、どれも証明できない」

東インド洋
二〇〇八年八月初旬

一週間にわたり、なめらかな形の恐ろしい捕食者が、インドネシア群島の通商航路《シーレーン》をひそかに徘徊していた。アンダマン諸島の十度《テン・ディグリー》海峡から南のメンタワイ諸島、東はクリスマス島を過ぎて、ティモール海の入口まで、世界の商船を身を隠す楯に使いながら、女狩人が夜の狩りをしていた。

電磁波のたぐいをいっさい発せず、レーダーには姿を見せず、轟然と航行するコンテナ船のすぐうしろにつづいてマラッカ海峡にはいると、スンダ海峡を通過する混載貨物船の群れをひそかに待ち受けた。島と島を結ぶフェリーの沖寄りに潜むそれに闇からじっと観察されているのを、白檀やバニラをジャカルタやトゥルーブトゥンに運ぶ沿岸貿易船の船長たちは知る由もなかった。

夜明けが訪れるころには、広々とした大洋に戻り、哨戒機や通りすがりの船舶から身を隠すために、スコールラインや入道雲の濛気に包まれた塒に潜んで、波と嵐に揉まれて漂う。

だが、夜が訪れれば、ふたたび出てきて狩りをはじめる。

スンダ海峡の南水道
二〇〇八年八月十日　二三三〇時(現地時間)

〈カニンガム〉は、上部の灯火をすべて消し、プロペラの回転をかろうじて舵効速度が維持できる程度に落として、海峡の既存の航路からやや離れたところを周回していた。

ストーン・キレインは、上部構造の露天甲板の手摺から見おろし、海面でかすかな光がちらちら揺れながら渦巻くのを、闇に慣れた目で見分けた。

何十億もの海の生物が、自分たちの王国を大きな巡洋艦が押し進むのに抗議するかのように、淡いブルーグリーンの生物発光が起きて、最小限にとどめている航跡と艦首波が薄く輝いていた。油を流したような水面のずっと下では、形の定かでない光る生き物が矢のように行き交い、脈動している。太陽が去ると、濡れた黒い生き物が食物を捕らえるために浅いところへあがってくるのだ。

海の上にも、べつの光がある。金色の半月が空に浮かび、スマトラ島の背骨をなす遠いぎざぎざの山の輪郭が見えている。無数の沿岸貿易船や小型船の航行灯が、スンダ海峡でまたたき、海峡のスマトラ島とジャワ島の側の陸地の明かりも遠くに見える。

ときどきそうした小型船がかなり接近することがあった。そういうときは、〈カニンガム〉の機関が目醒めて、無灯火のまま回頭し、闇のさらに奥へとしりぞく。

たまに空が明るくなり、キレインもそれに気づいたが、どういう現象なのかはわからなかった。脈動するオレンジ色の光の放射が、スマトラ島の山々のはるか上のほうの雲を照らした。火災でも街の明かりでも稲光でもなく、なんとなく異様な胸騒ぎがした。

「やあ、ストーン。あなたも眠れないの」アマンダ・ギャレットが寄りかかったので、手摺のいちばん上のナイロン・ロープが揺れた。

「いや」横の人影のほうをちらと見て、キレインは答えた。「エアコンをつけていても、艦内は息苦しいんです。ここのほうがすこしはましですが、早く神さんが窓をあけてくれないと、まともに息もできやしない」

「うーん。いいたいことはわかる」

ふたりは、気の合ったもの同士、沈黙を守り、タービンの低いうなりと航跡のサーッという水音を聞いて、しばらく手摺にもたれていた。やがて、黙っているのも気詰まりになって、キレインがそれまで見ていた不思議な空の輝きを指差していった。「ねえ、司令《スキッパー》、あれがなんなのか、知りませんか？　さっきから見ているんですが、砲撃みた

「火山が噴火していると思いかけているところなんですよ」

「あたらずといえども遠からずね」アマンダが、考え込むようにいった。「火山が噴火しているんだと思う。このあたりではよくあることなのよ」

キレインが、片方の眉をあげた。「よくあるって、どれぐらい？」

「しょっちゅうよ。インドネシアは環太平洋火山帯という指輪にちりばめた宝石なの。インドネシア群島には、活火山とわかっているものが七十以上ある。スマトラ島だけでも十五あるのよ」

「火山が七十？　おれをかつごうとしてるんじゃないでしょうね！」

アマンダが首をふり、キレインは笑顔がひらめくのを見たと思った。「とんでもない。地質学者の説によれば、オーストラリアとアジア大陸のプレートが、千五百万年前にここで激突したんですって。それがぶつかりあったことによって、海のなかの山脈が盛りあがり、インドネシア諸島になった。どれだけのエネルギーだったか、想像できるでしょう。地震と火山は、インドネシアではただの自然現象ではないの。暮らしそのものなのよ」

「なるほど。このあたりでどでかい噴火が起きたことは？」

「人類史上最大のものばかりよ。一八一五年、スンバワ島のタンボラ山が噴火して、一〇〇立方キロメートル以上の火山性物質が噴き出して、九万人以上が死んだ。そのあと、クラカタウの噴火もあった」

「ああ、クラカトアですね？　映画で見た。あんなにすさまじかったんですか？　それともハリウッド映画一流の誇張かな」

「クラカトアというのは、インドネシアの地名を英語風に発音したものよ。それに、どこの国の映画だろうと、脚本や特殊効果では、とうていじっさいに起きたことをきちんと再現することはできない」

「ずばりどうだったんです？」

アマンダは、手摺のロープの上で腕組みをして、しばらく口をつぐみ、何年ものあいだに知った情報の寄せ集めをまとめようとした。

「クラカタウは、比較的小さな火山島なの」アマンダは説明した。「でも、一八八三年にこれまでに類を見ない激しい噴火を起こした。地殻中のマグマ溜まりの一部が空になったのではないかと地質学者が分析したほど、すさまじい噴火だった。やがて島の側面が吹っ飛ぶか内側に崩壊して、ぱっくりとひらいた火道の中心に海水がなだれ込んだ。

それによって起きた蒸気の爆発の威力は、大型の水素爆弾をもしのぐものだった。島全体が消滅した。残っているのは水深三〇〇メートルの海底の噴火口だけ。

爆発したところから高さ六〇メートルの津波が放射状にひろがって、火山島に面した海岸線はすべてすさまじい被害を受けた。百六十カ所の町や村が叩きつぶされ、外洋航行の汽船が流木みたいに陸地に向けて流された。インドネシア諸島全体の死者の数は、推測もできない。ジャワ島の死傷者は、わかっているだけでも三万を超える。

爆発による火山灰その他の物質が、インド洋を越えたマダガスカルに降り注いだ。爆発の音はオーストラリアのシドニーでも聞こえたし、津波は英国海峡でも観測された。衝撃は地球を三周し、そのあと三年間、火山が上空に噴き上げた粉塵のために、世界中の夕焼けが血のように真っ赤だった」

「たまげたな！」キレインは、驚愕するとともに興味をそそられた。「そのあと、どうなったんですか？」

「クラカタウは、大爆発のあとしばらく活動を休止していたけれど、ふたたび活動しはじめたの。小さな噴火を何度もくりかえして、ふたたび火山島が生まれ、アナク・クラカタウ、つまり〝クラカタウの息子〟が、水面から姿を現わした。いまでは、その息子が、親とよく似たようすを見せている」

「なんと！　それじゃまた大噴火が起きるかもしれないんですね？」

アマンダは、肩をすくめた。「起こらないといえる理由はどこにもないわ」

「その、司令」キレインが、おそるおそるたずねた。「そのクラカタウは、どこにあるんですか？」

アマンダは、〈カニンガム〉の右斜め前方を指差した。沈みかけている月が海面に映り、スンダ海峡の中央にによっきりと立つ玄武岩の円錐のシルエットが浮き出ていた。

「あそこよ」

スンダ海峡の南水道
二〇〇八年八月十一日　〇一〇〇（現地時間）

ダンドゥットというインドネシアの大衆音楽の曲が、安物のラジカセのスピーカーから流れていた。ドラムの重いリズムとは対照的な、哀愁を帯びた細い声のボーカル。夜の闇のなかでほかに聞こえるのは、数珠繋ぎになった数艘の小艇が低いうねりのためにぶつかりあう音と、船体のきしむ音だけだ。小艇の群れにはブギス族の襲撃隊が乗り、強襲前の緊張をそれぞれのやりかたでなだめすかしていた。

若手の連中は、武器を何度となく点検していた。銃の作動部をガチャリと開閉し、弾倉のばねの強さを親指でたしかめ、研ぐ必要もないナイフを最後にもう一度研ぐ。経験豊富な年配のものたちは、武器の準備はとうに済ませていて、暗がりにしゃがみ、丁子入りの煙草をふかしている。なかには、スマトラ島南端のベリンビンの町の明かりが空を染めるのをじっと眺めて、過去の襲撃、過去の栄光に思いを馳せるものもいる。漕ぎ座に寝転んで、千年昔から祖先がやってきたように、船乗りの目印の星を見上げているものもいる。

襲撃隊長で分捕り品差配でもあるハヤーム・マンクラートは、一番艇の艫に座り、韓国製の強力な双眼鏡を目に当てて、近づいてくる貨物船の航行灯を観察していた。

こいつは神経質になっている。スンダ海峡を出たとたんに、西に向けて急回頭し、通常の航路から遠ざかろうとしている。安全な公海を目指し、速力をあげようと機関を必死で運転している。

その貨物船の船長は、この戦術を使う前にも、襲撃を二度回避している。だが、今度ばかりはその手は食わない。海の王《ラージャ・サムドゥラ》の目は遠くまで見える。この襲撃に向けて出発する前に、海の王の使いのものが、貨物船の積荷の秘密にくわえ、それがとる針路と、襲撃を行なうのに最適な場所を、そっと教えてくれた。

マンクラートは、双眼鏡をそっと脇に置いた。半生を海で過ごし、四半世紀にわたって襲撃を行なってきたマンクラートは、かなり夜目が利くし、船乗りとしての判断にも狂いがない。それでも、双眼鏡を使えばずいぶん楽だ。

ラージャ・サムドゥラが出現してから楽になったことは、ほかにもある。少年のころ、最初に襲撃にくわわったとき、マンクラートは刃の厚い短刀を一ふり持っているだけだった。いまでは強力な新型のセミ・オートマティック・ピストルをベルトにたばさんでいる。艇のエンジンも新しいし、全艇が連絡をとり合うことができる無線機がある。村には食料や医薬品その他の贅沢品があるし、金で警察や軍隊からは平和を、ジャワ族からは敬意を購うことができる。

さらに重要なのは、知識、つまり情報だ。どの大きな船が、手に入れる価値のある積荷を積んでいるか、まっとうな儲けを得るには、どこへ売ればいいのか。海の王は分け前を取るが、それも当然の報酬なのだ。

マンクラートは、ふたたび夜間双眼鏡を覗いた。ターゲットは針路を維持し、着々と近づいてくる。波切りの下の白い泡立ちがひらめくのが見分けられる。

これ以上待つ利点はあるか？　いや、いまが絶好の機会だ。

「アヨ！」

ダンドゥットの音がふっと消えた。舫いが解かれ、たがいに船体を押しあって、小艇の群れが分かれた。カンバスの覆いがめくられて、艇首の機関銃が現われ、給弾ベルトの弾薬が真鍮の輝きを発した。スターターがうなり、燃料をあらかじめシリンダーに注入して暖機運転を済ませてあった船外機が息を吹き返して咆哮した。

スンダ海峡の南水道

二〇〇八年八月十一日　〇一一一（現地時間）

死者が夢枕に立った。戦闘が間近に迫っているときはいつもそうだ。エリクソン、テホア、スノーウィ・バンクス、フライ・ガイ、ダノ、タンカー〈バジャラ〉に乗り込んだ海兵隊員たち。清算の時がふたたび迫っていることを告げにきた。責めてはいないが、代償を払わなければならないことをいましめた。いつでもそうやって……

アマンダはぱっと目をあけ、二段ベッドの狭い船室の青みがかった暗がりに目を凝らした。一瞬、どこにいるのかわからなかった。〝デューク〟に戻ったのはわかっている。でも、ここは艦長室ではない。

すぐに思い出した。いまの自分は〈カニンガム〉では部外者で、艦長用のスイートはケン・ヒロのものだ。夕方からずっと行動開始にそなえていたが、何時間か眠ろうとして、来艦者用船室におりてきたのだ。

でも、なぜ目が醒めたのだろう? 艦に異変が起きたのか? 〈カニンガム〉はもう自分の指揮する艦ではないが、どのポンプの響きも、鋼板の振動も、体がおぼえている。ベッドから下に手をのばし、アマンダは甲板に掌を押し付けた。

機械室が出力をあげている。全速前進で、急回頭を開始している。船体の傾きが感じられた。ベッドからおりてズボンをはくと同時に、総員配置の警報が鳴った。

『全戦闘部署完全配備、航空科! 全員、航空機発進にそなえろ! 全搭乗員および航空機整備員、作業を急げ、大至急! 海兵隊乗り込み隊、乗機! 全部署、急げ! これは演習ではない！　くりかえす。演習ではない！』

船室の電話が鳴り、アマンダはさっと受話器を取った。「どうぞ、ケン」だれがかけてきたかは、きくまでもなかった。

「見つけましたよ、大佐。ロシアのローロー船〈ピスコフ〉が、海賊の攻撃を受けており、乗り込まれていると報告しています。支援を要請しています」

「場所は？」

「スンダ海峡の南水道、われわれの現在位置の五四海里南西です。〈ピスコフ〉は、ボグハマー沿岸哨戒艇のような小型艇からの銃撃を受けているといっています。交戦計画どおり、われわれは全速力で距離を詰めています。攻撃ヘリと乗り込みヘリは、発艦準備中です。現時点で、ほかに指示はありますか？」

「たいへんよろしい、ヒロ艦長」アマンダは、首と肩のあいだに受話器を挟んだまま、シャツのボタンを留めようとした。「グローバル・ホーク管制に連絡して、〈ピスコフ〉の位置の周囲の集中捜索を充実するように。ボグハマーの母船が、かならず近くにいるはずよ。それを見つけて追跡したいの。それから、〈ピスコフ〉の遭難信号を電子妨害《ジャミング》して」

「もう一度いってください、マーム」

「聞こえたはずよ、ケン。ロシア船の送信を妨害して。広帯域、最大出力で。この地域の通信を完全に遮断するのよ。パーティによけいなお客が来たら困るから」

「かしこまりました、マーム」

「それから、リチャードソン中佐に、相乗りするからっていっておいて」

「アイアイ」

受話器を乱暴に戻すと、アマンダはドアの脇に積みあげた装備に手をのばした。まずは海軍Mk4サバイバル・ナイフ、弾薬パウチ、MEUモデル45セミ・オートマティック・ピストルを収めた時代遅れの革のホルスターをつけたピストル・ベルト。つぎは、サバイバル装備が取り付けられたモデル1－C救命胴衣兼抗弾ベスト。喉もとに手をやって、認識票があるのをたしかめ、夜と対峙する準備は整った。

＊　＊

上部に出ると、速力を増す〈カニンガム〉の甲板を暖かい強風が吹き抜け、艦尾では激しく回転するプロペラに押し出された海水が沸き立って荒々しいうなり声を発していた。

飛行甲板では、航空機整備員が、発艦ポイントに固定してあったシーウルフ・ヒューイ二機からRAM（レーダー波吸収素材）の覆いを剝がしていた。ローターがひろげられ、計器盤のブルーグリーンの暗い照明がついて、搭乗員が飛行前チェックリストを行なった。

「始動！」コクピットの窓ごしにひとこと指示が飛び、一基目のタービン・エンジンが点火された。

「ねえ、司令！」甲板の激しくなる騒音のなかで、アマンダの耳に叫び声が届いた。キレインがそばに立っていた。個人装備の電子機器や弾薬をいっぱいつけているので、巨体がいっそう大きく見える。「乗り込み隊は格納庫内で乗機しているんです。そっちの二機が甲板をあけてくれたら、乗り込み用ヘリはすぐにエレベーターに乗ります。五分遅れて行きますからね！」

「わかった。それじゃ速度を落として、二分間隔になるようにする。聞こえた、コブラ？」

「二分ですね」もうひとり、フライト・スーツを着てヘルメットをかぶった長身の人影が、暗がりから姿を現わした。「了解」

「計画したとおりよ、みんな。最初の航過で海賊艇を破壊するか追い払って、乗り込んだやつらを孤立させる。つぎの航過で甲板を制圧し、乗り込み隊の道を切り拓く。そして残りを始末する。この作戦の目的が情報収集と捕虜をとることであるのを忘れないで」

「アイアイ！」

「われわれにとっては、あらたな軍事作戦における初陣よ。みんなの幸運を祈る！」

アマンダは掌を差し出し、ひりひりするぐらい強烈なハイ・ファイヴを受けた。

キレインは上部構造内に姿を消し、アマンダはリチャードソンにつづいて、待っているウルフ1に向かった。アマンダがキャビンに乗り込み、正副両パイロットのうしろの折り畳み座席《ジャンプシート》につくと、機付長が飛行ヘルメットを渡した。アマンダはヘルメットをかぶり、頭上のコネクターに電源／インターコム兼用プラグを差し込むと、内蔵のヘッドセットと暗視バイザーの作動を確認した。

抗弾ベストをつけたウルフ１のドア銃手二名が、最後に乗り込んだ。ヘルメット・ディスプレイ照準システム付きのヘルメットをかぶった異様な頭部と、腰につけたＭＸ－２１４ミニガンのために、姿格好がひどく非対称的にゆがみ、ＳＦ映画の特殊効果の不気味な創造物を思わせた。

しかしながら、現実は小説より奇なりともいう。彼らはサイボーグ戦士――文字どおり人間と銃を物理的に合体させ、ひとつの兵器システムに変えた存在だった。

ベトナム戦争中、何年にもわたりヘリコプター戦を経験するあいだに身をもって学んだ教訓のひとつは、機体に装着された銃は、操作の早さと柔軟性という点で、人間の体に固定された銃にはるかに劣るということだった。そこで、ベトナム戦争では、熟練した航空機銃手は、機銃をハーネスで体に結びつけ、自分を生きている銃塔に変えた。

シーウルヴズは、その教訓を忘れていない。

ドア銃手二名は、機体側面の昇降口の外側に面したベンチシートに、きびきびとよじ登った。モンキー・ハーネスのストラップを上のハードポイントに固定し、キャビンの床に作りつけた弾倉とミニガンを給弾レールでつなぐ。電源にカチリと接続する――インターコム、レーザー照準器、ヘルメット・ディスプレイ、ミニガンの作動機構。システムが自動点検を行なう。戦う男たちと戦うヘリコプターが、一体化する。

アマンダは、その過程にいくぶん戦慄をおぼえた。

びゅんびゅんまわるローターが星を隠し、着陸用橇《スキッド》の上でウルフ1の機体がふるえた。

コブラ・リチャードソンが、機長席で身をよじる。エロール・フリンみたいな小粋な口髭が、暗い照明のなか、白い顔の黒い汚れのように見える。「飛行小隊《フライト》発艦準備よし、大佐。ターゲットETA、約二十分後です」

リチャード・〝コブラ〟・リチャードソン中佐は、風変わりな人物だった。もとはカリブ海の基地で麻薬密輸防止を担当する沿岸警備隊の精鋭、攻撃ヘリ飛行隊に所属していたが、海軍に移り、シーウルヴズに配属された。空軍航空コマンドウ航空団から沿岸警備隊に移ったときと、動機はまったくおなじだった。戦闘に参加したいという、飽くことのない渇望。

リチャードソンをアマンダに推薦したのは、ヴィンス・アーカディだった。「コブラはきみの部隊のためにいるようなものだよ、ベイビー。彼は頼もしいリーダーだ。どんなヘリでも限界を超えて飛ばすことができるし、なにしろ実戦が大好きだ。ちょっと奇矯なところは我慢しないといけないけど」

アマンダは、ひそかに頬をゆるめた。あなたがそういう言葉を使うということは、相当褒めているのね。

「飛ばして、コブラ」アマンダはそういった。

「アイアイ、〈カニンガム〉飛行長、こちらウルフ1。発艦する。ウルフ2、ついてこい」

ブレードのピッチ角が増し、ローターが揚力を発生させると、細かいふるえが腹に響く振動へと変わった。ウルフ1が、地上効果による揚力のクッションに乗って、おずおずと甲板を離れた。〈カニンガム〉の飛行甲板は狭いので、コブラと副操縦士は、ウルフ2のローターの端とウルフ1のローターの端がほんの数メートルしか離れていないという状況で操縦しなければならない。コブラはスーパー・ヒューイをあやすようにホバリングさせ、位置を維持した。巡洋艦の切る風のなかで、ヘリはかすかに上下していた。と、不意に、コブラがウルフ1を急角度で離脱させた。甲板からそれて、地上効果の押しあげる力を失ったため、重いヘリコプターはたちまち高度を落とした。

アマンダは、前もってそういう動きになると教えられていたが、その急降下につづいて、コブラが前進速度を増すために海面すれすれまで突っ込んだので、胃が裏返りそうな心地を味わった。

「どってことないですよ、マーム」肩ごしにうしろをふりかえりもせず、リチャードソンがひとことといった。

「その言葉を信じることにするわ、中佐」アマンダは、ジャンプシートで体をまわして、背後のあけっぱなしの昇降口を見やった。ウルフ2がすでにつづいて発艦し、旋回して編隊を組もうとしている。航空灯をつけずに飛んでいる攻撃ヘリは、黒いベルベットの空のひとつの影にすぎず、コクピットの計器のぼんやりした光のしみのおかげで、ようやく位置がわかる。

はるか後方では、〈カニンガム〉が一瞬、沈む月の前に来たために輪郭を現わしたが、やはりすぐに闇に呑み込まれた。最大戦闘速度を発揮しているエンジンの悲鳴とともに、海の狼《シーウルヴズ》たちは頭を低くして、夜陰へ駆けていった。

＊　＊

それとはべつの航空機も、緊急事態に反応していた。

それが旋回している高度六万フィートから見るインドネシア諸島は、灰色の海の黒いベルベットの切れ端で、町や村がそこかしこで小さな輝きを放っていた。グローバル・ホーク〝ティール（コガモ）〟9が偵察任務を開始してから十時間がたっていた。あと八時間で、交替がオーストラリアからやってくる。

無人偵察機は、ターボファン・エンジンを最低巡航出力まで絞り、大きな楕円軌道を描いて、スマトラ東南部とジャワ島西部の上空をゆっくりと旋回し、指令を待っていた。

それで、定位置での待機時間が無駄にならないように、旋回中に二義的な任務を行なうよう、プログラマーが指示をあたえていた。グローバル・ホーク無人機は、海上交通の傾向を監視するとともに、その地域の孤絶した島嶼《とうしょ》のいくつかを赤外線および高感度カメラで捜索し、さらに、異常な無線交信を捉えるために信号情報を収集していた。

収集されたデータは、暗号化され、バースト伝送のための圧縮処理がなされて、ＭＩ

LSTARを中継し、カーティン基地と、〈カールソン〉の無人機第二統制接続ポイントに一瞬にして送信される。

これまでのところ、ふつうでない物事は、なんら認められなかった。グローバル・ホークはときどきインドネシアの防空レーダーを照射されたが、さして心配するにはあたらなかった。インドネシアには、それだけの高度に達することのできる航空機や兵器はないし、無人機はステルス性が高いので、レーダーが精いっぱい性能を発揮したとしても、断続的にかすかなゴーストとして捉えられ、未確認飛行物体に分類されるはずだった。

突然、MILSTARの指揮チャンネルが使用され、はるか彼方にいるシステム・オペレーターが無人機の独立コンピュータ・システムの作業を無効にするコマンドを送信した。推力を上げて高速巡航を開始した無人機は、あらかじめ定められていた針路を変更し、あらたな目標に向けて降下していった。機体下面のセンサー／カメラ・タレットがまわって、はるか下の海にそこだけ固まっている光の群れをクローズアップで捉えた。

＊　＊

「えー、報告します、TACBOSS（任務部隊司令）、シーウルフ1およびドラゴン6、こちら鴉の塒《レイヴンズ・ルースト》。状況に変化がありました。応答せず、このまま聞いてください」

そっけなく手短にデータを伝える情報士官の声が、コブラ・リチャードソンのヘッドセットに響いた。

「ターゲットはロシア自動車運搬船〈ピスコフ〉、排水量二万四〇〇〇トン、全長一八五メートル。フィンランドで建造されたトレイラー積載ロールオン／ロールオフ方式（略称ローロー船。車輛が積荷ごと船を乗り降りする方式）貨物船……ウラジオストック発ハイファ、ナポリ、マルセーユ行き。貨物甲板は満載の状態。船尾積降口、右舷側……高い甲板室が船尾に……船首楼の端に短いマスト……中央甲板は、箱型の通風機が二カ所にあるだけで、障害物はなし……完全に停止しているが、照明はついている。

武装した敵兵八名ほどが上部にいるのが見える……乗組員は船内に閉じ込められている模様……ボグハマー三艘が舷側に舫ってある。右舷船尾寄り……船尾でもう一艘が待機している……見えている火器でもっとも大きなものは、突撃銃《アサルト・ライフル》と軽機関銃」

リチャードソンは、知らない間に歯を剝き出して、狼じみた笑いを浮かべていた。やりがいのある困難な戦術的状況で、最初の獲物としては悪くない。

操縦席のあいだに身を乗り出していたアマンダは、リチャードソンのそんな思いを見抜いた。「いい、コブラ」と、いましめた。「わたしはあとでかけらを拾い集めたいのよ」

リチャードソンが、肩ごしにふりかえった。「三、四人でいいでしょう」

「我慢するわ」

「とっときましょう」

「それに、ロシア船にはあまり穴をあけないように」アマンダはつけくわえた。「航行できなくなると困る」

コブラ・リチャードソンが、もう一度肩ごしに視線を投げた。「難しくしておもしろがってるんじゃないでしょうね、マーム？」

アマンダは苦笑した。「やさしいのが好きだったら、あなたは航空コマンドウにいまもいるはずよ」手をのばし、リップ・マイクをインターコムから無線に切り換えた。「ドラゴン6、うしろにいるの？」

「はいはい、司令」ストーン・キレインの声が、無線を伝わってきた。「FLIRでそっちを捉えてます。二海里後方にいます」

「状況をどう思う？」

「ファーストロープ下降（カラビナや懸吊器具をまったく使わずに太いロープを滑りおりる方法）するしかないですね。露天甲板を催涙ガスと特殊閃光音響弾《フラッシュバン》で集中攻撃し、甲板中央におりる。ちょっとやりづらいですが、できるでしょう。肝心なのは、輸送ヘリがホバリングしているときの敵火力の制圧、ことに甲板室と船橋《ブリッジ》からの銃火の制圧です。三十秒ばかり、悪いやつがこっちを撃たないようにしてもらいたい」

リチャードソンが、コレクティブ・スティックの先端の送信ボタンを押した。「そいつはいちばんちっちゃな問題と思ってくれ。おれたちウルヴズを頼りにしていいぜ」

「了解。そいつはどうも」

アマンダは、またリップ・マイクのスイッチを入れた。「計画が整ったようね、みんな。レイヴンズ・ルースト、こちらTACBOSS。付近にほかに怪しげな船はいる?」

「受領しました、TACBOSS。ブギス族のスクーナーと思われるかなり大型の帆船が二隻うろついています〈ピスコフ〉の後方約八海里にいます。母船である可能性が濃厚です」

「同感。乗り込み隊がターゲットを占領確保するのを待ち、それから近づいて商品を盗むつもりよ。母船から目を離さないで、レイヴンズ・ルースト。それがあらたな優先目標よ。〈ピスコフ〉にわれわれが介入したあと、どこを目指すか、突き止めて」

「そっちも片付けるんじゃないでしょうね、マーム?」リチャードソンがたずねた。

アマンダは、ヘルメットをかぶった首を横にふった。「今回はやらない。母船はパパのところに帰らせる」

「なんだ、ちぇっ」

そのとき、ウルフ1の副操縦士が、片手をあげ、風防の向こうを指差した。「水平線に明かりが。真正面です!」

アマンダは、アクティブGPSディスプレイを見おろし、急いで視認しようと、暗視バイザーをかけた。「あれよ。ターゲットを目視。全攻撃隊、撃ちかたよし! みんな、あとはまかせたわよ!」

「みんな聞いたか。ウルフ2、すっ飛ばせ。敵地《ダウンタウン》に突っこむぞ」

機体の重心が移動してウルフ1がかすかに揺れるのを、リチャードソンは感じ取った。サイドミラーで見ると、ドア銃手がドアの外に取り付けられた小さな鉄格子の上に乗るのが見えた。モンキー・ハーネスだけで体を支え、烈風のようにすさまじいスリップストリームに背を丸めて、照準バイザーをおろし、ミニガンを構えている。

前方の〈ピスコフ〉の灯火が、ぐんぐん近づいていた。

＊　　＊

ロシアの大型貨物船の甲板では、アサルト・ライフルを肩に吊った海賊の見張りが、ゆっくりと往復していた。たるんではいなかったが、緊張を解いていた。今夜の仕事の難しいところは終わった。あとは何度もやってきた簡単な作業だけだ。

乗り込みはとどこおりなく行なわれた。ロシア人船員を集めて船室に押し込め、鍵をかけただけで、乗組員は機関を停止した。ブリッジに機関銃の連射を何度か見舞ったただけで、乗組員は機関を停止した。

分捕り品差配のマンクラートと積荷を動かす作業員が、すでに下の自動車用甲板におりて、指示されているトレイラーの錠前をこじあけた。まもなく荷物を積み替えるためにピニシを呼ぶ。夜明けには船艙に宝物を積んで家に帰れる。

よろこんでいる家族の出迎えや、若い女を感心させ、贈り物をやることを思うと、だれしも頬がゆるんだ。

そのとき、闇から律動的な低い爆音が聞こえ、やがてそれが大きくなりはじめた。甲板のあちこちで煙草が消された。ライフルが肩からおろされた。コッキング・ハンドルを引く音が響く。浅黒い海の男たちの目が鋭くなり、甲板の照明の向こうの闇の奥を見透かそうとした。

あの夜の闇に脅威や危険はないはずだ。ラージャ・サムドゥラが、そういうことはないと約束している。

＊　＊

コブラ・リチャードソンが、リップ・マイクのスイッチを入れた。「ウルフ2、こちらウルフ一番機《リード》。〈ピスコフ〉の船尾のボグはおまえにやる。ヘルファイアでぶっ殺せ。おれは舷側のやつらをやる。攻撃し、貨物船の上を通過、それから左に離脱する。おまえは右に離脱、おれのうしろを横切って、貨物船の右側面に降下しろ。おれが仕損じたのを片付けてくれ」

「了解」

ローター失速ぎりぎりの浅い降下を行なっているスーパー・ヒューイの機体が、ガタガタと揺れた。〈ピスコフ〉はもう水平線の輝く星座ではない。ひょろ長い貨物船の輪郭が、甲板のアーク灯の強烈な光に照らし出されている。

「バホ」リチャードソンがどなった。「二五ミリを任せた。致死弾《リーサル》を装弾、近接空中破裂」

ウルフ1の副操縦士が、片手を上の兵装パネルに差しのべて、銃塔《タレット》の擲弾発射器の弾倉二個のうちの一個を選択し、発射様態の設定を行なった。ヘルメット・ディスプレイに投射されるコンピュータ・グラフィックスの照準レチクル（円環状の目盛り）が、目の前に現われた。

副操縦士が首をまわし、視界が変わると、機首下のタレットがそれにつれて動き、OCSW（オブジェクティブ組装備兵器）の銃口が、ヘルメット照準器《サイト》の中央の死の照星《ピパー》に追随した。副操縦士は、ターゲットを見つめ、サイクリック・レバーの安全カバー兼安全解除スイッチを親指でめくった。

「タレット準備よし！　近接設定！　安全解除トーン確認！」

「受領した。射程まで十秒」

「こちらウルフ2」無線に割ってはいった。「射撃を開始する！」

風防の向こうでブルーとオレンジの炎が輝いた。海軍型のヘルファイア・ミサイル一基が、ウルフ2のスタブ・ウィングの下からするすると飛び出した。重量四五・七キログラムのPGM（精密誘導爆装）は、レーザー誘導の飛行経路に沿ってかすかに上下動しながら、貨物船の船尾をうろついている海賊のボグハマーめがけて猛然と突き進んだ。炎と水飛沫《しぶき》がぱっとあがり、狙われたボグハマーは一瞬にして消滅した。戦いがはじまった。

ロシア船の舷側から曳光弾の条が一本、弧を描いて昇ってきた。空からの脅威に海賊の銃手が射撃を開始し、二本目、三本目がのびてきた。乗り込み隊が戦闘にくわわり、甲板の手摺のあたりで銃口炎がいくつかパッパッとひらめき、揺れ動いた。甲板の狙撃手はまだどうにもできないが、舷側のボグハマーは片付けなければならない。

「射程！　やつらを燃やせ！」リチャードソンが吼えた。

ＯＣＳＷが削岩機のようにダダダダと激しく振動し、二五ミリ高速擲弾を吐き出した。一発が発射されるたびに、ＯＣＳＷの銃身に巻かれたインダクタンスコイルが、必殺の小さな発射体の安全装置を解除し、近接信管を対人空中破裂に設定した。

炎の流れが、舷側に舫ってあるボグハマーの群れに向けてのびていったが、完全には到達しなかった。ターゲットの数メートル手前で擲弾が炸裂し、一発それぞれが弾子《シユラプヌル》を集中的に撃ち出した。トリガー・ボタンを押したまま、副操縦士はボグハマー三艘をなめるように視線を動かし、高速で飛散する弾子の箒でひと掃きして、そこにいた海賊を掃滅した。

ボグハマーのすぐ上でフラッシュが光るように空中破裂のまたたきが踊るのを、アマンダは見守った。着陸用橇《スキッド》の下で月光を浴びた波頭が輝いているのが目に留まった。高速で飛ぶヘリが〈ピスコフ〉の甲板よりも低いところまで降下し、鋼鉄の船体が絶壁のように目の前に迫っているのに気づいて、ヘルメットの下で押さえつけられている髪の毛の付け根がちくちくした。

「コブラ！」締め付けられたような、悲鳴に近い声になっていた。

コレクティブ・スティックとサイクリック・レバーが、ぐいと引かれた。ウルフ１が、障害を飛び越えようとするサラブレッドのように体に力をため、スキッドの後端でつかのま水面に線を描いたと思うと、一気に躍りあがった。

つぎの瞬間、驚愕したブギス族のひとりが、昇降口を覗き込む格好になり、ウルフ1は甲高い爆音とともに、甲板室と船首マストのあいだを横切っていた。

ウルフ1が機首を起こし、信じられないくらい急なバンクをかけて旋回するあいだ、アマンダはジャンプシートの枠をぎゅっと握っていた。左昇降口の外には、月光を浴びた大海原の水面しか見えない。機外のプラットホームに立つドア銃手は、停留所でバスを待つ通勤者みたいに落ち着いた顔で、悠然とハーネスからぶらさがっている。

〈ピスコフ〉の上部構造が甲板の海賊の射線をさえぎる位置をたくみに維持しつつ、ウルフ1は水平飛行に転じ、夜陰のなかへと離脱していった。

「さっき、なにかいいましたか、マーム？」肩ごしにふりかえって、リチャードソンがたずねた。

「たいしたことじゃないの」痛くなりはじめた指の力を抜きながら、アマンダは答えた。

＊　＊

目と顔をガスマスクで覆ったストーン・キレインは、安全ストラップを握って、HH－60オーシャンホーク輸送ヘリコプターのあけ放した昇降口から身を乗り出した。近づいている目標をじっと眺めていると、耳のうしろにテープで留めた小さなスピーカーから、アマンダの声が聞こえた。

「ドラゴン6、こちらは甲板制圧航過の位置についている。そっちの位置は？」

「そっちへ向かっています。九十秒で到着」キレインは、喉《スロート》マイクを通していった。キレインの送信は、胸のハーネスに取り付けたPRC6725レプラコーン無線機によって伝えられる。「順調のようです」

「わかった。こんどはあなたたちの出番よ、ストーン。船を占領確保、乗組員を奪回し、捕虜を捕まえて！」

「了解、司令。まったく女ってのはくどくてたまらん」あとのほうは、送信ボタンから親指を離し、おそるおそるつぶやいた。キレインは、自分たちが使っているこうした最新鋭の装備はあまり信用していないにせよ、人間情報の必要性はよくわかっていた。

送信タッチパッドを親指で軽く叩き、ヘルメットの脇に留めたAN／PRC6725F分隊戦術無線機に切り換えた。「最終点検。ロック、装弾！」

ヘリコプターの暗い機内で、海兵隊員たちが、訓練の賜物の手さばきでハーネスのパウチから弾倉を抜き、一挺あたり二本を銃に叩き込んだ。キレインと強行偵察海兵小隊《フォース・レコン・マリーン》の十五名は、全員がSABR（セレクタブル・アサルト・バトル・ライフル）を携帯している。

キレインは、この新兵器の内蔵するレーザー測距近接信管システムや暗視ゴーグル連動ヘッドアップ・ディスプレイ照準システムのような驚くべき電子機器の数々を、まだ信用してはいなかった。しかし、その火力だけは評価している。

SABRは、以前のM‐16アサルト・ライフル／M‐203擲弾発射器の組み合わせとおなじような合体兵装システムだ。ヘックラー&コッホのすばらしい設計により、G−36アサルト・ライフルとCAWSセミ・オートマティック・コンバット・ショットガンの変型の二〇ミリ擲弾発射器を組み合わせた必殺の武器一挺ができあがった。SABRは、これから行なうような作業にはうってつけだ。この二〇ミリ擲弾発射器からは、高性能爆薬弾だけではなく、さまざまな用途の擲弾を発射できる。

ふたたび昇降口から身を乗り出したキレインは、あらためて状況を掌握しようとした。ずたずたに引き裂かれて沈みかけたボグハマーが、舫いをつないだまま、貨物船の舷側を漂っている。武器は沈黙し、乗っていたものは死んだ。脱出の手段を失ったブギス族の乗り込み隊は、躍起になって防御を固めようとしているにちがいない。キレインが見ているあいだに、〈ピスコフ〉の甲板の明かりが不意に消え、船上は闇に呑み込まれた。

「いや、こいつはありがたい」キレインは、笑い声を漏らした。声を大きくして、戦術チャンネルで命じた。「小隊！　暗視バイザー！」

空いている手で、AI2（最新型画像増幅装置）暗視バイザーをおろし、ガスマスクのレンズ接続部にかぶせた。暗視バイザーの光電子倍増管の働きによって、星や月明かりが増幅され、輝きを帯びたグリーンの映像が目の前にひろがって、昼間のようにはっきりとようすがわかった。

〈ピスコフ〉の上で交差するように飛び、制圧航過を行なうシーウルフ二機が見えた。射程内に達すると、ふたたび二五ミリ・タレットが射撃を開始した。だが、今回発射されたのは、暴動鎮圧弾だった。貨物船の上部に明滅するまばゆい光の波がひろがって、暗視バイザーが過負荷により作動しなくなった。

＊

〈ピスコフ〉の船上に、空から混沌が襲いかかった。近接信管に設定された特殊閃光音響擲弾が頭上で破裂し、目をくらますマグネシウムの白光を放ち、すさまじい大音響を浴びせた。上部にいたブギス族の大部分が、息が詰まって甲板にひっくりかえった。あえぎながら息を整えようとしたとき、肺に焼けるような痛みをあたえる軍用の強烈な催涙ガスと唐辛子の粉末を吸い込んだ。ＯＣＳＷの給弾ベルトには、催涙弾と特殊閃光音響弾が交互に装弾されていた。

呼吸を困難にするガスの雲が、たちまち貨物船を押し包んだ。目が腫れて見えなくなったブギス族の面々は、呆然として、苦痛にあえぎ、その雲のなかをよろよろ歩きまわった。嘔吐し、涙を流し、悪態をつき、頭上でローターの爆音が高まっているにもかかわらず、まともに反応することもできなかった。

＊

大きなＨＨ‐60が機首を起こし、貨物船の露天甲板のなかごろでホバリングした。

「立て！」

強襲小隊が立ちあがり、ヘリコプターの胴体の曲線に沿うように身をかがめた。

「ロープおろせ！」

機付長が、入念に巻いてあったファーストロープを昇降口から投げおろした。いっぽうの端をウインチに固定されているロープが、とぐろを解くように甲板に向けて落ちていった。キレインは最後に下を一瞥して、ヘリが横に流されておらず、太いロープの端が甲板に到達していることを確認した。

「下降！」

キレインが真っ先に昇降口を出た。両腕と両脚をロープに巻きつけ、消防署のポールを消防士が滑りおりる要領で下降する。危険な方法で、手を滑らすと厄介なことになるが、真骨頂をその名称が示している。迅速下降《ファーストロープ》。

キレインは、手脚の力をゆるめて、最後の一、二メートルはそのまま飛びおりるような勢いで滑りおりた。ＳＡＢＲを手にすると、身をかがめて横に移動し、二秒遅れておりてくるつぎの兵士のために場所をあけた。さっとＳＡＢＲを肩に当てて構え、自分と頭上のオーシャンホークにとって脅威はないかと目を配った。ファーストロープの訓練を重ねた優秀な積載班《チョーク》（乗り物ごとに特定の番号がふられた積載部隊）は、三十秒でホバリングするヘリから全員が下降する。だが、戦場では、それでも二十九秒遅かったということがありうる。

キレインは、目の隅で動きを捉えた。ローターの風が催涙ガスを一瞬吹き払い、〈ピスコフ〉の張り出し甲板で動いている人影が見えた。即座に、ライフルの銃身であることを示す危険な直線を見分けた。上部構造にいたために戦闘能力を奪われることがなかったその海賊は、位置を維持しているヘリにＡＫ－47の銃口を向けた。

キレインは、射撃セレクターを自動小銃にしてターゲットに狙いをつけようとしたが、だれかがそれに先んじて発砲した。

ウルフ1が、甲板室の蔭から舞いあがった。その左ドア銃手が、くだんの海賊の動きを捉えていて、多銃身のミニガンの銃口をターゲットに向けた。

ミニガンには、強力なヘリウムネオン・レーザー照準器が合体している。そのレーザー・ビームは、肉眼では見えないが、銃手のヘルメット・ディスプレイ・バイザーを通してはっきりと見える。照準を合わせるには、コヒーレント光《ライト》の条でターゲットを指せばいい。ビームが触れたところに、銃弾が中《あた》る。

ドア銃手が発射スイッチに軽く触れると、ミニガンが死の歌を歌った。カタカタという連射の音は、ごく短く、まるで巨大な音叉を鳴らしたように鋭く耳朶《じだ》を打った。回転する銃身がぼやけて見え、三〇センチほどもある火の玉がその前で踊った。SF映画の宇宙銃の電撃を思わせる針のように細い可視光線が、火の玉のまんなかから矢のように飛び出して、ミニガンとターゲットを結んだ。

むろん、それは死の光線だった。その光は曳光弾の流れにほかならない。発射速度を落としても、MX-214は一分間に四百発を発射する。五・五六ミリNATO弾が、毎秒六発から七発撃ち出される計算になる。

人間の体は、そのような集中した運動エネルギーと親しむようにはできていない。海賊はただ死んだだけではなかった。文字どおりバラバラになった。

海兵隊員の最後のひとりが〈ピスコフ〉の甲板におりて、輸送ヘリは機首を下げ、安全な夜の闇へと勢いよく離れていった。あとには監視の目を光らせながら旋回する攻撃ヘリ二機が残った。

強行偵察海兵小隊は、二名ずつのライフル・チームに分かれて散開した。それぞれのSABRの擲弾発射器には、非致死性の暴動鎮圧弾を装塡してあるが、死をもたらす予備の弾薬として五・五六ミリNATO弾三十発もある。

照準器のヘリウムネオン・レーザーが、いまも漂う催涙ガスの雲のなかを、相手には見られることなく探った。ラバーフォームのソールがついたコンバット・ブーツが、甲板の鋼板をこすってかすかな音を立てる。分隊無線チャンネルから、そっけなく進行状況を報告するのがイヤホンから聞こえる。喉を詰まらせ、痛みにさいなまれている海賊たちが、インドネシア語でわめき、悪態をつき、助けをもとめる声も聞こえる。

会敵《コンタクト》が目前に迫っている。

暗視装置とガスマスクを装着した海兵隊員たちが有利だが、その差はほんのわずかなものでしかない。SABRの擲弾発射器が吼え、〝お手玉〟と呼ばれる発射体がうつろな音とともに撃ち出された。圧縮されたポリマーの塊がすさまじい速度で下腹に命中し、海賊がひとりひっくりかえった。ほどなく海賊たちはナイロンの〝使い捨て手錠〟をかけられて、いっそう苦しい思いをすることになった。そこで、ばね式の注射器を使って、尻に即効性のバルビツール剤をたっぷりと注入され、苦痛を感じなくなった。

「B《ブラヴォー》チーム2。敵を掌握。左舷船首」

「了解。一名斃した」

暗がりで向き合ったふたりが、ほとんど同時に、相手が敵であることを察した。海兵隊の戦闘服を着たひとりが、先に上下二連銃身を持ちあげた。陽光に色褪せたデニムを着たもうひとりが、唐辛子の粉の噴射をまともに顔に食らった。アサルト・ライフルがガタンという音を立てて甲板に落ち、その男も、悲鳴をあげるばかりでなにも反応できず、つづいて甲板にくずおれた。

「こちらC《チャーリイ》1。船首楼の端で敵を掌握。船首楼は安全。船尾に向かう」

「了解」

手投げ弾の安全レバーが飛ぶ鋭い金属音がして、特殊閃光音響弾が甲板で弾む重い音がつづいて聞こえた。ブギス族ふたりが、掩蔽物になりそうな箱型の通風機の蔭にしゃがんだが、転がってきた円筒形の小さな手投げ弾が足もとでとまったので、目をひん剝いた。

パーン！

「一石二鳥。左舷後甲板」

船尾のどこかで、ウジー・サブ・マシンガンの連射が闇にほとばしった。やけを起こした海賊が、銃火と銃声で自分のつのる恐怖を抑えようと、やみくもに発砲したのだ。SABR一挺がそれに応えて、ライフル・モードで怒りの三点射を放った。

「A《エーブル》2。甲板室の下にいたやつをぶった切った。残念。さっさと片付けないといけなかったもので」

「よくあることだ、エーブル2。カスをつかまされたのさ」

薄れてゆくガスの幕を通して、上部構造の正面がぬっとそびえているのが見えた。キレインは、そこにへばりついた。硬い鋼鉄に背中をつけ、しばし間を置いて、状況をふたたび掌握しようとした。それから数十秒のあいだに、強行偵察海兵小隊長ブライス・ドノヴァン少尉と、最先任曹長、通信士が、小走りに進み、隔壁に身を隠しているキレインに合流した。数メートルはなれた甲板に、手脚をひろげて仰向けになっている死体があった。その男のぼろぼろのシャツにしみた血が、暗視装置を通すとどす黒く見える。キレインもまわりの海兵隊員も、死体には見向きもしなかった。もっと重要な関心事がいくらでもある。

「われわれの状況は、ブライス?」マスクに内蔵のマイクを使って、キレインがたずねた。

「順調のようです」キレインより若いドノヴァンが、小声で答えた。「露天甲板の捜索は完了、船首の水密戸はすべて南京錠で固定しました。射撃チームは、上部構造に突入の位置についています」

「そいつは結構。エーブルがブリッジをやれ。チャーリーは機関室。ブラヴォーは居住区だ。おれたちはこっち側から高級船員居住区へ行く。機敏にやれよ。もう人質をとることを思いついたやつがいるだろう」

「アイアイ」

分隊チャンネルでドノヴァンが指示を伝えるあいだに、キレインはレプラコーン無線機を指揮チャンネルに切り換え、きわめて手短に、それでいてふんだんに情報を伝えた。

「ドラゴン6よりTACBOSSへ。甲板占領確保。捕虜捕獲。味方《ブルー》死傷者なし。船内に突入する」

「受領した、ストーン。幸運を祈る」気遣うひとことを奢《おご》って、アマンダが応答した。

突入する水密戸は、彼らの位置から二メートル右舷寄りの舷側の隔壁にある。キレインは、SABRの擲弾発射器からわずか一秒で〝お手玉〟弾倉を抜き、昔ながらの0《ダブル・》0《オー・》鹿玉《バックショット》六発入りの弾倉と交換した。ハーネスから特殊閃光音響弾一発をはずし、小隊最先任曹長の顔をちらと見て、水密戸のほうへ顎をしゃくった。

体を低くして舷窓から見えない位置を保ちつつ、曹長が隔壁伝いに水密戸ににじり寄った。掛け金《クリップ》をはずすレバーを下げ、しゃがんで、水密戸をあけると同時に飛びすさる構えをした。

「全チーム、突入実行準備よし」ドノヴァンが報告した。

「よし」キレインが答えた。「おれのマークでやる。三……二……一……マーク！」

曹長が水密戸をさっと引きあけ、キレインが特殊閃光音響弾を投げ込んだ。数秒後、閃光がひらめき、爆発音が鋼鉄の隔壁に共鳴した。他の強襲チームが甲板室のそれぞれの入口を突破し、うつろな音が船内に鳴り響いた。

キレインとそのチームは、SABRの銃床を肩に構えた格好で、爆発につづいて突入した。

動きはない。キレインは、暗視バイザーをあげた。船内はいまも明かりがついていて、狭い通路の格子の奥の照明が、剝げたグリーンのペンキとオイルでべとべとするリノリウムの甲板を照らしていた。通風機は甲板の作業灯といっしょに切られてしまったらしく、船内には催涙ガスがほとんど浸入していなかった。

通路の先、まっすぐ前方に、鉄枠の梯子《ラッタル》があり、上の甲板に通じている。その階から、ドアを叩く音と、怒りとおびえの感じられる声が聞こえてきた。

キレインは片手をあげ、言葉を発しないで一連の命令を伝えた。すばやく簡潔に手ぶりで指示して、チームを音もなく配置につけた。全員が、通路の左右に張りついた。ドノヴァンと通信士が、ラッタルの正面を護る。上から覗くものがいても見えないように、枠と段だけの構造のラッタルそのものの蔭に隠れた。

待っているまもなく、反応があった。

「下のいるやつ！」おかしな英語の叫びが問いかけなのか、それとも罵倒なのか、見当がつかなかった。

「下のいるやつ！」海兵隊員たちは動かなかった。音を立てない。生死の瀬戸際だと、本能がささやいた。

突然、一挺のサブ・マシンガンが上でがむしゃらに連射され、九ミリ弾と空薬莢が通路に降り注いだ。銃弾がうなりをあげ、甲高い音をたてて鋼鉄から跳ね返り、金属の破片がいたるところで飛び散った。

海兵隊員たちは、持ち場から動かなかった。跳弾が脇腹にあたり、キレインはうめき声を押し殺した。要撃ベストの多層ケヴラーが、死の一撃を痛烈なパンチ程度に弱めていた。通路の向こうでは、通信士がよろけ、体勢を立て直して、無言でまた負傷した脚に体重をかけた。作業服の脛のところに血がにじんでいる。

弾倉が空になり、連射がやんだ。

通路は森閑として、足を踏みかえる音も、鋭い呼吸の音も聞かれなかった。ドノヴァン少尉が、ゆっくりと片手で特殊閃光音響弾に触れ、問いかけるようにキレインの顔を見た。キレインが首をふった。これからの数秒、中途半端な手段を使うのはまずい。キレインは破片手榴弾の鋼鉄の球を指差した。曹長がうなずき、死をもたらす小さな手榴弾をハーネスからはずした。

ラッタルがきしんだ。防水ブーツと紺のサージのズボンが見えて、段を徐々におりてきた。両手を上にあげ、ぎこちなく歩いているその男は、西洋人、この船の高級船員だった。制服のシャツの肩に、色褪せた金色の条が四本ある。

ロシア人船長は、通路を見渡せる位置まで下がったところで、ラッタルと向き合っている海兵隊員ふたりが目にはいり、一瞬ためらった。たしかに恐ろしい光景だったにちがいない。ヘルメットをかぶり、迷彩服を着て、抗弾ベストや戦闘用電子機器や装備をいっぱいつけたハーネスのためにいっそう馬鹿でかく見える大男がふたり、異様な武器で狙いをつけているのだ。

ドノヴァンは、そのままおりてこいと、必死で手招きした。理解した船長が、そのまま通路までおりてきた。

もう一度ドノヴァンが合図した。進め！　おれたちのうしろへ行け！

船長が指示に従った、上から見えないところまで来ると、胸を叩き、上を指差して、指を三本立てた。仲間があと三人いる！

〈ピスコフ〉の一等、二等、三等航海士が、船長のあとからラッタルをおりてきた。最後はずんぐりした若い女だった。だが、つぎにおりてきた人物の脚は細く、裸足で、ぼろぼろのダンガリーのズボンをはいていた。肌が浅黒く、断じてスラブ系ではないとわかる。

曹長が手榴弾の安全ピンを抜くかすかなカチリという音がした。

キレインは、三等航海士を狙っているウジーの銃身がギラリと光るのを見た。SABRを上に向け、ラッタルの段と段のあいだに差し込んだ。海賊の膝を狙い、二〇ミリ擲弾発射器の引き金を引いて、一瞬の荒々しい切断手術を行なった。

倒れた海賊の悲鳴と擲弾発射器の轟音が重なった。まっさかさまに落ちてきた海賊が甲板に叩きつけられたとき、キレインは知っているロシア語の単語を叫んだ。

「特殊任務部隊《スペツナス》！　アメリカのスペツナス《アメリカンスキイ・スペツナス》！」さっとラッタルの前にまわり、上に狙いをつけて、呆然としている海賊たちの顔めがけてバックショットを放った。小隊最先任曹長の手榴弾のレバーが、カタンと甲板に落ち、曹長がカウントするのが聞こえた。

「一……二……三！」

〝三〟と叫ぶと同時に、破片手榴弾を上の甲板にほうり投げた。ラッタルの上から降り注ぐ破片を避けようと、曹長とキレインは飛びすさった。

上からはもう、なんの物音も動きも伝わってこなかった。そこで、通信士は激しく悪態をつき、傷ついた脛を押さえて、甲板にへたり込んだ。くだんの海賊は、ラッタルの下で真っ赤な血の池のなかにじっと横たわっている。手榴弾の破片でやられないようにひきずっていくひまはなかった。キレインのバックショットが幕開きだとするなら、手榴弾の破片は幕を引く役を果たしていた。

上の甲板を敏速に占領確保するために、ドノヴァンと曹長がラッタルを駆けのぼり、段に血の足跡を残していった。

擲弾発射器にあらたな弾倉を差し込んだとき、キレインはロシア人船員たちに囲まれているのに気づいた。ロシア語の単語を叫んだために、話が通じるものと誤解されたのだ。

「はいはい、どうも。さようなら《ダスヴィダーニャ》、みなさん。ドノヴァン、そっちはどんなぐあいだ？」

「敵二名死亡。高級船員居住区と談話室は安全」大声で応答があった。

手をふってロシア人を遠ざけると、キレインは通信タッチパッドに触れた。「高級船員を奪回。全部隊、現況報告。チャーリイ・チーム、応答しろ」

「チャーリイ・チームです。機関室占領確保。会敵《コンタクト》なし。でも、車輛甲板へ行く水密戸があいています」

「了解した。部署を護り、監視をつづけろ。エーブル・チーム、どうぞ」

「ブリッジおよび通信室占領確保。捕虜一名、死者一名。ヘリが情報チームを乗せて旋回中。指示をもとめています」

「待機しろといえ。こっちはまだパーティの最中だ。ブラヴォー、どうぞ」

「居住区および機関長室占領確保。機関長によれば、全乗組員がまちがいなくいるそうです。何人か乱暴されたものもいますが、たいした怪我はありません」

「結構。こっちは正甲板（第一甲板）、船首甲板室右舷通路にいる。船長と航海士数名がいっしょだ。こっちへ迎えにきて、乗組員は全員船尾甲板に集めろ。それから、傷病者後送《ダストオフ》が必要だと輸送ヘリに伝えろ。リンガマン二等兵が一発……」

キレインは、負傷した海兵隊員のほうをちらりと見た。よく見ればなかなかかわいい〈ピスコフ〉の女性三等航海士が、リンガマンがファースト・エイド・パックで脚を手当するのを手伝っていた。リンガマンは、ガスマスクの奥でにやりと笑って、キレインのほうに親指を立ててみせた。

「……たいしたことはない。あわてなくていい」

「アイアイ。いま連絡してます」

キレインは、レプラコーン無線機に切り換えた。指揮チャンネルをいくつかためして、隔壁を通して電波の届く周波数を見つけた。「ドラゴン6よりTACBOSSへ。聞こえますか？」

「TACBOSSよ、ストーン。どうぞ」

「乗組員は無事に奪回。捕虜捕獲。一名軽傷。上部構造、露天甲板、機関室占領確保。車輌甲板にまだ敵がいるものと思われる。これより掃討する」

「よくやった、海兵隊。がんばって。分捕り品差配は、積荷のところにいるはずよ。生け捕りにして、ストーン」

「ご本人と相談しますよ、マーム。どういう答が返ってきますかね」

＊　　＊

〈ピスコフ〉は、海を行く巨大な駐車場のようなものだった。港での作業の所要時間を減らすために、積荷をあらかじめセミトレイラーや平床トラックに積んである。主船艙の仕切りのない車輌甲板は傾斜板を通って出入りできるので、トレイラーはそこから乗り込み、駐車すればいいだけだ。それで、専門用語ではロー－ロー船（ロールオン／ロールオフ方式）と呼ばれる。

あいたままの水密戸から覗いたキレインは、船内安全確保のこの最終段階が容易ではないことを知った。車輛甲板は照明の暗い長大な鋼鉄の洞窟で、セミトレイラーがぎっしりとならび、隠れ場所がいくらでもある。敵がいるとすれば、どこでも至近距離から待ち伏せ攻撃をかけられる。

それに、敵がいることはまちがいない。車輛甲板に通じる水密戸に配した見張りが、トレイラー置き場の船首寄りから物音が聞こえると報告している。海賊の分捕り品差配とその部下は、海兵隊の猛攻撃によって、船内に閉じ込められた。そのあたりに隠れて、じっと待っているのだ。

キレインが片手を差し出すと、チャーリイ・チームのひとりが拡声器を渡した。キレインは、ガスマスクをはずし、拡声器を水密戸から突き出して、トリガー・スイッチを握った。「アテンション！　アテンション！　こちらはアメリカ合衆国海兵隊のストーン・キレイン大尉だ。われわれはこの船を奪回した。おまえたちの哨戒艇は破壊し、あとのものたちは捕虜にした。甲板の水密戸はすべて閉鎖し、見張りをつけてある。おまえたちは逃げられない。武器を捨て、両手をあげて出てこい。危害はくわえない。くりかえす、武器を捨て、両手をあげて出てこい。危害はくわえない」

「いうことをきくと思いますか？」チャーリイ・チームの指揮官がたずねた。

「いや」キレインは、ガスマスクをはめた。「言葉がわかったとしても、だめだろう。とにかく五分やろう」

キレインの時計の数字がのろのろと進み、そのとおりだとわかった。

「よし、狩りをはじめないといけないようだ」六分が経過したところで、キレインは超然といい放った。

「上の連中を呼んで、催涙ガスをぶち込みますか？」チャーリイ・チームの指揮官がきいた。

キレインは首をふった。「だめだ。どうしてもやむをえない場合をのぞき、船内と貨物は汚染したくない。女司令《ザ・レディ》の直接命令だ」

「まったく！　なんでそんな厄介なことをいうんですかね」

「たいがいの場合、彼女のいうことにはちゃんとした理由がある。どのみち、手はいくつかある」キレインは、スロート・マイクで伝えた。「全ドラゴン部隊、こちらドラゴン6。暗視バイザーを使う準備をしろ。ブラヴォー・リード、聞いているか？」

「ブラヴォー・リードです、大尉」

「機関室に、主電源コンソールとおぼしいものがあるか？」

「予備コンソールにそれらしきものがあります」

「よし。そこへ行って、ブレーカーを片っ端から切れ。やめろと指示するまでやれ」

「アイアイ・サー。はじめます」

キレインは、暗視バイザーをかけ、電源を入れた。「用意しろ、みんな」射撃チームの四名に向かってつぶやいた。「バイザーをかけ、電源を入れろ」

手をのばし、ＭＯＬＬＥ（モジュラー軽量装備装着）ハーネスに留めてある小さなグレーのプラスティックのチューブをつまんだ。世界一高性能の光電子増倍管でも、機能するにはごくわずかな光を必要とする。だが、これから〈ピスコフ〉の船内は、ケンタッキー州の大鍾乳洞マンモスケーブの底とおなじぐらい真っ暗になる。しかし、海兵隊員たちがつけている特殊な発光スティックによって、AI2が機能するのに必要な光源が生まれた。

また、その光は、フィルターをかけて裸眼では見えない波長にしてあるが、暗視装置を使えば容易に見える。暗視装置の光源としてばかりではなく、海兵隊員たちのIFF（敵味方識別）の手がかりになり、それでいて敵にはなんの役にも立たない。

船内の照明がふっと消えた。暗視装置をつけていないものにとっては、目の前の手も見えないような真っ暗闇だった。だが、海兵隊員たちにとっては、さっきまでの見慣れたグリーンに光る世界に戻っただけのことだった。

「よし、ブラヴォー・リード。これでいい。合図するまで、その電源を切ったままにしろ」キレインは小声でいった。「テイラー、スミティ、おまえたちは右舷をやれ。あとのふたりはおれについてこい。エーブル・チーム、そっちも用意はいいか？」

「こちらエーブル」上の車輌甲板にいるチームから、小声の応答があった。「準備よし」

「よし、みんな。行くぞ。ゆっくりと、慎重にやれ」

全員が動き出した。

規模こそきわめて小さいが、一歩一歩が軍隊の部隊移動と変わらない。周囲に敵の動きはないかと目を配る。位置を計算しながら動く。左右の隔壁やトレイラーに不用意にぶつかって音をたてないように、足もとに気をつける。片足を持ちあげて、おろす。状況をたえず掌握するようにする。そのくりかえしだ。

不規則な空気の流れを起こせば、前方にそれが伝わってしまう。

射撃チームのうちのひとりが、トレイラーの屋根の縁や、トレイラーの上と天井のあいだの暗がりに目を配る。あとのものは身を低くして、トレイラーとトレイラーのあいだや車軸の隙間に銃口を向けて捜索する。分隊チャンネルでささやき交わし、捜索の調整を行なう。

トレイラーを甲板に固定する鋼鉄のケーブルやナイロン・ストラップのために、足を進めるのが難しく、ほんの一瞬でも注意がそれれば、それだけでつまずいて倒れるおそれがある。

進行は捗《はかど》らず、ピアノ線のように神経が張りつめている。

船首に向けて進むあいだに、キレインとその一隊は、敵の存在する気配を捉えていた。錠前が破られている。トレイラーのドアの掛け金につけられた税関の金属製の封がねじ切られ、ドアがあいていた。積荷を持ち出す作業がはじまっているところがあった。ポリエチレンに覆われた木箱が、トレイラーからおろされ、甲板に積まれて、上に運び出す用意ができていた。キレインが手で探ると、軽やかなやわらかい感触があった。シベリア産のクロテンの毛皮、たいへんな値打ちの品物だ。

木箱の上に、何枚も紙を挟んだぼろぼろのクリップボードがあった。キレインはそれを取った。暗視バイザーごしに目を凝らすと、いちばん上の紙の字が見えた。数字。トレイラーの識別番号と船荷証券の積荷コードのリスト、コンピュータのデータのプリントアウトだ。

大当たり！　キレインは要撃ベストのジッパーをあけて、その書類をクリップボードごと突っこんだ。ジッパーを閉めると、前進するようにと合図した。

車輛甲板の船首寄りの突き当たりに、上の甲板に向けて半円を描いている斜路があった。キレインはいちばん端のトレイラーが固定されている個所で停止を命じ、チームは大きなタイヤのトラックを掩蔽物にして、その蔭にしゃがんだ。

「エーブル・チーム、現況報告」キレインが、マイクに鋭くささやいた。

「車輛甲板の端にいます。斜路のきわを護っています。敵の気配はありません」

キレインは、マスクの下で顔をしかめた。「こっちもおなじだ。斜路の下を監視している。やはり会敵《コンタクト》はなしだ」

「気がつかずに通り過ぎたのだと思いますか、大尉？」

「くそ、そうでなければいいが。スタンバイ、エーブル。ドノヴァン少尉、聞いたか？」

「聞きました」

「英語がしゃべれるロシア人がそこにいるか？」

「いま
す。機関長がいっしょです」

「車輛甲板から船首へ行く経路があるかどうか、きいてくれ」

いらいらしながら、キレインは闇にしゃがみ、返事を待った。

「ありません。車輛甲板の船首側には、衝突に耐えるように厚い隔壁があって、船首区画とは区切られています。船首区画は船首楼からでないと行けません。でも」空電雑音の混じる声で、なおも説明した。「車輛甲板の下に小さな倉庫があるそうです。トレイラーを固定するケーブルの格納場所になっているということです」

タイヤのまわりを見まわすと、斜路の下の湾曲した隔壁に、人間ひとりがようやくはいれるような水密戸があった。

「わかった、ドノヴァン。ありがとう。エーブル・チーム、現在位置を維持。チャーリイ・チーム、こいつを調べよう。先鋒二名、あの船首寄りの隔壁の水密戸の左へ行け。おれは右へ行く。掩護しろ、みんな。行くぞ！」

三人は音をたてないように、船首寄りの隔壁とのあいだの空間を駆け抜け、水密戸の左右に張りついた。錆びてざらざらする鋼板にキレインが背中を押しつけたとき、水密戸がわずかにあいて、インドネシア人の海賊と、一メートル足らずの間隔で向き合う格好になった。

ＳＡＢＲを持ちあげて速射しろ、と本能が叫んだ。鍛錬が、すべての筋肉の動きと呼吸をぴたりととめた。

自分とそのブギス族がまったくちがう次元に存在していることを、キレインは悟った。暗視バイザーのおかげで、こちらは夏の黄昏時のような光景を見ている。海賊はまったくの闇夜の墨を流したような暗闇を覗いている。

身じろぎもせず、瞬きもせずに、キレインはブギス族の男の顔を見つめた。頬桁の出た傷だらけのやつれた顔、残忍そうにゆがめた薄い唇。視線を下にずらすと、擦り切れた半袖の木綿のシャツ、強靭な筋肉のついた細い腕、ベレッタ・セミ・オートマティック・ピストルを握りしめている節くれだった拳が見えた。首をかしげて、じっと耳を澄まし、音が聞こえれば反応する構えをとっている。

百年もたったかと思えるころに、顔が引っ込み、水密戸が閉まった。

キレインは、食いしばった歯のあいだから、すこしずつ息を漏らした。敵を発見、位置を確認した。あとは始末するだけだ。

片手をあげ、掩護のふたりを自分の側に呼び寄せた。ハーネスにつけた特殊閃光音響弾に触れ、指を二本立てた。ふたりが、それぞれのハーネスから、手投げ弾をはずした。

水密戸の反対側のふたりに向かって、キレインが本を閉じるような仕種をして、了解したことを示すうなずきが返ってきた。

たいがいの軍もしくは準軍事組織では、拳銃を携帯することが、権力のある地位や高い階級を示している場合が多い。ベレッタを持ったくだんの男は、おそらく海賊の乗り込み隊の隊長で、さきほどベストにしまったクリップボードの持ち主だろうと、キレインは当たりをつけた。だとすれば、アマンダがぜひとも捕らえてほしいといった分捕り品差配にちがいない。それならみずから取り押さえたい。

キレインは拳をあげて一度突き動かし、そういう動きをすることを伝えた。そして、SABRを左手に持ち替え、手をのばして、その銃床で甲板を一度、強く打った。

水密戸が、ゆっくりと細目にあけられた。

闇から突き出された手にシャツの前をつかまれたインドネシア人は、さぞかし肝をつぶしたにちがいない。すさまじい勢いで、キレインはその男を水密戸からひっぱり出した。そのまま甲板にほうり投げ、どなった。「やれ！」

訓練と反射神経の賜物の絶好のタイミングで、特殊閃光音響弾を持ったふたりが、狭い倉庫のなかに投擲した。射撃チームのあとのふたりが、水密戸を勢いよく閉め、肩で押さえてあかないようにした。ドラム缶のなかで大きな癇癪玉を破裂させたように、グワンという低い轟音が響いて、車輛甲板じゅうにこだまし、内側から蹴りあけようとして細目にあいた隙間から、まばゆい光が漏れた。

つづいてべつの轟音が響き、炎がひらめいた。分捕り品差配が周囲の闇に向けてでたらめに拳銃を撃ったのだ。そこで一二サイズの〈ダナー〉コンバット・ブーツが、その男の顔に叩きつけられた。男の目の奥で星が炸裂し、濃い闇がいっそう濃くなった。

手投げ弾が破裂したあと、チャーリイ・チームが倉庫に飛び込んだが、抵抗はほとんどなかった。「三人倒れてます」チーム・リーダーが報告した。「耳から血を流してますが、死んではいない」

「こいつもだ。どのみち、こんな鼻は役立たずだったろう」キレインは、海賊の力の抜けた手からベレッタを蹴り飛ばした。ブーツの爪先でひっくり返し、しゃがんで、使い捨ての手錠をかけた。それが済むと、スロート・マイクのスイッチを入れた。「ブラヴォー・リード。最後のやつらを捕獲。明かりをつけていいぞ。ショーは終わった」

＊　　＊

まるでレールの上を走っているように正確無比な操縦で、コブラ・リチャードソンは、スーパー・ヒューイを〈ピスコフ〉の甲板のなかごろへゆっくりと降下させた。スキッドの片方を通風機の上に載せたところで、ほとんど動かずにホバリングをつづけた。

ヘリの乗員に手をふって別れの挨拶をすると、アマンダは箱の上にひょいとおりてから、もっと離れた濡れた甲板へと跳びおりた。甲板長が、早くも作業班を集めて、ホースを使い、甲板の催涙ガスの残滓を海水で洗い流していた。

アマンダは、それを見てほっとした。〈ピスコフ〉は、たちまちもとどおりの商船として機能しはじめている。

コブラのヘリコプターが爆音とともに上昇し、〈ピスコフ〉の船首の向こうに見える甲板の明かりに向けて離れていった。さきほど〈カニンガム〉が現場に到着したのだ。詮索好きな船が近づいてきた場合には追い払おうと、〈カニンガム〉は警戒怠りなく付近を遊弋《ゆうよく》している。

ロシア船の作業班とはべつに、アマンダの部下たちも甲板の照明のもとで、あわただしく立ち働いている。武装した海兵隊員が、捕らえた海賊たちを取り巻いている。薬物を投与されてふらふらになり、むっつりした顔をしているブギス族の男たちは、後ろ手に手錠をかけられ、甲板に座っていた。衛生兵曹が負傷者を手当し、情報班員が身体検査をして、書類や身分証明書を捜している。べつの情報班チームは、鹵獲《ろかく》した武器や弾薬を調べ、型やメーカーを見分け、シリアルナンバーを記録している。

さらに、〈カニンガム〉の情報班も、リジッド・ライダー襲撃艇に乗って、貨物船の舷側に舫ってあったボグハマーのなかば水に沈んだ残骸を調べている。

アマンダは、飛行ヘルメットを脱ぎ、髪をふった。これまでのところは順調だ。うまくすると夜明け前にここを離れられるかもしれない。あたりを見まわしたとき、見慣れた人影が大股で甲板を近づいてくるのが目に留まった。

「よくやった、ストーン。最高の大手柄よ」

キレインは、肩をすくめた。「ああ、行き当たりばったりにしては、うまくいったほうでしょう。ご希望の捕虜も捕まえた。分捕り品差配とおもわれるやつも。まだ本人は認めていませんがね。サンスクリット語だかなんだかで悪態をつくばかりです」

「それはあとで対処するわ。〈カニンガム〉に移す準備はできた？」

「衛生兵曹の手当が済んだら。担架に乗ったやつをヘリで運び、それから負傷していないのを乗り移らせます」

「わかった。余分に時間がかかるかもしれないけど、ぜんぶヘリで運んで」アマンダは、キレインを従えて、甲板室に向けて船尾方向へ歩いていった。「ブギス族は生まれながらの海の男よ。小舟に乗せたりしたら、妙なまねをするかもしれない。だけど、ヘリコプターは新奇な経験でしょうね。ケーブルでぶらさげたら、びびって扱いやすくなるかもしれない」

「そうしましょう、司令。ほかには？」

「そうね。貨物船の乗組員の現況は？」

「しごく調子がいいですよ。殴られたり青痣ができてるのもいますが、ロシア人の連中はやる気満々です。早くもブリッジと機関室の当直を開始しました。船の状態も、申し分がない。機械や航法装置に異状はないし、浸水もない。ペンキが剝げ、ガラスが割れた程度の被害です」

「じつにすばらしいわね。船長はどこ？」

「船長室です。司令《スキッパー》と話をするのを楽しみにしていますよ」

「よかった。こっちも話があるの」

＊　　＊

テオドール・ペトロヴィッチ・ペトロフ船長は、白髪まじりのごわごわした灰色の髪と顎鬚にがっしりした体つきが熊を連想させる、いかにもロシア人船長らしい風采だった。紺の制服のズボンと、汗のしみた白いシャツという格好で、使い古したデスクの向こうから手をのばし、アマンダの前に置いたタンブラーに透明な液体を指三本分たっぷりと注いだ。

「イスラエル製のウォトカです」慎重に英語の単語を選びながら、悲しげにいった。「前の航海のときの残りかすだが、ほかにいい酒がない。わたしの船と積荷を救ってくれてありがとう、大佐」

アマンダは丁重にうなずき、タンブラーを口もとに運んで、火酒が喉を焼きながらおりていくとき、顔をしかめないように我慢した。「アメリカ合衆国海軍を代表して、お助けできてよかったと申しあげます。乗組員に重傷者が出なくてよかったですね」

「まったくです」ペトロフ船長は、自分のウォトカを平然と一気に飲み干した。「商船のあいだでは、海賊がいよいよ増えているという話がひろまっています。この水域を通っていれば、いずれ運が尽きることがある。あの猿どもに襲われてしまう」

「どんなふうだったのですか？」注ぎ足されないように、アマンダはタンブラーを両手で持っていた。

ペトロフは肩をすくめた。「なにも異状はないと思ったら、つぎの瞬間には、あの小舟の群れに取り囲まれていた。機関銃や対戦車ロケットを行く手に撃たれた。機関を停止するしかなかったです。船主が武器の携行を許可していません。戦うにも放水用のホースしか道具がない。無線で助けをもとめ、やつらが手摺を乗り越えるのを見ているしかなかった。

でも、われわれの運が戻ってきて、最高に美しいアメリカの娘さん《ディエヴシュカ》が応援に駆けつけてくれた」イスラエルのウォトカだろうとなんだろうとかまうものかという感じで、ペトロフは壜からたっぷりと注いだ。「あなたがたの救援にお返しできる方法があればよいのですが」

「じつは船長、それがあるのです」アマンダは、用心深く切り出した。「つまり、わたしの艦は、偶然、この水域に居合わせたのではないのです。海賊という脅威をどうにかしなければならないと、上層部が決断を下しました。われわれは海賊を追っており、船長のこの船のみなさんは、それに関しておおいに役立ってくださる可能性があります」

ペトロフが、デスクをバンと叩いた。「なんなりといってくだされば、やりましょう」

「基本的に、なにもしていただかないほうがありがたいのです」アマンダは身を乗り出した。「この船はこのまま航海が可能ですし、乗組員のみなさんも無事です。なにもなかったかのように、このまま航海をつづけていただきたいのです。母港に着くまで、だれにもなにもいわず、船主にも黙っている。遭難信号のことで当局から問い合わせがあったときは、否定してください。だれかのいたずらだろうといって。積荷の封が破れていることで問題が起きた場合は、代理人がアメリカ大使館に連絡するようにしてください。あとは、完全な沈黙を守っていただきたいのです」

ペトロフが、髯の奥の口もとをほころばせた。「なるほど」うなずいた。「秘密保全《カンスピラーツィヤ》ですな。ロシア人はそういうことをよく理解していますよ。約束します。否定しましょう。

なにも起こらなかった」

「乗組員にも徹底してもらえますか？　船乗りは港で噂話をするのが好きだし、われわれの敵は、いたるところに耳があるんです」

「乗組員もロシア人ですよ」ペトロフが、不気味な表情を浮かべた。「口にすべきでないことをひとことでもいえば、そのものはウラジオストックまで泳いで戻ることになる」

ペトロフは、またウォトカの壜を取った。「もう一杯いかがですか、大佐。この沈黙の協定のしるしに」

アマンダは、どうにか笑みを浮かべて、タンブラーを差し出した。

バリ島　ヌサ・ドゥア
二〇〇八年八月十一日　一〇一七時(現地時間)

バリ島南岸の観光客向けの施設やリゾート地にあって、ヌサ・ドゥアはもっとも美しく高級で、なおかつたいへん現実離れしている。ブノア港の口から六キロ南、バドゥン半島にあるヌサ・ドゥアは、サヌーア・ビーチのような中流の気楽な感じもなければ、サーファーの集まるクタ湾のような浮ついた騒々しい感じもない。ずっと静かで、もったいぶり、富裕層向けだ。最高級のホテルが十数軒あるが、いずれもバリのならわしにしたがい、木陰をこしらえている椰子の木より低く建てられている。汚されていない白い砂浜と輝く青い海に面し、バリの観光地に特有の物売りやごてごてしたものがはいり込まないように警備されている。

ここはマカラ社のビジネスの本拠地でもあり、超モダンな金色がかったガラス張りの三日月形の建物が、間口一メートルが百万ドルはしようかというビーチ正面の土地に建てられている。ハーコナンは、そういう時価にはさして興味がなかった。その土地は、父方の一族が、十六世紀にマスケット銃五十挺とアムステルダム製のオルゴール一個と交換で手に入れたものだ。

フォン・ファルケン社との運送契約は、上階の会議室で、企業の外交儀礼にのっとり、洗練された儀式ばった手順で進められていた。紹介がなされ、握手が交わされ、会議室の奥のラウンジでコーヒーや軽い食事が出る。

マカラ・ハーコナンとフォン・ファルケン社の極東支社の社員たちは、インドネシアのビジネスマンの制服になっている誂えの薄手のサファリスーツを着ていた。だが、ハンブルクからやってきた重役は、地味な銀行家風のスーツで汗をかいていた。海に面した大きなガラス窓から差し込む熱帯の陽光のもとで、ダークスーツはいかにも暑苦しかった。

会合のあいだ隅のほうで目立たないようにしていた補佐官に、ハーコナンは無言で一瞥をくれた。たちまち電動式のブラインドがおりてきて、羽根の角度を変え、まぶしい太陽をさえぎって、エアコンのかすかなささやきが、いくぶん大きくなった。

マカラ社の社屋を丁重に誉めそやす言葉がかけられ、謙遜する言葉が返された。両者が今後もずっと共同事業で利益をあげられることを願うという力強い言葉に、一同が機械的に賛成した。

その間ずっと、マカラ・ハーコナンは、どうとでも解釈できる慇懃な態度を崩さず、その場にふさわしい言葉を口にし、ふさわしい笑みを浮かべ、退屈を隠していた。ラーマーヤナの踊りのように儀式的なこういう形式が、ハーコナンは好きではなかった。賞品はすでにポケットにはいった。取り引きをして、条件で相手をしのぐ——そこにやりがいがある。書類仕事などさっさと片付けて、もっと重要な問題を処理するために解放されたい。

フォン・ファルケン社の副社長が訥々とした英語で話す旅行の話題には、まったく関心をしめさず、ハーコナンは閉めたブラインドの隙間から見えるまばゆいブルーの条に視線を向けた。数日後には、アメリカ海軍のシーファイター・タスク・フォースが、ブノア港に現われる。いってみればハーコナンの要塞の大砲の真下にやってくる。これまででもっとも困難な局面がおとずれる。

アメリカ海軍大佐アマンダ・リー・ギャレット。いったいどういう人物なのか？マカラ社の情報収集グループが、一週間かけて彼女の身上調書を作成した。ハーコナンは、その興味をそそられる書類をひっきりなしに読み返している。

アマンダ・ギャレットは、現代アメリカの〝解放された女性〟の典型らしい。かつては男の牙城だった海軍で成功を収め、男の同僚の尊敬も得ている。提督の娘、海軍一家の跡取りという、アラブの軍馬もどきの血筋で、いまの階級とそれにふさわしい海軍勲功章を戦闘でものにしている。その経歴を客観的に評価するなら、きわめて知的で、順応性が高く、海戦では型破りな兵法を使う。軍事と政治の両方の戦場で、怖れを知らない戦士でもある。

この女は、きわめて危険な敵かもしれない。あるいはまれに見る真の強敵となり、まもなくこちらの領域で戦いを仕掛けるかもしれない。彼女のことを考えると……奮い立つ理由は、それだろうか？

ハーコナンは意識をさっと現在に戻し、フォン・ファルケン社の副社長に向かい、その場にふさわしいありきたりな言葉をいった。独りで考えにふけりたかったので、そこを離れ、ラウンジをぶらぶら横切った。

そのとき、ローがラウンジの戸口に現われた。ハーコナンに声をかけようとはせず、なんのそぶりも示さなかった。イギリスの海峡植民地育ちの中国人であるローは、ただ姿を現わしただけで、無言のままいなくなった。

それでじゅうぶんだった。急いで注意を喚起したい危機が勃発したのでないかぎり、雑事全般を処理しているローがこんなところに現われるはずがないということを、ハーコナンは知っていた。平静な表情のまま、ハーコナンは断わりをいって、ラウンジを出た。

中央の廊下をすたすたと歩いて、いくつか秘書の部屋の前を通ると、建物の南の端にある秘密の仕事部屋のドアの施錠を解除する掌紋スキャナーに手を押しつけた。この保安システムに掌紋を登録しているのは、ハーコナンをのぞけばローしかいない。

ハーコナンのその専用執務室は、本社社屋の他のオフィスの殺風景な二十一世紀西洋風モダニズムとはまったく対照的だった。チークの羽目板にはバリ風の手彫りの浅い浮き彫りがほどこされ、その左右には造り付けの書棚があって、二百年前にオランダから持ってきた骨董品の黒っぽいオークのデスクを護るように、そのかたわらにボロブドゥール寺院遺跡から出土した古代の石の獅子が鎮座している。

ローはすかさず切り出した。「アドワール族長から、さきほど連絡がありました。〈ピスコフ〉乗り込み作戦に度し難い失態があったようです」

ローは、しゃちほこばった整列休めの姿勢をとり、表に面した壁一面のガラス窓に、シルエットが映っていた。いつも控え目な表現を使うローが度し難いといったことが、事態の急を要することを裏書していた。

「なにが問題なのだ?」

「それが問題なのです。なにが起きたのかがわかりません。要撃は作戦計画どおりに行なわれ、襲撃艇隊は発進しました。乗り込みも順調だったようです。その直後に、乗り込み隊からの連絡が完全に途絶えました。襲撃艇隊は一艘も帰ってこなかったのです。彼らの運命はわかっていません」

「母船は？」

「アドワール族長は、攻撃艇隊を夜明けまで待ってから、引き揚げました。水平線に異様な光が見えたが、そのほかは軍や警察が活動している気配はなかったと、アドワールは報告しています。しかし、夜明け後に、ターゲットと思われる船を観測しました。被害はなく、インド洋に向けてふつうに航行していたそうです」

「ジャカルタの情報源はどういっている？　事件についてなにをつかんでいる？」

「取り決めどおり、要撃水域の近辺にはインドネシア海軍が近づかないようにしてありました。〈ピスコフ〉の遭難信号が断片的に聞こえ、攻撃されたことがわかったあと、送信はまったく聞かれなくなったそうです。地域海賊行為対策センターが、遭難信号のことで〈ピスコフ〉に連絡したところ、船長はそのような信号を発信したおぼえはないし、不穏当な出来事はなにもなく、船に異状はないと、きっぱり否定したそうです」

ハーコナンは、ゆっくりとデスクのほうへ行き、傷だらけの木のデスクに寄りかかった。

「どういうことが起きたと考えられる、バパック？」

「関連があると思われる出来事が二件、報告されています。ひとつは、われわれの乗り込みが行なわれた時刻に、激しい電波妨害があったらしいという、ジャワ島西部沿岸のインドネシア海軍陸上施設の報告です。乗り込み隊と連絡がとれず、どういう運命に見舞われたのかわからないのは、そのせいでしょう」

「もうひとつは？」

「アメリカのシーファイター・タスク・フォース――というよりその一部――が、けさシンガポールに到着しました。シンガポールのエージェントが最初に報告したところでは、艦隊はそこのアメリカ海軍施設で補給を受ける予定だそうです。入港したのは、一隻だけ、補助艦艇です。もう一隻、巡洋艦は、現われませんでした。現在位置は不明です」

「くそ」ハーコナンは悪態を漏らし、鋭い音を立てて歯のあいだから息を吐いた。腕を組み、床を見つめて、めまぐるしく頭を働かせた。「わたしは馬鹿だ、ロー。前触れがあったのに気づかなかった。くそ！」

デスクの端を拳で殴りつけた。怒りのこもった一撃に、古風な品格のある巨大なデスクが激しく揺れた。「はじめて刃《やいば》を交え、あの女はわれわれの肉を切った」

「ギャレット大佐ですね」ローが、そっとつぶやいた。

「そう、ギャレット大佐だ。あの女、わざわざ旅程や到着の日時を公にして、いつどこにいるかという情報がわかるようにした。それを信じるとは、わたしもうかつだった。

彼女はもうわれわれの水域にいるよ、ロー。そして、われわれの配下をすでに何人も捕らえた」

「まだ確証がありません。国際海賊行為対策センターとインドネシア政府の情報源に接触しました。いまのところ、対海賊活動やインドネシア領海内のアメリカ海軍艦艇に関する報告や、アメリカがインドネシア人を逮捕したという情報はありません。そのようなことが起きた場合の慣行的な措置も予定されていません」

「それはそうだろう」ハーコナンは背すじをのばし、贅沢な絨毯の上を歩きまわった。

「彼女はわれわれに警告したんだ、ロー。しきたりに従って戦うつもりはないと。ルールを守ってプレイするつもりはないと。今回の来訪は政治目的の功利的な意思表示ではない。海外で旗をふってみせるのが目的ではない。アメリカ人のやつらは、われわれを掃滅するためにやってくるのだ」

「それで、われわれはどう対応するのですか？」表情のない黒い目でじっとハーコナンを見つめて、ローがたずねた。

ハーコナンは、足をとめ、バドゥン海峡のちらちらと輝く水路を見やった。

「われわれは戦う、ロー。食われてしまうのではなく、戦う。一千年にわたり、この水域は、正当にわれわれの一族のものだった。その潮流がわれわれの心、精神、たましいに流れている。その事実を世界に銘記させる時機が来た——ワシントン、ジャカルタ、シンガポール、そしてアマンダ・ギャレットにも」

「ハーコナンさま……」ローは、長いあいだいいよどんでいた。「より大きな計画が準備段階にやっと達した現時点で、公然と対立するのは——その……思慮深い行動方針とお考えですか？」

ハーコナンは、唇がゆがみ、口もとに荒々しい笑みが浮かぶのを意識していた。この島々と海を支配する多数の神々は、あらたな難関を追いもとめる自分の気持ちがわかっているにちがいない。皮肉な楽しみが好きでたまらない神々が、人間に難問をあたえて、解決してみろといっているような気がした。こうやって神と競うとき、人間にはふたつの途しかない。懲らしめを受けてへりくだるか、あるいは鋼鉄の刃を抜いて、昂然と天を仰いで叫《おら》ぶか。

「いや、バパック。現時点では、思慮深い行動方針とはいえない。しかし、わたしはその道をとるつもりだ」

ローが、納得したというように首を傾けた。「それさえ認識しておられるのでしたら。ご指示はどのような？」

「全族長と支援グループ指揮官に伝えてくれ。追って指示があるまで、襲撃作戦はすべて中止する。だが、わたしの指示ですぐに出帆できるように、戦闘員を集め、船の準備をしておくように。各部族への補給と戦闘訓練は続行する。武器弾薬の経費は、われわれがすべて持つ。全部族の戦力を最大限まで高めたい。彼らが必要になるかもしれない」

「やっておきます」

「つぎに、タスク・フォースに関する情報を徹底的に集めてくれ。目的、作戦の形態、破壊工作が行なえるかどうか。艦艇と乗組員のあらゆる弱点を研究してほしい。それから、ロンボク島とジャワ島東部の族長に連絡しろ。このバリ島で陸上強襲隊を結成する。最高のものたちを、徐々に潜入させるように支持してくれ。宿舎、資金、装備の手配を頼む」

ローはうなずいた。「たいへん結構でございます。しかし、作戦の中止に関して、ひとつおききしたいことがあります。衛星の計画もふくまれるのですか？　外国の技術チームの第一陣が到着して、保管所に行く準備ができています。延期しますか？」

ハーコナンは、さまざまな可能性を比較考量して、しばし黙っていた。「いや。可及的すみやかに進めてくれ。早く分析を済ませてＩＮＤＡＳＡＴを分解したほうがいい。それから、〝朝の星〟分離主義者との連絡員にいって、保管所周辺の警備を厳重にしろ。報酬は交渉してくれ」

ローが眉間に皺を寄せた。「現地に送り込む人間の数が増えれば、それだけ発見される危険が増します」

「やむをえない。ギャレットに先行されている。このまま引き離されるわけにはいかない。突然横から現われたやつに賞品を奪われてたまるか。取り戻したければ、戦うんだな」

ローが首を縦にふった。「おおせのとおりに、ハーコナンさま。ですが、急いで撤退しなければならなくなった場合のために、〈ハーコナン・フローレス〉をあらためて保管所に配置してはいかがでしょう」

「名案だ、ロー。砲熕兵器もあたらめて取り付けて」

「最後にもうひとつ、アメリカ人に対するわれわれの秘密情報収集活動に、もっとおおっぴらな方法を加味してはいかがでしょうか」

ハーコナンは、小首をかしげた。「どのような？」

「ギャレット大佐を、〝ルールどおりにプレイさせる〟方法があるのではないかと思ったのです。アメリカ海軍のタスク・フォースをインドネシア当局が密接に監視するようにすれば、インドネシア領海内で秘密作戦を行なうのは難しくなりましょう」

ハーコナンは、指を鳴らした。「すばらしい、ロー。われらが友人ルキサン提督にずっと支払ってきた顧問料の分を取り戻すいい機会だ。会見を手配してくれ」

「おおせのとおりに。現時点で、ほかになにかございますか？」

ハーコナンは、しばし考えていた。「ああ、ある」ようやくいった。「西欧には古い陳腐な金言がある、ロー。〝敵を知れ〟というのだ。この言葉に東洋の金言をつけくわえるなら、〝敵をほんとうに知るには、まずその男の……女の目を見なければならない〟。そのための手配りをしよう」

ジャワ海　スンダ海峡の北北東一一〇海里
二〇〇八年八月十四日　一六四五時(現地時間)

一九九二年に、たいへん注目すべき歴史的な武器取り引きが行なわれた。ソ連崩壊とドイツ統一後、ドイツ政府は、ソ連やワルシャワ条約機構国の製造した武器を旧東ドイツから受け継いだ。打ちひしがれた元共産国の東ドイツを建て直す資金を早急に必要としたドイツは、これらの不必要な武器を世界の市場で売却した。

いっぽう、インドネシアは、点々とひろがる群島をたばね、防御する海軍力をどうしても必要としていた。いわば国家の巨大なガレージ・セールであるこの機会に、インドネシアは旧東ドイツ海軍の装備一切合財をまとめて買い取った。

ウルフ1がいまその周囲を旋回しているパーチン級フリゲートは、その軍事力共同購入の一部だった。とはいえ、全長七二・五メートルのこの角張った軍艦は、大幅な改変がくわえられ、バルト海の凍れる海を遊弋していたころとはまったくちがった姿になっている。アマンダは、ヘリコプターの昇降口から身を乗り出して、プロフェッショナルの熱心な目で、変更された兵装パッケージを観察した。

前甲板に以前は装備されていた三〇ミリ個艦防御機銃とRBU十二連装対潜ロケット爆雷二基は、ボフォース五七ミリ単装砲と、軽く傾斜したエグゾセ対艦ミサイル四連装発射筒に変わっている。

船体中央には、ボフォース・タイプ43魚雷三連装発射管があり、艦尾も以前のロシア製五七ミリ連装砲とSA-N-5グレイル対空ミサイル発射機が、やはりスウェーデン製のボフォース単装砲と、フランス製のミストラル対空ミサイル四連装発射機に変更されている。

『ジェーン軍事年鑑』によれば、機械室には韓国製の新型中速ディーゼル機関が搭載され、電子機器は日本製のものに完全に換装されているという。一連の改造と新鋭化により、このワルシャワ条約機構国生まれの対潜水上艦は、じつに手ごわい水上戦闘艦に変身した。それがいま、アマンダのタスク・フォースの旗艦に、不快なほどの関心を示している。

〈ピスコフ〉の事件以来、〈カニンガム〉はひとまず南へ離れてからジャワ島に沿い東進するという回避行動をとっていた。さらにひと晩とつぎの日中、噂を聞きつけていない海賊がいるかもしれないという淡い望みを抱いて、ロンボク島とアラス海峡を徘徊した。

だが、そうした出遭いはなく、CLA（対地攻撃巡洋艦）79〈カニンガム〉はジャワ海に抜けて、ステルスとEMCONの楯をおろし、ふたたび世間に姿を見せた。そして、シンガポールから東へ進んでいる〈カールソン〉と合流するために、西に針路を転じた。

二時間前、アマンダ・ギャレットを乗せ、航続距離を延ばすための増槽をハードポイントに取り付けて、ウルフ1は〈カニンガム〉を発艦、シーファイター母艦と先に会合した。

〈カールソン〉の位置に到達したとき、連れがいるのにアマンダは気づいた。

コブラがウルフ1を旋回させて、インドネシアのフリゲートの上空をもう一度通過した。艦長とおぼしい白作業服の人物が、張り出し甲板に出て、挑みかかるようにヘリのほうを見あげていた。アマンダは一瞬その人物と視線が合い、テレパシーがほんとうに使えればと思った。

「よし、コブラ」リップ・マイクで伝えた。「じゅうぶんに見たわ。〈カールソン〉に着けて」

「合点」

三分後、スーパー・ヒューイはLPD〈カールソン〉の飛行甲板におりた。

「おうちですよ、大佐」副操縦士がエンジンをきるあいだに、リチャードソンが機長席から大声でいった。「装備はそのままで。おれの部下が司令室へ運びますから」

「ありがとう。運んでくれたのと、みごとな働きに、感謝するわ。あなたとウルヴズは、またたく間に真価を発揮したわね」

「たいしたことないです、マーム。ときどきなにか撃たせてくれれば、おれたちはそれで満足ですよ」

ヘルメットと救命胴衣を機付長に返し、アマンダはヘリをおりた。上部構造に向かうとき、船体の縦横の揺れが、押し寄せる大波を敢然と切り裂く〈カニンガム〉とはちがって、大型艦らしい悠然とした動きなのに気づいた。

扉をあけ放した格納庫をはいったところで、マッキンタイア提督とクリスティーン・レンディーノが待っていた。カーベリイ艦長と、私服姿の真剣な表情のアジア系の美男子もいっしょだった。アマンダが艦尾の軍艦旗に敬意を表し、敬礼を交わすあいだ、その男は表情を消して佇んでいた。

マッキンタイア提督が紹介した。「ギャレット大佐、こちらはシンガポール国家警察のグエン・チャン警視だ。レンディーノ中佐が約束してくれた案内人だよ」

アマンダは手を差し出し、西洋風の力強い握手を受けた。「参加してくれてうれしいわ、警視。あなたの助けがなんとしても必要なの」

「こちらこそ、お手伝いできて、このうえなくうれしいですよ」よく通る低い声で、かすかに昔風の堅苦しいイギリス英語の響きがあった。

「その、警視がここにいるのは、シンガポール政府も知らないし、われわれの政府の承認も得ていないんです」クリスティーンが説明した。「いわば警視はいないはずの小人ですね」

「すぐにそういう仲間が増えるわよ」アマンダは、カーベリイ中佐のほうをちらりと見た。

「中佐、きょうの午後、〈カニンガム〉からシーホークが来るの。それに、われわれの……VIPが乗っている。すぐそばに覗き屋がいるから、飛行甲板でおろすのはやめる。ヘリを格納庫に入れて、扉を閉めてからおりてもらうわ」

「わかりました、大佐」カーベリイが答えた。「レンディーノ中佐の指示で、警備班が留置場を用意してあります」

「たいへん結構。訊問は〈カニンガム〉よりこっちの艦内でやるほうがずっと好都合でしょう。この重大な時機にインドネシア人を外部への連絡を許さず監禁していることがインドネシア政府に知られるようなことは避けたいのよ。たとえ海賊であろうとなかろうと」

「ご心配なく、マーム。あとで飛行長と打ち合わせします」

「頼んだわよ」

丸々と肥った小柄な艦長が大股できびきびと去っていくと、アマンダは〈カールソン〉の航跡の向こうに見えるグレーの船体と白い艦首波のほうを向いた。「避けたいものといえば、あとをついてくるあの子犬もそうなんだけど、どういうことかしら？ あのインドネシア艦の意図は？」

マッキンタイアが渋い顔をして、制帽の庇を持ちあげた。「はっきりとはわからない。われわれがシンガポールを出たところで、あの海の男気取りの若い衆が出迎え、それからずっとついてくる。チャン警視は、もう愉快ならざる推理をしている」

「どういうこと、警視？」

「海賊カルテルが、自分たちの買収しているインドネシア海軍の高級将校に命じて、われわれの行動を監視させているんでしょう」チャンが答えた。「作戦に干渉するのが可能なときは、邪魔するつもりでしょうね」

アマンダの黒い眉が寄った。「カルテルはそんなに影響力があるの？」

「ありますね、大佐。その証拠があれですよ。それより大きな疑問は、大佐のおっしゃる〝影響力〟が、昂然と攻撃を仕掛けてくるほど強力なものかどうかということです」

＊

「簡単にいうと、ひとつに収斂する一連の要素を捜す作業でした」チャンが、小規模な聴衆に向かっていった。チャン、クリスティーン、マッキンタイア提督、到着したばかりのアマンダは、〈カールソン〉の士官室にこもっていた。古びたブリーフケースを目の前のテーブルに置いたチャンは、これまでは何度やっても徒労だったプレゼンテーションをはじめた。「海賊行為のための専用の効率的な支援インフラストラクチャーが、インドネシア群島に築かれていることが明らかになるとともに、特定の要素がからんでいることが明らかになったのです」

「きわめて巧妙な盗品売買やマネーロンダリングのようなことね」アマンダが口を挟んだ。どこかうわの空の感じで眉を寄せ、士官室の隅のちっぽけな椰子の木のほうへ歩いていった。片膝を突き、指先でプランターの土が湿っているかどうかを調べた。「盗んだ品物を世界の市場で売りさばき、はいってきたお金をきちんと帳簿に載せないかぎり、海賊行為で高価な積荷を奪ってもなんにもならない」

「兵站と輸送もだな」マッキンタイアがつけくわえた。片方の腕を椅子の背もたれにかけて半身になり、チャンのほうを向いた。「ハイジャックした積荷を、売る場所まで運ばなければならない。襲撃隊の基地に補給品や装備を、怪しまれないように定期的に届けなければならない」

「それに、どでかいお金がからんでるビジネスでもあります」チャンの向かいで、ラップトップの電源を入れながら、クリスティーン・レンディーノがいった。「波止場のもぐり酒場でやるような商売じゃない。その国の金融、貿易、経済関係の大物、政府高官との付き合いが不可欠ですよ」

アマンダは士官室のサイドボードのところへ行って、水のはいった霧吹き器を下の戸棚から出した。「したがって、この海賊カルテルは、定期航路を持ち、インドネシア内外に寄港地があり、国際的な銀行、大きな貿易商社、仲介業者と取り引きがある、合法的な海運会社を所有している。ちがう？」

椰子の木のそばに戻ると、アマンダはつややかな葉に霧を吹きかけた。

「まったくそのとおりです、大佐」チャンが答えた。「ですが、ほかにもふたつの要素があって、それでさらに範囲は狭められます。こうした企業を牛耳っているだけでは、じゅうぶんではありません。一個人ががっちりと経営を握っていなければなりませんが、最近ではそういう株式会社はほとんどない。また、カルテルをあやつっている人間は、海の部族ブギスの文化をとことん理解していなければなりません。ともに作業をしなければならないだけではなく、信頼され、尊敬されていなければならない。外部のものでは、それは無理です」

アマンダは、霧吹き器を戸棚に置いた。「それで範囲はかなり狭まった。それで、容疑者のリストはどれぐらいのものなの？」

「リストなどありません、大佐。容疑者はただひとりです。ぼくの調査では、こうした要素が一点に収斂する人物は、ひとりしかいませんでした」

ブリーフケースの留め金をパチンとはずすと、チャンは一冊のホルダーを出した。士官室のテーブルに置くと、ホルダーをひらき、《新海峡タイムズ》のデータ・コレクションから手に入れた二〇×二五センチのニュース写真のファイルを出した。

「この男です」

アマンダはテーブルに戻り、仲間の士官たちとともに、写真を丹念に見た。長いあいだじっと眺めていた。「名前は？」そっとたずねた。

「ハーコナン。マカラ・ハーコナン。父親は昔のオランダ植民地時代からいた一族の出で、インドネシア独立後も残っていた。母親は有力なブギス族の族長の娘だった」

「ああん、ママ」クリスティーンが、アマンダのほうを見あげていった。「クリスマスに、これ買ってってね」

それを聞いて、チャンは苦笑をこらえた。チャンは警察官の習い性で、イメージと現実を混同したりはしない。だが、マカラ・ハーコナンは、その鉄則からはずれていた。いかにも海賊王という風貌で、昔の剣戟俳優エロール・フリンを彷彿させる。だが、力強い顔立ちと黒い瞳に宿る傲慢ともいえる不敵な色は、真の王のもので、演劇学校で身につけられるような代物ではない。

アマンダは、写真ファイルをゆっくりとめくっていった。ディナージャケットのハーコナンが、シンガポールの有名な若手女優をエスコートしている。ビジネススーツのハーコナンが、旅客機からおりるところ。上半身裸のハーコナンが、ブギス族のスクーナーの手摺に持たれ、笑みを浮かべている。アマンダは、ハーコナンの顎の線を、そっと指でなぞった。「どういう経歴？」

「いまいったように、ハーコナン一族はオランダの東インド会社の関係者で、インドネシアが独立したあとも残ったんです。おそらく頑固で容易には打ち負かされない連中だったんでしょう。政治的な内紛に通じ、影響力を蓄積してきた。スカルノ政権とスハルト政権を通じて生き延びてきたのですから、そうにちがいない。

マカラ・ハーコナンは、父方の一族から、多額の資産、ジャカルタやシンガポールに支店のある小さな商業銀行、インドネシアの主な島に小売店を持つ国内商社を相続しました」

アマンダは、ファイルをテーブルにほうった。「あなたのいう大きな要素のうちの三つね」

「とにかくそれが糸口だったでしょう」チャンが答えた。「それよりも、母方から受け継いだもののほうが、ずっと重要です」

アマンダはテーブルにもたれた。「つづけて」

「ぼくが調べたところでは、マカラ・ハーコナンは、オランダ人の父親とは強い結びつきはなかった。おそらく両親の結婚は、ブギス族との結びつきを深める政治的便宜の色合いが濃かったのだと思う。とにかく父と混血の息子が親しくなることはなかった。

でも、母方の祖父に対するマカラの気持ちは、まったくちがっていた。祖父が男親の役割を果たしていた。マカラは長じるにつれて、学校が休みのときは祖父の交易スクーナーに乗っていることが多くなった。航海術だけではなく、ブギス族の伝統も身につけていった。十五のときにはもう、熟練した船乗りとして、インドネシア群島とニューギニアをピニシで往復できるようになっていた。じっさい、何度も往復したのではないかと思う」

チャンは、アマンダが遠い目でにっこり笑ったのに気づいた。「なんてすばらしい幼年時代なの」アマンダがぽつりといった。「たいがいの子供は、南の海で航海をすることを夢見るだけなのに」

「たしかに。ぼくが調べたところでは、ハーコナンと祖父はおたがいに強い好意を抱くようになったらしい。ただ、このつながりには、ひとつ悪いところがあった」

「どんな？」

「その祖父というのが、インドネシア群島きっての悪名高い残虐な海賊だったんです」と、チャンが答えた。「この悪党が、そっちのほうも教え込んだらしい。まあ、この点については、当然、漠然とした沿岸の噂や疑惑しかつかめないんですが、ハーコナンはティーンエイジのころに、祖父といっしょに何度も襲撃にくわわったものと思われます。おそらく乗り込みや戦闘にも参加したでしょう。ことによるとひとも殺した」

「なんたることだ」マッキンタイアが、険悪な表情になった。「あたりまえのようにそれをやったんだろうな。そういう血筋だ」

チャンが片手をあげて、掌を示した。「さらに重要なのは、意識の奥までとことんそうだということです。マカラ・ハーコナンは、ふたつの世界に生きている。西洋風の二十一世紀の世界と、海のジプシーとも呼ばれるブギス族の昔ながらの無法の王国に。頭がよく、果敢で、教育もあり、通常の倫理の外まで思考をひろげ、いっぽうの世界で得た教訓や道具を他の世界で使うすべを心得ている。

十八になると、ハーコナンはヨーロッパの大学に行かされて、六年間を過ごした。最初はアムステルダム大学で経済と経営学を学び、それからオランダ商船大学へはいって、船員資格を得た。インドネシアに帰ると、自分から強く希望して、父親の沿岸貿易船に乗り組んだ。一年とたたずに船長をつとめるようになったが、だれもが当然と思った。

それから今日にいたるまで、ハーコナン一族はすべてにおいて飛躍的に急上昇を遂げている。マカラ・ハーコナンは、うまみのあるビジネスを嗅ぎつける秘訣を心得ているらしく、当然ながらそういった場所にはたいがいブギス族の大きな集落がある。また、競争相手が不運につきまとわれることもめずらしくない。船と積荷が完全に消滅するという事件もあった」

マッキンタイアは、テーブルの写真を見おろした。「とんでもない偶然の一致もあったものだ」

「でしょう？　その先をいうと、三十になったとき、ハーコナンはインドネシア国内最大の海運会社の社長になっていた。ハーコナン海運は、ハーコナン一族の所有する会社のなかでも筆頭の儲かっている会社です」

アマンダは眉をひそめ、チャンの向かいの椅子に深々と座った。「いま話しているような事業は、どれくらいの規模なの？」

クリスティーンが、その質問をさばいた。「現在のハーコナン海運の持ち船は九隻です。六隻はかなり大型の沿岸航路船で、アンダマン海からインドネシア、タイ湾を経てフィリピンに至る諸島間の定期・不定期の航路を航行しています。

また、大型のコンテナ・雑貨混載の貨客船が三隻あり、遠洋航路二本を運航しています。一本はベトナムを経由し、中国沿岸、韓国、ロシアへ行くものです。もう一本はインド洋を周航するもので、バングラディシュ、インド、パキスタン、湾岸諸国のいくつか、アフリカの角をまわります。ハーコナンの船は、大手の海運会社が避けるような治安のよくない補助的な港を出入りすることが多いようです」

「密輸業者が使いそうな港ね？　税関の監視も行き届かないような」

ブロンドの情報士官が、片方の眉をあげた。「予断の多い疑り深いひとは、そういうかもしれませんね、ボス・マーム」

チャンが、説明を再開した。「ハーコナン海運は、持ち船を運用するほかに、チャーターや仲介の営業も手広く行なっている。常時数隻のピニシを雇っていて、インドネシアの小規模な港で積荷を動かしている」

「それで、ハーコナン海運が海賊の襲撃で被害を受けたことは？」

チャンが、にやりと笑った。「ええ、もちろん。他の地元の海運業者よりも被害が多いぐらいですよ。ハーコナン氏は、インドネシア群島での海賊行為について、たえず懸念を表明している。船や乗組員を失ったことはないが、積荷の損害は毎年かなりの額にのぼる。船舶用ディーゼル機関、船外機、無線機、レーダー機器といったもので――取り戻されたことは一度もない。運がいいことに、いつも積荷と船にたっぷりと保険をかけてある」

「賢明なビジネスマンね」アマンダはいった。

「そうです」チャンはなおも話をつづけた。「父親が死んだとき、マカラはただひとりの相続人だったので、いわゆるひともうらやむ地位に昇った。

ハーコナンは、びっくりするほど巨額の個人資産を出して、何人か生き残っていたハーコナン一族や投資家から残りの株を買い取り、海運会社にくわえ、ジャカルタ・トランスアジア銀行、ハーコナン貿易商会も、完全に支配するようになった。三社をマカラ社という持ち株会社の事業部にして、本社をバリに置いた」

「一個人ががっちりと経営を握っている、とあなたがいったことね」アマンダが口を挟んだ。

「そうです」チャンが同意した。「ハーコナンはマカラ社の株式を公開することを拒み、自分ひとりが舵を握っています。それでも、マカラ社は急成長した。年商は何億ドルにものぼり、極東の新大班《タイパン》のあいだでハーコナンの名は高い評価を受けている」

「奇妙じゃないか」いかつい顔に考え込む表情を浮かべて、マッキンタイアが意見をいった。「それだけの財産を築いたのに、どうしてまだ海賊をつづけているんだ？　どうしてそんな危険を冒す？　過去のマフィアの頭目《ドン》がやったようにすればいい――合法的な事業に切り換え、あとは太陽を浴びてのんびり暮らせばいいんだ」

「そうしない理由はふたつあると思います、提督。まず、ハーコナンには、単なる金儲けだけではない目標があるのでしょう。海賊行為で得た富は、ブギス族に還元されています。海の民にとって海賊がかつてのようにうまみのある魅力的な稼業であるようにして、男たちを誘い、漁業や交易や陸地での仕事をやめて昔のような襲撃者で暮らしをたてるように仕向けています。

ひと働きして戻ってきたものは、戦いの技術を磨かせ、もっといい船や武器をあたえ、訓練をほどこす。そのうちに海賊ではなくなる。一種の海軍になる」

「マカラ・ハーコナンに秘密の忠誠を誓う義務を負った海軍」アマンダが口を挟んだ。

「そうよ、ボス・マーム」クリスティーンが、ラップトップから顔をあげた。「西アフリカでも、こういうからくりは目にしたじゃないですか。かなりカリスマ的で有能な指導者が、部族文化をほとんど一夜にして帝国に造りかえる。それには自分が勝者であることを示すだけでいい」

「〝カリスマ的で有能〟というのは、マカラ・ハーコナンにぴったりの表現だ」チャンが同意した。「ブギス族の共同社会で、ハーコナンは前から名を知られ、尊敬されていた。インドネシア各地で個人的な慈善事業を行ない、ブギス族を救済支援している。学校を建て、医療や住宅の改善をはかっている。ハーコナンはジャカルタの政府よりもずっと手あつい援助をしていると公言しているものも、ブギス族のなかには多い」

チャンは、しばし口ごもってからつづけた。「耳を傾ける場所さえ心得ていれば、ラージャ・サムドゥラすなわち海の王の再来だというささやきが早くも聞けます。スラウェシの古代のボネ帝国が再建され、群島におけるブギス族の力が頂点に達する、と。その称号に——とにかくおおっぴらには——特定の名前をくっつけるところまではいっていませんが」

「神話めいた〝黄金時代〟や〝輝ける時〟を復興しようとしてひとつの文化が戦争を起こしたという例は、枚挙にいとまがない」アマンダは、険しい表情でいった。「この〝海の王〟は、どこに玉座を据えているの？」

クリスティーンが、ブリーフィングの流れを自分のほうへ持っていった。「マカラ社の本社は、ブノア港の南の半島にあるヌサ・ドゥアという海岸の町に置かれてます。バリ州の州都デンパサールの郊外というところかしら。でも、ハーコナンの秘密司令部は、バリ島西北端のバリ海峡の入口に近い小島にあります」

ラップトップの画面をまわして、地図を呼び出した。「パラウ・ピリ、つまり王子たちの島という、じつにふさわしい名前です。ハーコナンは、島をまるごと所有してます。何百年も前から、一族のものだったんでしょう。個人的に招待されないかぎり、島に渡る交通手段はありません」

アマンダは、口笛を低く鳴らした。「おもしろいわね。ハーコナンは、プライバシーとはっきりした境界を好むにちがいない。それに、バリ島を本拠に選んだのは、わたしたちとおなじ理由――中央に位置するという戦略的な地勢だからよ。クリス、グローバル・ホークにここを偵察させた？」

「ええ、もちろん。すごいですよ」高空から撮影した写真のファイルを呼び出した。「約五平方キロメートルです。ご覧のとおり、森が深く、黒い砂浜に取り囲まれています。北と西には礁《リーフ》、南側には防波堤のある小さな港と桟橋があります」

画像の桟橋付近の建物群をウィンドウが囲み、それが全画面表示に拡大された。クリスティーンが手をのばし、鉛筆の先でなぞりながらガイド・ツアーをやった。

「建物はハーコナンの屋敷内の五、六棟だけで、島のあとの部分は自然のままです。左下のこの豪壮な平屋がハウス・ハーコナンです。となりにヘリ発着場があり、フロート付きのEC365ユーロコプターを、ハーコナンはだいじな客を運ぶのに使ってます」

画面のべつの個所を、鉛筆で叩いた。「これは艇庫。いろいろな用途に使える大型モーターボート二艘のほかに、マグナムⅥ外洋レーサーが一艘あります。麻薬密売業者が愛用するやつですよ。フロリダのメーカーによれば、ターボチャージャー付きの七・四リットルのシボレー・エンジン三基と予備燃料タンクをそなえてるそうです。どんな船だろうと、ぶっちぎりでふり切っちゃいますよ。たとえ相手がシーファイターでもね。航続距離は五〇〇海里、巡航速度九〇ノットです」

「ビーチの前のこの大きな建物は？」アマンダはたずねた。

「マカラ社の所有する水上機の格納庫みたいです。カナデアCL215-T双発ターボプロップ飛行艇。これも航続距離を延ばす予備タンクをそなえてます。クックタウンから上海まで、給油せずに行けます」

「たとえ二秒でも余裕をあたえたら、この男は地表から姿を消してしまうだろうな」マッキンタイアが、画面のほうに身を乗り出してつぶやいた。

「まずそうなるでしょうね、提督」クリスティーンは答えた。「この建物群が、エネルギーの面でまったく自立してるのを見てください。屋根には太陽電池、風力発電の設備もこことここにあります。衛星通信アンテナもたくさんある。まるでNASA地上基地みたいに電線だらけで、主な衛星通信情報ネットすべてにアクセスできます。防御は連邦金塊貯蔵所《フォート・ノックス》なみですよ。常時四十名が屋敷にいて、うち半分が武装した護衛です」

「さらにいえば、中国系のヌン族傭兵です」チャンがつけくわえた。「アジアで最高の兵士ですよ。自動火器と暗視装置を携帯している。対空・水上捜索レーダーもあり、ビーチは高感度カメラで監視され、敷地そのものは感知装置付きの周辺防御柵で囲まれている」

「なんと。地対空ミサイルはないだろうな?」マッキンタイアが冗談のつもりできいた。

チャンが、指を二本立てた。「フランス製のミストラル歩兵携帯ミサイル発射機二挺が、〝テロリスト対策〟の予防措置として、インドネシア陸軍からハーコナンの警戒部隊に供与されました」

「おっと、推して知るべしだな」

アマンダは立ちあがり、腰に手を当て、下唇を軽く噛んで考え込みながら、テーブルのまわりを歩きはじめた。

「失礼ですが、大佐」チャンが、すまなそうにいった。「大佐のその腰に手を当てる仕種は、インドネシア人には侮辱ととられます。植民地時代に、オランダ人の監督が畑でそういう格好をしたからです」

はっとして、アマンダは両手をおろした。「教えてくれてありがとう、警視」にっこり笑った。「ほかにも、現地で無作法に当たるようなことをわたしたちがしたら、注意してちょうだい」

ハーコナンの写真をふたたび取りあげて、しげしげと見た。「とても役に立つ材料だけど、基本的に状況証拠にすぎない。この男と海賊行為を結び付ける確たる証拠が必要になるでしょうね」

「あいにく、まったく立証できません」チャンが答えた。「マカラ・ハーコナンは、じつに頭のいい有能な人物で、きわめて強固な機構を創りあげています。非番のときにぼくひとりが調べただけでは、それを打ち破ることはできませんでした。心の底では、こいつが目当ての海賊王であることはわかっている。直感も集めた情報も、こいつの方向を指し示している。でも、大佐がもとめているような証拠は、大佐の資源を使って手に入れるしかないでしょう」

「それなら、その作業に取りかからないと」アマンダは、写真をテーブルの上に滑らせて返した。「われわれがアクセスできる可能性のある最初のポイントは、捕虜と、〈ピスコフ〉で集めた物的情報よ。警視、レンディーノ中佐と情報班の訊問と分析を手伝ってくれるわね？」

チャンはうなずいた。「よろこんで、大佐」

「ありがとう」アマンダは、強い視線をクリスティーンに向けた。「よし、クリス、捕虜を運んできたオーシャンホークがさっき着艦するのが聞こえたから、被験者はもう来ているはずよ。必要なだけ締めあげて。でも怪我はさせないように。それから、海賊の母船はいまも追跡しているわね？」

「あったりまえじゃないですか、ボス・マーム。母船はスンダ海峡を北に抜け、いまはスラウェシ西部に向かっています。たぶん沿岸のブギス族の村を目指しているんでしょう」

「すばらしい。今夜、南に変針してバリに向かう前に、シーファイター極小戦隊《マイクロ・フォース》を切り離したい。スラウェシ沿岸に配置し、海賊の基地の位置をつかみしだい、即座に侵入し、偵察する。つきまとっているやつがいるからやりにくいけれど、なんとかごまかせるでしょう」

アマンダは、マッキンタイア提督のほうをちらりと見た。「もちろん、提督に許可していただければの話ですが」

海で赤銅色に日焼けしたマッキンタイアの顔を、わびしげな笑みがよぎった。「マイクロマネージメントというのは嫌な言葉だよ、大佐。わたしはきみに仕事をあたえた。やるがいい。わたしは蔭に座っていて、手柄だけもらおう」

「よろしいということですね」アマンダは、笑みで応じた。「この作戦は、順調に進みはじめていると思います。つぎに必要なのは、マカラ・ハーコナンに近づく方策です」

マッキンタイアの笑みが消え、ノーアイロンのカーキ色のシャツのポケットから、薄い電信用箋を出した。「不思議なことに、ジャカルタの大使館から、きょうこれが届いた。われわれのバリ島寄港の際に、地元企業がタスク・フォース幹部士官の歓迎会を主催したいといっているそうだ。カクテル、軽い食事、地元の名士や外交官——ありきたりのやつだ」

マッキンタイアは、用箋を人差し指と中指で挟んで差しあげた。「その企業というのが、マカラ社なんだ」

アメリカ海軍LPD〈エヴァンズ・F・カールソン〉

二〇〇八年　位置不明

いまが昼なのか夜なのか、捕らえられてから、幾昼夜が過ぎたのか、ハヤーム・マンクラートにはわからなかった。頭上の明るい照明は、ずっとついたままだった。〈ピスコフ〉で捕らえられたあと、マンクラートは太陽も夜の闇も見ていない。一隻から二隻目へ移されたことだけはたしかだ。ヘリコプターに長時間乗ったし、この船は最初の船と揺れかたがちがう。

　移動のあいだずっと、頭巾をかぶせられていた。この船室の灰色の壁は、最初の一隻のものとよく似ている。

　最初の船で意識を取り戻したとき、マンクラートは断じてくじけないと神に誓った。自分はブギス族の海の襲撃者、百世代にも渡る海賊の末裔で、航海者としても四十年の経験を積んでいる。アッラーを信じ、自分の部族と海の王を信頼している。勇気と意志だけではなく、ラージャ・サムドゥラ本人との約束もある。『おまえが敵の手に落ちたときは忘れるな。沈黙を守りとおせば、かならず自由の身になれる』

　これから起きることを思い、気を引き締めた。訊問、打擲、情報をいえと強要される。自分たちはオランダ人や日本人や共産主義者に打ち勝ってきた。傲慢なジャワ族の政治家も打倒した。アメリカ人の——アメリカ人にちがいない——外人《ブレ》になにができる？だが、彼らはいまのところなにもしない。傷は入念に手当され、この金属の壁の部屋に独り閉じ込められた。頭上の明かりがついたままでなければ、好き勝手に眠れるはずだ。栓をひねれば水が出るし、食事も頻繁に運ばれる。淡白な味の魚と米飯だが、量は多いし、たぶん一日に三度……なのだろう。

　はっきりとはわからなかった。食事が出される間隔が一定ではないという気がする。おなじ時刻に持ってくるのではないようだ。ときどき、腹が鳴るまで食事が出ないことがある。前の食事から数分しかたっていないように思えるときもある。嫌な感じだった。

それに、食事を運んでくる大男たち。目だけを出した黒い頭巾をかぶり、グリーンの軍服を着ている。けっして暴力はふるわない。脅したり、質問したりもしない。ひとこともしゃべらない。

聞こえるのは船の音だけだ。鍵のかかった鋼鉄のドアの向こうのやわらかな靴音、ラウドスピーカーからのきんきん声がくぐもって聞こえる。しばらくすると女のささやきのように聞こえてくる、通風管を流れる空気の音。

やがて、彼らが来た。グリーンの軍服の男がふたり。頭に頭巾をかぶせて、左右から腕をつかみ、狭いドアを通らせた。あらがって逃げようかとマンクラートは一瞬思った。だが、その考えを読んだように、見張りの腕を握る手に力がこもった。

そのあと、よたよたと歩き、急なラッタルを昇って、水密戸の敷居に嫌というほど脛をぶつけた。ほどなく、背もたれのない低い金属の椅子に座らされた。頭巾がとられたが、頭巾をかぶっていたときよりも濃い闇があるばかりだった。見張りの姿は見えないが、いるのはわかっていた。まだそばにいる。

突然、目のくらむような光が眼前で炸裂し、肝をつぶしたマンクラートの全身の筋肉がぴくりと動いた。躍起になって、冷静な衣をふたたび引きかぶろうとした。おれはブギスだ！　怖れてはいない！　おれを打ち砕くことはできない！

「おまえの名は《シアパ・ナマ・サウダラ》？」

何日もひとの声を――何日になるのだろう？――聞いていなかった。目に向けられている光の向こう、見通しのきかない闇から、その声は聞こえた。落ち着いた抑揚のない男の声。インドネシア語を、現地の人間と変わらない発音で、なめらかに口にしている。

「おまえの名は？」おなじ言葉がくりかえされた。

そしてもう一度。「おまえの名は？」

マンクラートは沈黙を守り、闇から襲ってくるにちがいない打撃にそなえた。拳、鞭、あるいは棍棒か。

だが、打撃はなかった。

「おまえの名は？」

「おまえの名は？」

「おまえの名は？」

間。

「これだけ心得ておけ」ややあって、声の主がいった。「おまえが何者か、われわれはすでに知っている。ブギス族だ。おまえはある日、船から略奪するために出かけていって帰らなかったひとりの海賊だ。おまえの身になにが起きたか、知るものはどこにもいない。船長も、家族も、おまえの村のものも知らない。ラージャ・サムドゥラでさえ知らない」

マンクラートは、平静を保とうとつとめた。こいつらは海の王のことを知っている。おれの約束のことも知っているにちがいない。

眠りを誘うような静かな声で、相手はつづけた。「おまえがどこにいるのか、だれも知らない。だからおまえはどこにもいない。おまえは実在しない。幽霊、無だ。われわれに名前をいえば、ひとりの人間に戻れる」

「おまえの名は？」

「おまえの名は？」

「おまえの名は？」

闇と光とその声と、尻に食い込む椅子の硬い縁があるだけだった。

それに、たったひとつの質問。

「おまえの名は？」

「おまえの名は？」

「おまえの名は？」

しだいにマンクラートの曲げた脚の感覚が麻痺していった。喉が渇き、光を当てられた目が痛んだ。目を閉じても、強烈な光が瞼を通ってきた。それにその質問が、マンクラートを執拗に叩き、時間がたつにつれて、言葉の意味が薄れていった。

「おまえの名は？」

驚きのあまり跳びあがり、マンクラートは倒れそうになった。べつの声がおなじ質問をした。女の声で、やはりインドネシア語をしゃべっているが、西洋人の強いなまりがある。

「おまえの名は？」

「おまえの名は？」

「おまえの名は？」

またさっきの声。あらためてつい耳を傾けてしまう！　ふたたび言葉が意味を持ちはじめた！

「おまえの名は？」

「おまえの名は？」

「おまえの名は？」

ふたりの声が、何度切り換わったことだろう？　五回？　十回？　十二回？　マンクラートは、数えられなくなっていた。なにもかもわからなくなり、わかっているのは叩きつける質問だけだった。

「おまえの名は？」

「おまえの名は？」

「おまえの名は？」

マンクラートは、一度立ちあがろうとした。光の向こうに突進し、いつ果てるとも知れない執拗な憎むべき質問の主に襲いかかろうとした。だが、脚の力が抜けた。闇から見張り二名が現われて腕をつかみ、身をよじり、かすれた声で悪態をつくマンクラートを押さえつけた。殴りはしなかった。苦痛を大切にはぐくめば、いつまでもつきまとって離れない質問に対抗する呪文に使えるのに、そういうものはあたえられなかった。

見張りの腕のなかでマンクラートがぐったりとして、黙り込むと、また椅子にそっと座らされた。音色もリズムも言葉もおなじ声がくりかえされた。

「おまえの名は？」

「おまえの名は？」

「おまえの名は？」

教えるものか。

「おまえの名は？」

名前は魂だ。ぜったいに明かさない。

「おまえの名は？」

宝物を盗まれてたまるか。

「おまえの名は？」

おれはブギス！　ブギス族のマンクラートだ！　打ちのめされはしない。

「おまえの名は？」

おれはマンクラートだ。

「おまえの名は？」

マンクラート！

「おまえの名は？」

マンクラート！

「おまえの名は？」

「マンクラート」

「マンクラート……ありがとう、マンクラート」

とたんに、見張りが襲いかかった。両腕で抱えあげ、背もたれのない椅子が蹴飛ばされた。金属製の椅子に座らされた。こんどの椅子のほうがなめらかで、冷たい曲面が筋肉のひきつった体に心地よく、まるですべすべの絹のように感じられた。カップが口にあてがわれた。水！　冷たいおいしい水！　一杯飲ませると、二杯目があたえられた。

「マンクラート」光の向こうで、声がくりかえされた。

どうしておれの名を知った？　いっていないはずだ。いっていない……と思う。いや、なにもいっていない……なにも！　最初から知っていたのだろう。なぶっているのだ。ほかにどんな秘密を知っているのか？

「さて、マンクラート」声の主がつづけた。「おまえの村の名は？」

「おまえの村の名は？」

「おまえの村の名は？」

ジャワ海　ラアース諸島に接近中
二〇〇八年八月十五日　〇一一九時(現地時間)

月の金色の角が、ちらちら光る海にひたった。じりじりとそれが沈むにつれて、月光を映していた熱帯の夜のまばらな雲が黒くなった。

やがて、月が沈んだ。

「よし。これでいい」アマンダは、〈カールソン〉の艦橋の左舷張り出し甲板に出ていた数名の士官のほうを向いた。「カーベリイ中佐、艦の現況は?」

「実行準備はできています、大佐」小柄な艦長が、きびきびと答えた。

「乗組員は、空中・水上発進部署についています。電子対策および格納ベイ灯火管制準備よし」

「ヒロ艦長からの最新報告は?」

「〈カニンガム〉は本艦の北、距離八海里を並航し、完全ステルス、限定ＥＭＣＯＭ実施中です。ご命令がありしだい高速合流を行なう準備ができていると報告してきました」

「たいへんよろしい、艦長。コブラ、そっちは?」

リチャードソンが、もっと簡潔に告げた。「いいです。発進準備よし」

「任務の範囲を忘れないで。敏速に突入、敏速に引き揚げ。いやがらせをするだけで、挑発してはだめよ」

「全体像はつかんでいますよ、マーム。アイアイ」

「スティーマー」

シーファイター戦隊司令、〝スティーマー〟・レイン少佐が、野球帽の庇を引きおろした。「〈クイーン・オヴ・ザ・ウェスト〉と〈マナサス〉は、機関始動準備ができています。嚢燃料タンクは積みました。偵察班も乗り込んでいます。いつでも発進できますよ」

「クリスティーンが、仮の潜伏地点を見つけたわね？」

「ええ。クチル海のすごく辺鄙な場所をね。周囲何十キロもひとが住んでいないし、行きにくい。掩蔽物もある。夜明けのじゅうぶん前に到着して隠れられます」

「たいへん結構。あすの晩の洋上補給を、カーティン基地に連絡して手配するわ。嚢タンクを積んでいれば必要ないと思うけれど、万一にそなえて、機動用の予備燃料があったほうがいい」アマンダはにっこり笑い、手を差し出した。「独立指揮よ、スティーマー。赤錆びた金条四本（海軍大佐）にうしろからうるさく指図されなくていいのよ。幸運を祈る」

「そうともいい切れませんよ、マーム。ときどき、そばにいてもらったほうがありがたいこともありますからね」力強く手を握りながら、レインが応じた。「それじゃ、二、三日後にまた」

「これに失敗したら、じきに会うはめになる。みんな、はじめるわよ」

＊　＊

〈カールソン〉の二海里後方のインドネシア海軍フリゲート〈スタント〉で、艦長のハサン・バスリイ中佐が、枕に向かって毒づいた。枕もとの艦内通信装置が、またしてもけたたましい音を発したのだ。

腹立たしい機械の受話器を、バスリイはむしり取るようにつかんだ。「なんだ？」

「申しわけありません、艦長」当直将校が、詫びるようにいった。「しかし、またアメリカの連中が、なにか……奇妙なことをやっています」

「シンガポールを出てからずっと、やつらはそういうことばかりやっているではないか、大尉。こんどはなんだ？」

「ヘリコプターを発進させました」

「ヘリコプター搭載艦はしじゅうやることだ」バスリイは、語気荒くいった。「その発進がどうしてふつうでないというんだ？」

「ヘリコプターを発艦させたあと、アメリカ艦は航行灯を消しました。いま、完全な無灯火の状態で航行しています」

バスリイは、しばし口ごもった。港で改装作業をしているときに、それを中止してアメリカ艦を監視するよう命じられたのが、どうしても納得がいかない。ルキサン提督は、〝国家の安全保障上の理由〟といっただけだ。その言葉の意味は、非常に広い範囲におよぶ。

アメリカ人どもは、インドネシア領海でいったいなにをするつもりなのか？　それに、第二のアメリカ艦、LPDを護衛することになっている大型水上戦闘艦は？　まず、シンガポールに来るはずなのに来なかった。それがけさ、インドネシア海軍の幹部の意表を衝き、ジャワ海のどまんなかで忽然と姿を現わした。

今夜はまたそれがいなくなった。監視をつけようとしたノーマッド海上哨戒機のレーダーの画面から消えた。それがまたやってくるのか？

「わかった」バスリイはインターコムに向かっていった。「そっちへ行く」

＊　　＊

〈カールソン〉の艦橋では、アマンダが対勢図ディスプレイの上にかがみ、チェスの名人が盤面をじっと見つめるように、コンピュータ・グラフィックスの海図と位置を示すさまざまなアイコンに見入っていた。作戦計画どおり、〈カールソン〉が先頭に立ち、追尾するインドネシア海軍のフリゲートが、二海里の距離を置いて従っている。〈カニンガム〉は、〈カールソン〉の左を並航し、インドネシア艦の捜索レーダーには捕まらないステルス性有効距離を保っている。

〈カールソン〉上空の待機経路を旋回している航空機のアイコンは、さきほど発艦したウルフ1だ。

タスク・フォースは、ラアース諸島の端に急速に近づいており、五海里右に名も知れない無人の珊瑚礁や砂礁が点々とあるところを通過していた。

アマンダは、商船の通航を最後にもう一度確認した。二〇海里以内になにも支障はない。

すべて準備が整った。指揮ヘッドセットのマイク・スイッチに触れた。「タスク・フォース全部隊、こちらはTACBOSS。ポイントI《アイテム》に到達した。全部隊、離脱にそなえろ。ウルフ1、聴覚および視覚遮掩実行を許可する」

ウルフ1のアイコンが、すっと離れて、追随するインドネシア艦のアイコンと重なった。

＊　　＊

ハリケーンのようなすさまじい風が、〈スタント〉の甲板を襲い、目のくらむような青みがかった白光が、露天甲板の隅々まで照らし出した。バスリイ中佐は、艦橋張り出し甲板の手摺を握り、艦首のななめ前方でホバリングしているヒューイ・ヘリコプターのシルエットをどうにか見分けた。

インドネシア艦の前方を横向きに飛んでいるヘリコプターは、昇降口に設置した着陸灯のような照明を、艦橋の見張員の暗視ゴーグルをかけた顔に向けていた。

「やつら、なにをやってるんでしょう？」当直将校が、ローターの轟音のなかで、バスリイに大声でたずねた。

「われわれに見られたくないことをやってるに決まってるじゃないか」バスリイが、どなりかえした。

＊　＊

格納ベイの通風ファンが全開でまわり、ホバリングするシーファイター艇のガスタービンが貪欲に消費する空気を、艦外からなかへ送り込んだ。

「発進前チェックリスト完了」副操縦士席のサンドラ・〝部品屋《スクラウンジャー》〟・ケイトリン上等兵曹が、〈クイーン・オヴ・ザ・ウェスト〉に報告した。コクピットの窓から見て、ベイ作業員が最後の固定索を邪魔にならないところへひっぱってゆくのを見てとった。〈クイーン〉の前方に係止されていた〈マナサス〉でも、おなじ作業が終わり、ホバークラフト二隻はスカートをふくらませてふわふわ上下していた。

「固定索解きました」ケイトリンが報告した。「機動支障なし」

「了解した」スティーマー・レインが答えた。「位置を能動維持する」片手でパフポート制御装置のジョイスティックをあやつり、母艦の縦横の揺れに左右されないように、PGAC（エアクッション哨戒艇［砲］）の位置を維持した「艇内部署の現況は？」

「計器異状なし。全部署、安全、航行準備よしを報告しています」ケイトリンが答えた。

「機械室は嚢タンクの燃料を使用していると報告。燃料流量は順調」

下の船体内部では、七名の乗組員が、射撃指揮ステーションと機械室で待機している。

〈クイーン〉の陸上偵察班である強行偵察海兵《フォース・レコン・マリーン》七名と衛生兵曹が、安全ベルトを締めて、中央区画の隔壁に取り付けられたベンチに座っている。狭いスペースに押し込められているようすが、まるで巨大な灰色の幼虫のようだ。

いつもなら中央区画の大部分を占めているはずのセミリジッド（船体の一部が固い素材でできている）膨張式ボートとハープーン発射筒ははずされて、嚢タンクと呼ばれるグラスファイバーとポリエチレンのやわらかな予備燃料タンクが固定されている。このタンクによって、ホバークラフトの七五〇海里という作戦範囲が倍になる。

レインは、方向舵を操作する半円形の操縦輪のマイク・スイッチを親指で動かした。

「格納庫長《ベイボス》、こちら王族《ロイヤルティ》。固定索が解かれ、発進準備ができた」

「ベイボス、こちら南軍《レベル》」〈マナサス〉艇長トニー・マーリン大尉の真剣な声がくわった。「二隻とも発進準備よし」

「ベイボスからホバー二隻へ。受領した」

コクピットのあけ放った横の窓から、タービンの悲鳴とファンのうめきよりひときわ高く、1-MCスピーカーの大音声が聞こえてきた。「アテンション、格納ベイ。ホバークラフト発進にそなえろ。全員、甲板安全ラインの艦首側に。格納ベイ灯火管制用意。携帯光源をすべて消せ。全員、暗視装置をかけるか、安全な位置から動かないこと。灯火管制カウントダウンは十秒……十……九……八……」

カウント一で、格納ベイは完全な闇に包まれた。レインとケイトリンは、ヘルメットの暗視バイザーをおろした。

「艦尾傾斜板をおろす」

鋼鉄の壁が細目にあいて、表の夜陰が覗くのを、ふたりは〈クイーン〉のサイドミラーで見守った。

＊　＊

「シーファイター発進準備できました、大佐」カーベリイが、アマンダのそばでささやいた。

「たいへんよろしい」対勢図ディスプレイで展開する全体像をつかむのに集中していたアマンダは、うわの空で答えた。ほどなくシーファイターが発進するのに最適な針路になる。だが、シーファイターはかなりステルス性が高いとはいえ、近距離にあるレーダーにまったく映らないわけではない。〈カニンガム〉も探知されたくはないが、やはり完全に見えないわけではない。

「彼らのレーダーの目を潰して、中佐。RBOCを射出。艦尾遮蔽パターン。電子妨害《ジャマ》装置作動、全帯域」

「アイアイ、マーム。ジャマー作動します。艦尾遮蔽パターン射出」

〈カールソン〉の上部構造の艦尾寄りの端にある迫撃砲に似た筒――急速展張上空チャ《RBOC》フ・ロケット発射機が、うつろな咳のような音を発した。独立記念日の打ちあげ花火のような感じで、チャフ・ロケットが〈カールソン〉の後方高く弧を描いた。だが、花火とはちがい、破裂したときにひろがったのは、星のような瞬きではなく、レーダー波を吸収する細長い金属片だった。

＊

インドネシア海軍フリゲート〈スタント〉の艦橋では、ウルフ1のローターの激しい連打音のなかで、当直将校が悲鳴のような叫びを発していた。「艦長、戦況ディスプレイを見てください。アメリカ艦はチャフを射出しています」

バスリイ中佐は、激しく悪態をつき、コンソールの画面のところへ行った。

果たせるかな、レーダーを欺騙するチャフの幕が、〈スタント〉の進行方向を覆いはじめていた。アメリカ艦隊の旗艦は、その蔭になって探知できなくなりかけている。チャフの雲にくわえ、能動《アクティブ》レーダー妨害により、輝点や光の明滅が画面にひろがっている。

許せん！　アメリカ艦はまず目をくらませ、こんどはレーダーまで妨害している！

「全速前進！」バスリイはどなった。「距離を詰めろ！」

＊

「チャフ、射出しました、マーム」

「よろしい、中佐。対勢図で見ている。上手にばらまかれている。しばらくは、また射出しなくてもいいと思う」

〈カールソン〉の艦橋では、チャフの幕は対勢図ディスプレイに長方形のボックスとして表示され、インドネシア艦のレーダーにどれだけ影響をあたえているかを示しているにすぎなかった。アメリカ海軍の艦艇には、チャフの雲などガラスのように透き通って見える。

チャフの効果は、撒き散らされた金属片の長さと妨害されるレーダーの波長がどれほど近いかに左右される、今回射出されたものは、アメリカ海軍の艦艇のレーダー・システムに探知可能な〝窓〟(領域)を残すような長さにカットされている。インドネシア艦のやや旧式なシステムは、その領域では運用できない。アクティブ・ジャマーの発する電子的雑音の弾幕にも、おなじような覗き穴が存在する。

〈カールソン〉は、シーファイター切り離し点に迫っていた。だが、インドネシアのフリゲートのアイコンの横に表示された距離を示す数字が、ちらちらと明滅しながらどんどん小さくなっていった。速力をあげ、追いつこうとしている。

「カーベリイ艦長、全速前進。もう一度チャフを撃ち出して」

「了解しました、マーム。速力通信器員、全速前進。速力二五ノットに。CIC《コンバット》、RBOCパターン2発射」

そろそろ騎士を呼ぶころあいだ。アマンダは、ふたたびヘッドセットのマイク・スイッチを入れた。「艦隊周波数。〈カニンガム〉のヒロ艦長をお願い」

すぐにヒロの声が聞こえた。「はい、大佐」

「ケン、インドネシアの友だちがむずかっているの。接近しようとしているんだけど、いまつきまとわれたくないのよ。どかしてくれる。打ち合わせどおりに」

「わかりました。実行します」

＊　　＊

〈カニンガム〉の艦橋で、ヒロが操舵制御ステーションへ行った。「操舵員、面舵、針路一九〇、インドネシア艦の針路と交差。速力通信器員、機械室に最大出力を命じてくれ。全速前進。速力三五ノット」

〈カニンガム〉の艦首がまわりはじめると、操舵制御ステーションの航法通信装置《ナビコム》の赤い四角形の警告灯がぱっとつき、コンピュータ合成の声がスピーカーからくりかえし流れた。「衝突針路！　衝突針路！　衝突針路！」

ヒロが身を乗り出し、警報を解除して、音声による警告を消した。「ああ」そっとつぶやいた。「そのとおりだ！」

＊　　＊

刻々と時間が過ぎ、〈スタント〉はきらめく金属の吹雪のなかを突き進んだ。

「大尉、やつらが撃ち出したこのくそとゴミの向こうはまだ見えないのか？」

「まだだめです、艦長」先任システム・オペレーターのとなりにかがんで汗をだらだら流しているレーダー士官が答えた。「アメリカ艦はまたチャフを射出し、われわれのレーダーの周波数変更に合わせてアクティブ・ジャミングをつづけています」

「作業をつづけろ。なにをやってるのか、どうしても突き止める必要がある。航海係兵曹、ＧＰＳ航法に切り換え、音響測深儀に注意しろ。左に浅瀬がある」バスリイは半眼にして、艦橋の風防から射し込むまぶしい光に目を凝らした。「通信！　あのヘリをただちに追っ払え！」

「ずっと警告してるんです」操舵室の艦尾寄りの通信室にいた下級士官が、大声で答えた。

「通常のチャンネルでは呼びかけて……」

士官の声がとぎれると同時に、探照灯の強烈な光が消えた。灯火を消したウルフ1が、フリゲートの前方の位置から離脱した。上昇し、上空で旋回を開始した。ローターの轟音のために、依然として叫ばないと話が聞こえない。だが、夜の闇が戻ったのにはほっとした。

バスリイは、目をしばたたいて、ピンク色にぼやけている視野を回復しようとした。

「まあ、ちょっとは楽になった。こんどは……こんちくしょう！　面舵一杯！　緊急後進！」

多数の探照灯の光芒が闇からほとばしった。こんどの光は、ヘリコプターに搭載されたものよりずっと海面に近い。一隻の船の航行灯がぱっとついた。かなりの大型艦で、〈スタント〉の斜め右前方のすぐ近くまで迫っている。剃刀の刃のように鋭い舳先が夜陰からぬっと現われ、〈スタント〉のもろい横腹めがけて突き進んでいるのが、バスリイの目に映った。急を告げる二重音の霧笛が鳴り響いた。

命令されるまでもなく、〈スタント〉の操舵員は霧笛の紐を引き、フリゲートは恐怖の悲鳴をあげた。操舵員は懸命に真鍮枠の舵輪をいっぱいまでまわし切った。衝突を回避するためにフリゲートは最小回転半径で回頭し、甲板が大きく傾いだ。

＊　＊

〈カニンガム〉がインドネシア艦の真横にならんだとき、ケン・ヒロ中佐は艦橋の左張り出し甲板から見下ろして、二隻の舷側のあいだで沸き立つ細長い水面を、いかにも老練の船乗りらしく観察していた。「よし、操舵員、宜候……宜候……舵戻せ……戻せ……戻せ……！　よし、宜候……」

＊　＊

一海里前方、〈カールソン〉の艦橋で、ここぞという瞬間が訪れた。

「シーファイター、こちらTACBOSS。発進し離脱しろ！」

＊　＊

スティーマー・レインは、パフポート制御スティックをぐいと引いた。〈クイーン〉の艇首姿勢制御噴射機《スラスタ》が吼え、船体をうしろ向きに押した。〈カールソン〉の艦尾傾斜板をおりるうちに後進の勢いが増し、闇に包まれた格納ベイから夜の闇へと飛び出した。海面にぶつかってすさまじい飛沫《しぶき》をあげ、〈カールソン〉の航跡に揉まれて激しく揺れた。

レインは、スティックを放し、操縦輪をつかんだ。「パワー！」

艇長がなにを望んでいるかを、ケイトリンは一から十まで呑み込んでいた。まずプロペラ・ピッチ制御、つぎが推進スロットル、いずれも全速前進まで押し込む。アイドル推力でフェザリングの状態にしてあった推進プロペラのピッチ角が変わり、ダクトの奥のちらつく半透明の円盤と化した。その風によって後方の波が押しつぶされ、〈クイーン〉は前に躍り出して、速度を増した。

レインは、〈クイーン〉を〈カールソン〉のまうしろから横滑りさせ、大型艦の左側を突き進んだ。〈マナサス〉がつづいて傾斜板をおりた。そして、一番艇の〈クイーン〉とおなじ機動を行ない、〈クイーン〉のまうしろにつけた。

〈カールソン〉の艦首の前に出ると、レインは大きく弧を描いて、シーファイターの縦陣を、左手の名もない島にまっすぐに向けた。

「行け……行け……行け！」レインはくりかえした。

ケイトリンの目が、計器ディスプレイの機関データ表示をくまなく見ていった。名ピアニストがスタインウェイの名器を演奏するように推力レバーをあやつり、棒グラフ表示の温度の棒がレッド・ゾーンに達することなくイエロー・ゾーンのかなり上の位置を保つようにした。

ガスタービン主機が専門の機関兵曹だったケイトリンは、かつては〈クイーン〉の機械室に勤務していた。得手とする〝真夜中の調達〟の技術を生かして、いまのような場合のためにとびきり最高の部品を入手し、大きなライカミング・エンジンを手入れしてかわいがるところから、〝部品屋《スクラウンジャー》〟という綽名をもらっている。

レインの暗視バイザーを波の模様が疾く流れ、シーファイターのずんぐりした艇首の下へと見えなくなる。〈クイーン〉は全速力で突っ走って、目標の島との距離をぐんぐん詰めていた。

「テリー、MMSS（マスト搭載照準システム）を頼む」

「アイアイ・サー」航法士席の〈クイーン〉副長テレンス・ワイルダー少尉がどなった。

「MMSS作動……高感度カメラの画像を、ただいまそちらの主モニターに出します」

レインとケイトリンは、緊張みなぎる状態にもかかわらず、笑みを浮かべた。テリー・ワイルダーは、タスク・フォースでも〈クイーン〉でもまったくの新人だった。ふたりして砲艇《ガンボート》海軍の流儀を叩き込んできたのだが、精神的重圧を受けると海軍士官学校《アナポリス》（兵科将校のみのための教育機関ではないので、旧日本帝国海軍の「兵学校」という呼称には適合しない）にいたころの癖が戻るのだ。

AI2暗視バイザーを上にあげたレインは、それまでのぼやけたグリーンの映像よりもずっと鮮明な、短く太いマストに内蔵された高感度カメラのモノトーン映像を目にした。

名もない陸地が数千メートル前方にあり、水面から数十メートルばかり持ちあがった低く黒い塊が見えている。だが、それより注意しなければいけないのは、もっと手前の揺れる白い線だった。小島を囲む礁の上で波が砕けているのだ。

〈クイーン・オヴ・ザ・ウェスト〉はホバークラフトなので、喫水はゼロだ。しかし、こういうふうにがむしゃらに高速航行しているとき、突き出した珊瑚の塊にスカートをひっかければ、重大な結果を招きかねない。レインは操縦輪を揺すって、艇尾をふり、カメラを左右に向けて、白い波の線に大きな波の〝肩〟（サーファーの用語で、波の上のなめらかな部分を指す）があるのを示す黒い部分はないかと捜した。水深があるところでは波の表面がなめらかになるので、そこを通ればぎざぎざの珊瑚礁を避けられる。

レインは、海軍で受けた訓練だけではなく、青春時代、カリフォルニア沿岸のあちこちでサーフィンにふけったころ、波によって磨かれた直感に頼ろうとしていた。その直感はこれまでもかなり役に立ってきた。いまも役立つはずだ。

「よし、見つけた！　穴があった！　レベル、レベル、こちらロイヤルティ！　おい、トニー、真後ろに来い！　おれにつづけ！」

〈クイーン〉は、七〇ノット近い速度で、珊瑚礁の切れ目を通過した。〈マナサス〉がすぐうしろをついてくる。砂浜がみるみる大きくなる。

「スノーウィ！　後進！　プロペラ、リバース！」

ケイトリンが、ピッチ制御をリバースに入れ、プロペラの羽根のピッチ角を逆にして、〝推す〟のではなく〝引いて〟ブレーキがかかるようにした。レインが右手を中央コンソールのパフポート制御Tグリップ・ジョイスティックに置いて、いっぱいに押し込んだ。プレナム・チェンバーの前縁にある排気弁があいて、高圧空気が噴出し、姿勢制御ロケットの役割を果たして、突進するシーファイターの勢いを殺した。

だが、プロペラのリバースとパフポートのブレーキだけでは、じゅうぶんではなかった。

　レインは、操縦輪のインターコム・ボタンを押した。「つかまれ！」と全乗組員に大声で警告した。

　減速しつつあるシーファイターは、ビーチに乗りあげて、竜巻のような砂塵を捲きおこした。ビーチの端の低い砂山で、大きなエアクッション哨戒艇は、息を呑む一瞬、ふわりと宙に浮かんでから、陸地の茨の藪に突っ込んだ。〈マナサス〉が数秒の間を置いて、〈クイーン〉の真横でとまった。

　命令を待たずに、ケイトリンはすべてのスイッチを切り、シーファイターはエアクッションを失った。

「よし、まあ、着いたぞ」レインがぽつりといった。

＊　　＊

　極小戦隊《マイクロ・フォース》が小島に達し、シーファイター二隻のかすかな水面軌跡が消えて、捕捉できるのが陸地だけになるまで、アマンダは対勢図ディスプレイを見ていた。

「ＣＩＣ《コンバット》、切り離し完了。そっちで見た感じは？」

「順調のようです、マーム。インドネシアのレーダー周波数にＲＣＭ（レーダー妨害）反射は見られず、いかれたアメリカ艦に突っかけられそうになったとわめいているほかに、フリゲートはなにも発信していません。シーファイター発進に気づいた気配はありません。まんまと逃げおおせました」

「たいへん結構、CIC。タスク・フォース全部隊、切り離し完了。チャフ、ジャミングを終了。ウルフ1、随意に帰投してよし。全艦、通常の巡航手順に戻り、針路を維持。よくやった」

＊

〈カニンガム〉の艦橋で、ケン・ヒロ中佐は〈スタント〉がよろよろと闇のなかへ遠ざかってゆくのを見守っていた。馬に乗ったカウボーイが、いうことをきかない子牛を追うように、〈カニンガム〉は小さなインドネシア艦を一八〇度方向転換させていた。ヒロは、ゆっくりと深く息をした。ザ・レディは、艦長席についていないときでも、刺激的なことを味わわせてくれる。「航海係兵曹、探照灯を格納。操舵員、〈カールソン〉護衛の位置につけ。速力通信器員、通常速力前進」

＊

「もう我慢できん！」バスリイは、怒り狂って、〈スタント〉の艦橋をどたどた歩きまわった。「許せん。通信室、ただちにアメリカの司令につなげ！　この不法行為の謝罪を要求する！」

「艦長……」

「早くやれ！」

「ですが、艦長」通信長が、懸命にいった。「アメリカのタスク・フォース司令から艦長宛てに、すでにメッセージが届いております」

バスリイが、足をとめた。「なんだと？　なんといっている？」

「えー、〝インドネシア海軍フリゲート〈スタント〉艦長殿。不適切な瞬間に貴艦がわれわれの艦隊に接近したのは、まことに遺憾である。われわれがミサイル迎撃演習を行なっているところへ、貴艦が偶然にはいり込んできた。不便をおかけしたことにつき、深く陳謝するしだいである〟」

通信長が、通信用箋から視線をあげた。「シーファイター・タスク・フォース司令、アメリカ海軍大佐アマンダ・ギャレット、と署名があります」

バスリイは口をあけたが、いう言葉もなく、すぐに閉じた。女か。よりによって女にあんなまねをされるとは。

さきほどなにが行なわれたのか、どういう理由があったのか、なにを見逃したのか、バスリイには皆目見当がつかなかった。虚仮《こけ》にされたのではないかという疑惑が深まるばかりだった。

＊　　＊

機関を停止し、沈黙した〈クイーン〉と〈マナサス〉は、名もない小島の上で、じっとうずくまっていた。低い砂丘の上からMMSSで覗いて、三隻が遠ざかるのを見送った。そしていま、タスク・フォースの二艦とそれを追うインドネシア艦が水平線の向こうに見えなくなると、ガスタービン機関をふたたび始動し、自分たちも出発した。これからまたべつの名もない小島の潜伏地に向かい、そこからまた駆け出してはしゃがみ、二名の歩兵が掩蔽物から掩蔽物へと伝い進むように、群島をたどってゆく。

それこそシーファイターの本領なのだ。

だが、乗組員と海兵隊員たちは、ここでひと息入れて、缶入りの冷えたコークを一本飲むことになった。風向きの一定しない涼しい夜風と波の砕ける音がはいってくるように、ハッチとコクピットの窓はすべてあけられた。

「すごく痛快な発進だったな、スノーウィ」スティーマー・レインが、そっとつぶやいた。

そのつぶやきを聞いたケイトリンは、はっとした。レインはときどきそういうふうにまちがえる。さきほどもそうだったが、緊迫した状況のときはとくに、過去に戻って、戦死したスノーウィ・バンクスの名前を口にする。

ジリアン・〝スノーウィ〟・バンクス中尉は、〈クイーン〉の初代副操縦士で、レインの右の座席で何千海里もの航海をこなした。しかし、それも西アフリカでの海戦までだった。スノーウィの遺体は、セントルイスの静かな墓地で戦士の休息につくために送られた。だが、レインはまだ忘れることができない。ケイトリンもおなじだった。

ケイトリンはときどき、レインが名前をいいまちがえたのではなく、ほんとうに〈クイーン〉の前の副操縦士に話しかけているのではないかと思うことがある。どちらであるにせよ、気にはならなかった。いや、バンクス中尉がときどき戻ってくれるなら、〈クイーン〉がかつての整然とした状態を維持しているという自信が持てる。

ケイトリンは、闇に笑みを向けた。「われわれにまかせてください、マーム」とささやいた。

＊　　＊

「じつに痛快な機動でしたね、大佐」カーベリイ中佐が、まじめくさった顔でいった。上官の行動をあれこれ批判するのは畏れ多いという旧弊な考えかたの士官の口から出たことを思えば、かなりの褒め言葉だ。

アマンダは、スクリーンの光に照らされた顔をちょっと動かして、賛辞を受けとめたことを示した。「タスク・フォースの働きはすばらしかった。うれしいわ。ブノア港には、いつごろはいればいいの？　一〇〇〇時ぐらい？」

小柄な揚陸艦長は、航法ディスプレイを見もしなかった。「一〇〇〇時ぴったりに繋留します、マーム」

アマンダは、笑みを押し殺した。賭けてもいい。繋留索が舷側から投げ下ろされるのに一分のずれもないはずだ。「たいへん結構。では、すこし休むわ。なにか変化があったら報せてちょうだい」

「わかりました、大佐。そのようにいたします」

カーベリイは正面を向き、艦首の向こうの闇に注意を向けた。アマンダは、赤い照明に照らされた艦橋の整然とした静かなようすにもう一度視線を投げてから、艦尾に向かった。

入口近くの隔壁から、影が離れた。「ルーカスはああいう男だから黙っているが、ひとこといわせてもらおう。じつに巧妙ないかさまだった、アマンダ。パーチン級の艦長は、なににひっかかったのだろうと、いまも考え込んでいるにちがいない」

「うーん、だとすると、つぎは騙すのが難しくなりますね、提督」アマンダは答えた。「だって、遅かれ早かれ、スティーマーたちを回収しなければならないわけですから」

「有能というのはそのまま弱点だな、大佐。そんなことはあとで考えればいい。それより、休む前に士官室で深夜食《ミドレッツ》でもいっしょにどうだ?」

深夜食《ミドレッツ》すなわち午前零時の口糧《ミッドナイト・レーション》は、アメリカ海軍では四度目の食事にあたる。就寝前に腹を落ち着かせるためか、あるいは血液中の糖の量を増してしゃんとするためか、目的はどの当直についているかによってちがう。

〈カールソン〉は戦闘配置を解いたところなので、士官室にはタスク・フォースの各科の士官十数名がいて、ビュッフェに盛られたサンドイッチ、果物、焼きたての食べ物をそれぞれ好きなように取っていた。

大きなサンドイッチのトレイの奥に、ナプキンをかけて、〈ＴＡＣＢＯＳＳさま〉ときれいな字で書かれたカードを置いた小さな皿があった。アマンダは感謝と期待をこめて、ナプキンをどけた。〈ウェルチ〉のグレープゼリーと、〈ジフ〉の特製粒入りピーナツバターを塗ったフランスパン。ほんとうの一流の料理人に欠かせないテレパシーをそなえた〈カールソン〉の先任司厨員は、アマンダの大好物を用意していた。

「コーヒー、ミルク、それとも色水みたいなジュース？」飲み物のディスペンサーのところで、マッキンタイアがたずねた。

「ミルクをお願いします。大きなコップ、冷たいのを」アマンダは答えた。「それ以外のものでは、魚に赤ワインみたいなものですよ。ジュディお嬢さまは、ピーナツバターとゼリーの正しい美学を提督に教えなかったんですか？」

「そういう機会がなかったんだろう」アマンダのミルクを注ぎながら、マッキンタイアは答えた。「なにしろこの父が海軍さんだからな」

「まあそうですね」アマンダはミルクを受け取った。「ジュディはどうしていますか？」

「元気だよ」マッキンタイアが、いそいそといった。マッキンタイアが〝パパっ子〟の話をするのが好きだというのを、アマンダは前から知っていた。「学校も楽しいようだし、成績もいい。若い娘らしくなってきた。母親みたいな美人になるだろうな」

マッキンタイアは、自分の皿の全粒小麦パンにローストビーフを載せたところで、手をとめた。「海軍にはいったことで、たったひとつの後悔はそのことだ。子供らと会う機会がすくない。ジュディとも、息子たちとも。留守ばかりして、許してもらえるのだろうかと思うことがあるよ」

アマンダのほうを、ちらりと見た。「きみも海軍の娘だったな、アマンダ。おやじさんとの関係はどうだった？」

アマンダは、小首を傾げて考えていた。「そんなに悪くなかったですよ」しばらくしていった。「でも、両親がわたしに最初に教えたのは、悲しみもよろこびも進んで分かち合うようにしなければいけないということでした。それに、幼いころから、自分の父親は世界一勇敢で、愛情の深い、すばらしいパパだと思っていました。そういう幸運に恵まれれば、たいがいのことには鷹揚になるものですよ」

近くのテーブルへ行くと、ふたりは向き合って座った。

アマンダは、マッキンタイアに笑みを向けた。「心配なさることはありませんよ。ジュディは賢い子だし、そんなに心が狭いようには見えません」

「ああ、そうなんだ。そういうところはまったくな。でもなあ……」マッキンタイアは、一瞬口ごもった。「アマンダ、頼みがあるんだ」

「いいですよ。どんなことですか？」

頑固でいかつい特殊部隊司令官が、すこし照れくさそうにしているのを見て、アマンダは興味をそそられた。「この航海が終わったら、ジュディをどこかへ連れていって、わたしが留守がちなことについて、話をしてやってくれないか。それに、ほかのいろいろな話も。十六歳の女の子には、男親じゃなくて女性と話したいようなことがあるだろう。感謝するよ」ぶっきらぼうに結んだ。「ほかに頼む相手も思いつかなくて」

「よろこんでジュディとそのうち話をします、提督。わたしに頼んでくださって、とてもうれしいです」心からそう思っていた。「あまりそういうことは経験がないんですが、精いっぱいやってみます。お嬢さまのことを、もうすこし教えてください」

しかしながら、そのあとはあまり話が進まなかった。クリスティーン・レンディーノが、文字どおりよろよろしながら士官室にはいってきた。クリスティーンのようすを見て、アマンダとマッキンタイアは立ちあがった。

「クリス、どうしたのよ。だいじょうぶ？」

「ええ、だいじょうぶ、ボス・マーム。平気です」顔色が悪く、声がかすれていた。クリスティーンは向かいの椅子にどさりと座った。「タナの葉っぱでも食べさせてもらえれば、すぐによくなります」

手をのばし、アマンダのミルクを取って飲み干すと、テーブルに置いた腕を枕にした。

「ぶっつづけで十一時間かかりましたけど、チャンとふたりでようやくやりましたよ。分捕り品差配を落としました」ぼそぼそといった。

深夜食はどうでもよくなった。アマンダ、マッキンタイア、クリスティーンは、即座に秘密の守れるアマンダの司令公室にこもった。

「口を割ったのね？」防音のドアが閉まるやいなや、アマンダが鋭い口調できいた。

「いまはしゃべるのをとめるのがたいへんなくらい」クリスティーンは、ソファに座り込んで、目をこすった。「かわいそうに、訊問に耐えるのに有効な方法も知らないんですよ。強がってひとことも口を利くまいとしたけど、そういうのを落とすのは簡単なんです。しつこく攻め立てればいいだけで」

「悪くとってもらいたくはないんだが、中佐」アマンダのデスクの縁に寄りかかって、マッキンタイアがいった。「訊問できみがそんなふうになってしまうほどでは、その男はいったいどんなありさまになっているんだ？　相手は外国人だからね。いずれ帰してやらないといけないんだ」

クリスティーンが、弱々しい薄笑いを浮かべた。「指一本触れてませんよ、提督。こういう状況ではね、相手が怒りを反抗のエネルギーにしたり、激しい痛みを利用して神経を集中するようなことは、ぜったいに避けないといけないんです。〈カニンガム〉に置いているあいだ、この男を隔離し、一時的に見当識を失うように仕組んで、抵抗力を弱めました。それから、この〈カールソン〉に移してからは、連続してひとつのことだけをくりかえしきくという訊問を行ない、情報が得られたときは、それ相応に条件をよくしてやったんです」

「うーむ」マッキンタイアはうなった。「きみのいうことを信じるよ」

アマンダは、心配そうな顔で、クリスティーンを見つめた。「捕虜全員を相手にこんなことをくりかえすんじゃないでしょうね？」

「いいえ、滅相もない、ボス・マーム。分捕り品差配の訊問で、地名や人名のようなキイワードがつかめました――ハヤーム・マンクラートという名前なんです――ほかの捕虜を相手にするときは、それを利用できます。ひとりが口を割ったことを教えてやれば、あとはあっさりと右へ倣えしますよ。最初のひとりを落とすのが厄介なんです」

「その男は、もとどおりになるの？」

「もちろん」クリスティーンはのびをした。「昼間と夜の周期をもとに戻せば、二日ばかりちゃんと眠ってもとどおりになりますよ。健康そのものに」

「そいつがしゃべったことを族長やおなじ部族の連中が知ったらどうなるかはべつとして」マッキンタイアが、冷たくいい放った。

クリスティーンは、手をふってその予想をしりぞけた。「だいじょうぶ。最初の訊問が終わったあと、他の捕虜は隔離して、一時的に見当識を失わせるようにします。わたしのやりかたで訊問を欺瞞すれば、だれが最初にしゃべったのかは、だれにもわかりませんよ。あの強情なマンクラートでさえ。楽勝です」

「今回は、あなたのいうことを信じるわ」アマンダは、ソファのところへ行って、クリスティーンの顔を仰向かせ、目の下にできた隈をじっと見た。「スコポラミンを投与したほうが、ずっと楽だったんじゃない？」

「おしゃべり薬はおしゃべりを引き出すばかりなんです。昔風のやりかたで落としたほうが、ずっと早く事実そのものをつかめます」クリスティーンは、ソファにごろんと横になり、薄笑いを浮かべた。「ひとつだけはっきりしてるのは、チャン警視が訊問がうまいってことです。彼といっしょに訊問するのは、すっごく楽しかった」

アマンダとマッキンタイアは、顔を見合わせた。ふたりともクリスティーンを頼りにし、暗黙のうちに信頼している。どちらもそれぞれに小柄なブロンドの情報士官に好意を抱いている。だが、ふたりとも、情報士官はだいたいが変わり者だという、昔ながらの士官の金言が頭から離れなかった。

「これまでに、どんなことをきき出した？」マッキンタイアがたずねた。

「だれがショーをやってるにせよ——ハーコナンだろうとだれだろうと——じつに組織だってますよ」クリスティーンが、力をこめていった。「ハヤーム・マンクラートの船は、スラウェシの西の半島にあるブギス族の集落を基地として活動する五、六隻の襲撃スクーナーのうちの一隻です。マンダル湾のパレパレ市の北、アダッ・タンジュンという村です。主要な海賊の港兼作戦基地なのはまちがいないですが、仮にあす急襲したとしても、盗まれた積荷や不審な武器や帳簿に載ってない現金は、まずひとつも見つからないでしょうね」

アマンダは、ソファのクリスティーンのそばにどさりと座った。「やつらはどういう手口を使っているの、クリス？」

「無数の小島、湾、小さな入江があるのを利用してるんですよ。たいがい海図にも細かくは載ってない。犯罪を匂わせるようなものは、村の近辺には持ち込まないんでしょう。襲撃に使われたピニシは、基地に帰る前に汚れを除くんです。武器はすべて隠匿所にしまい、奪った積荷はあらかじめ決めてある投函所《ドロップオフ・ポイント》に届ける。それを回収する人間と海賊たちはじかに会わない。

装備を補充するときは、おなじ手順を逆にやる。沿岸か近くの島などの受取所《ピックアップ・ポイント》を教えられ、必要な物資——武器、弾薬、エンジンのパーツ、などなど——が、カムフラージュされてそこに置いてある。届けた人間には会わない」

「いったいどうやってそれをすべて調整しているんだ？」マッキンタイアが、語気鋭くたずねた。「投函所や受取所を手配するやりかたは？」

「それがいやんなっちゃうくらい独創的なんです、提督」クリスティーンは答えた。「襲撃船の船長はみな、ふたつの品物を渡されます。一カ月分の予定を記憶できるよくあるようなデジタル式の腕時計と、携帯式のGPS——どちらも沿岸交易船では疑いをもたれるような品物じゃない。そして、一カ月に一度、決められた日時にそのふたつを村の特定の場所に置くようにと指示されます。回収したとき、時計には積荷と装備のそれぞれの配達日時が、GPSには投函所と受取所の座標が入力されている。また、部族の村から一定の距離内を通過する船と貴重な積荷について、襲撃に必要な情報も届けられる。船長たちは、能力に応じて分け前をもらう。海の王の勅令は、全員に公平な分け前をあたえ、他の部族の縄張りでの密漁は禁じる、ということだけ。掟を破れば、補給品が来なくなる」

クリスティーンは、掌であくびを抑えた。「船長も村の長老も、自分たちのところに海の王《ラージャ・サムドウラ》に選ばれた諜報員がいることを承知しているが、それがだれなのかは知らない。昔ながらの細胞に区切った秘密保全態勢です。知らないことは漏らせない。表立った指揮系統がないから、組織の最高部へとたどっていけない」

「海賊は、報酬をどういうふうに受け取るの？」アマンダがたずねた。

「ありとあらゆるやりかたで。たとえば品物でもらうこともあります。その月の投函所に、船長がほしい品物のリストを残しておけば、そのつぎは受取所に必要なものが置いてあるというしだい。

現金に関しては、インドネシアはけっして遅れている国じゃないんですよ。ピニシの船長が国内銀行に口座を持っているのはあたりまえで、まちまちの金額で、期間も不規則に、ときどき本人の名前でお金が振り込まれます。豊漁だったとか、儲かるチャーター契約があったと説明できる程度のものが」

「ハーコナンが後援しているブギス族支援計画もあるな」マッキンタイアがつけくわえた。「賭けてもいいぞ。海の王を強く支持している部族が、当然ながらたっぷりと支援を受けているにちがいない」

「そんな賭けには乗りませんよ」と、アマンダは応じた。「それに、ハーコナンの船が海賊に襲われるという話。それも一種の支払いや補給でしょう。おまけに、自分も船主として迷惑をこうむっているのだというふりができる」

アマンダは、舷窓に近づいて、表の闇を見つめた。「用心深い男ですよ、提督。それに、とてつもなく狡知に長けている。ブギス族をたくみなやりかたであやつって支配下に置き、海の王すなわち富と安寧と権能と威信だという心象を植え付けている。そして、これまではほとんど見返りを要求していない。でも、いずれそれを請求する。彼が先陣を切れば、ブギス族は追随する。問題は、どこでそれをやるかということよ」

マッキンタイアが、皮肉のこもった笑い声を漏らした。「衛星を回収する任務のはずが、ずいぶん拡大したものだ」

「まったくです、提督。石ころにつまずいたと思ったら、それが大きな岩の先っぽだったということがあるものです。国務長官も国家指揮最高部も、これが海洋の自由に対する明確な危機であり、危機の度合いを高めていることに同意するはずです」

「あす国務省《フォギー・ボトム》に電話して、われわれの組み立てた優先事項について国務長官に説明する。この一件が〝水雷などかまうものか、全速前進〟（一八六四年八月五日、モービール湾での海戦で、アメリカ海軍のデイヴィッド・グラスゴウ・ファラガット提督がいった言葉）に該当すると同意してくれるものと思う。とにかく、このハーコナンの計画がどこまで進んでいるのか、はっきりした映像をつかむところまではやろう。そのあと、機械にモンキーレンチを投げ込んでとめるのをわれわれがやるか、それともインドネシアがやるかは、そのときになってみないとわからない」

「肝心なときに、彼らがわたしたちを信じてくれることを祈りましょう」アマンダは、舷窓からふりかえって、マッキンタイアとならび、デスクにもたれた。「いずれにせよ、調べる糸口はつかんだし、スティーマーと極小戦隊をどこに行かせればいいかもわかった。梯子のつぎの一段は、スティーマーたちが見つけてくれるかもしれません」

ソファのほうから、低いいびきが聞こえてきた。両手両脚をひろげたしどけない楽な格好で、クリスティーンが眠り込んでいた。

アマンダとマッキンタイアは、顔を見合わせて笑みを浮かべた。「あれを見て思い出しましたよ」アマンダは、そっとささやいた。「わたしたちも美容のために眠らないと。あすの晩はパーティですから」

バリ島　ブノア港
二〇〇八年八月十五日　〇九二六(現地時間)

バリ島はインドに次ぐヒンドゥー教の本拠地といわれているが、それは正確ではない。バリ・ヒンドゥー教はアガマ・ヒンドゥー・ダルマ(聖水信仰)と称する独自のもので、インドネシア群島のこの地方に古代からいたひとびとの神秘主義がちりばめられている。山の靄や蝶の羽根のように繊細な、この神と悪鬼のまとわりつく宗教と哲学と生活様式のまじりあったものは、焼き戻しされた鋼のようなねばりで、何百年も生きつづけてきた。

失われた黄金のマジャパヒト王国のブラフマンを説く僧や学者が、十五世紀にバリ島に立てこもり、西からのイスラム教徒の侵略に抵抗した。ここでは、ムハンマドの追随者たちは、小さな島の荒涼たる絶壁にぶつかる波のように砕け散った。

また、一八四六年にオランダ人が来襲したとき、バリ島はオランダ帝国に対抗して自由を護ろうとする唯一の拠点となった。六十年の激しい抵抗の末に、最後の戦いが終わったが、それでもオランダ人が自分たちのものにしたのは町や村だけで、バリの魂を奪うことはできなかった。

去る二十世紀に、もっとも油断のならない侵略が行なわれた。二十世紀そのものが襲いかかったのだ。それとともに、観光客、商業化、そしてジャカルタの政府の〝バリのため〟というおためごかしの着想が押し寄せた。

だが、バリ族はそれでも持ちこたえた。ひょっとしてそれは、聖水の信者たちが、世界のどの宗教にも勝る優越感を抱いているからかもしれない。天国がどんなふうか知っている、と彼らはいう。

バリに似ている、と。

＊　　＊

シーファイター・タスク・フォースが到着したのは、日中の暑さが激しくなるころで、ブノア岬とスランガン（亀）島のあいだを抜け、ブノア港の口を通って、陸地に接近した。

予想された歓迎陣が、港で待っていた。地元のインドネシア陸軍駐屯地から、軍楽隊と儀杖兵が来ていた。この訪問をできるだけ明るいほうに解釈して、それにふさわしい言葉を述べるために、軍と民間のお偉方も何人か集まっていた。

ほかにも、シーファイターの到着を待ち受けているものがいた。

ブノア岬

二〇〇八年八月十五日　二〇一九時（現地時間）

マカラ・ハーコナンは、ベントレー・チャレンジャーのコンバーティブルで港を見おろす見晴らしのいい場所へ登っていって、ガイド付きツアーのバンやレンタルのスクーターの群れとは反対側の端にとめた。

バドゥン半島の西で雄大な夕陽が赤く燃え、精緻な図柄のバリの凧がいくつも夕焼け空で踊っている。凧をあげている若者のうれしそうな甲高い声が、迫りくる黄昏のなかで響いている。

べつの機会だったら、ハーコナンは空の踊りを楽しく眺めたことだろう。しかし、今夜はやらなければならないことがある。考え込むようすで、ハーコナンは湾の中央に浮かんでいるように見える無数の作業灯の大きな塊を見つめた。

州都デンパサールを支えるブノア港は、歴史的にもバリ南部最大の要港だった。

しかしながら、バリ島最南端のこの半島の内側、大きな三日月形の海岸線は、昔から、浅瀬や成長する砂嘴に悩まされてきた。この問題に直面したオランダの植民地政府は、禍《わざわい》を転じて福となすことにした。

植民地の厳しい現場監督という役割はべつとして、昔のオランダ人は、いうことをきかない海から土地をもぎ取ってきた経験が豊富な土木工事の名人でもある。浅瀬を利用して、沼地に囲まれた海岸から南の湾のどまんなかに向けて、長さ二キロメートルの土手道を築いた。その先端に一キロメートル四方の人工の島をこしらえ、港湾施設とした。そこは水深もじゅうぶんにあるうえに、燃料貯蔵所、倉庫、コンテナ用クレーン、積荷をさばく桟橋など、世界の海運が利用できる施設がそろっている。ハーコナンの貨物船のうちの一隻、〈ハーコナン・スマトラ〉も、いまそこで積荷をおろしているところだった。

敵艦もそこにいる。

ベントレーのグローブボックスに手を入れると、ハーコナンはスポーツ観戦用の折り畳み双眼鏡を出した。パチンとひらき、港の施設の向こうに向けた。

弱まる陽光のなかで、東の埠頭に、一隻は艦首を、一隻は艦尾をつけて平行に停泊している巨艦二隻の灰色の輪郭が、どうにか見分けられた。低く長細い不気味な形のアメリカ海軍のステルス巡洋艦。そして、腹のなかにどれだけ恐ろしい秘密を隠しているかわからない、のっぺりした高い舷側を持つドック型輸送揚陸艦。

ハーコナンは、神が肩ごしに覗き込んでにやにや笑っているのを感じた。

彼らはおまえを追ってきた、海の王よ。どうするつもりだ？　われわれを楽しませてくれ。

自動車電話が低く鳴った。ハーコナンは耳もとに受話器を当てた。ローが低い声でいった。「まもなく客人が到着します、ハーコナンさま」

「わかっている、ロー。じつはいまもそのうちの何人かに敬意を表しているところだ」

＊　＊

白い手袋をはめたストーン・キレイン大尉が、シードラゴン儀杖分隊の列の前を進むとき、サーベルの金色の柄《つか》が甲板の赤い照明を浴びてぎらりと光った。射抜くようなまなざしで、制服や物腰にほんのすこしでも瑕疵《かし》がないかと点検する。十二名の海兵隊員は、紺正装でしゃちほこばって気を付けの姿勢をとり、目を正面に向けている。

たいしたあやまちは見られなかった。それでも、ときどき銃剣の白いエナメルの鞘をさらにまっすぐにしたり、ライフルの銃身を指でなぞって、あるはずもないガン・オイルの残りかすを捜したりした。部下たちは予想どおり非の打ちどころのない状態だが、指揮官が手ぬるいと思われるのはぜったいに避けたい。

「いいだろう、軍曹」キレインは、分隊長にそっけなくいった。「下艦まで休め」

「かしこまりました！　分隊！　休めっ！」

滑り止めのついた甲板で靴底のこすれる音がかすかにした。儀杖兵の場合、緊張を解くのは最小限にとどめられる。

〈カールソン〉の飛行甲板の十数メートル艦首寄りでは、特殊船艇隊《スペシャル・ボート・スクワドロン》指揮官ラベル・ニコルズ大尉が、やはり夜の行事にそなえ、白い制服のRIB（リジッド膨張式ボート）乗員の事細かな正式点検を行なっていた。さらにその向こうには、特殊船艇隊B独立班の全長一二メートルのRIB二艘が、ぴかぴかに磨かれ、飾り立てられて、LPDの船体中央のボート・ダビットに載り、いつでも発進できるようになっている。

キレインは、直す必要もない刀帯をひっぱって調節した。キレインはときどきフェンシングのサーブルを楽しむことがあるが、いま腰につけているウィルキンソン海兵隊士官軍刀は、だいたいが儀式用のものでしかない。だが、シャツの左袖の前腕の内側に留めたランドール・コンバット・ナイフと、〝スーパーマン式〟ショルダー・ホルスターに収めてひそかに携帯しているSIGザウアーP226セミ・オートマティック・ピストルは、儀式用とはいえない。

アマンダ・ギャレット司令が、それを強調している。「諸君、追って指示があるまで、この部隊は牙を剝き出したままでいる。礼儀を重んじる社交の場でも」

キレインは、まったく同意見だった。だから、コンピュータ合成の声が夜陰に響いたとき、さっと顔をあげた。強力なラウドスピーカーから、最初はインドネシア語で、つづいてバリ語で、鋭い言葉がほとばしった。

このあたりのプラフと呼ばれる小型機帆船が、〈カールソン〉の艦尾近くをうろついていたので、自動的に接近警報が作動したのだ。

アデン港の悲劇のずっと前から、アメリカ海軍は、艦艇が港内で投錨しているときがもっとも攻撃にもろいということに気づいていた。イエメンのアデン港でテロリストの攻撃によって駆逐艦〈コール〉が大きな被害を受けてからは、なおのことこの問題が注目され、対処するためのテクノロジーの開発に拍車がかかった。

タスク・フォースには、不運に見舞われた〈コール〉よりはるかに多くの対応策がある。

音声による接近警報は、防御の第一陣だ。地元の言語で入力できるようになっていて、〝早急に立ち去れ〟という英語の意味がわからない第三世界の無辜の民を殺してしまう危険が大幅に減る。

第二陣は、致死性でない武器が使われる。

〈カールソン〉の上部構造の四隅に、SMADS（艦載接近拒絶システム）のディッシュ・アンテナが、箱型の台座から花のように突き出している。婉曲に〝暴動鎮圧指向性エネルギー照射機〟と呼ばれるSMADSは、きわめて不快な状態を引き起こすマイクロ波の大砲で、肉体にはほとんど損傷をあたえない。

ごく短い時間の照射であればの話だ。

システム慣熟訓練の際に車輛搭載型のVMADSビームをほんの一瞬浴びたときのことを思い出して、キレインはぞっとした。あんな集中的な苦痛を我慢できるのは、死に物狂いになっているか、自分の身を犠牲にしてもいいと思っている人間だけだ。そういうやつが相手のときは、もっと決定的な手段を使ったほうがいい。

〈カールソン〉の個艦防御砲塔は格納されたままだが、三〇ミリ・チェイン・ガン砲塔では砲手が配置につき、強力な夜間光学照準器で港内と波止場を監視している。それを海兵隊と艦警戒班の統合甲板パトロールが支援している。海兵隊員は発射準備のできたSABRを持ち、警戒部班員は五十発入り弾倉に実弾を装塡した分隊支援火器（軽機関銃）で掩護をつとめている。

〈カニンガム〉でも、同様の警戒措置が実施されている。

キレインとしては、OCSW擲弾発射器を艦首と艦尾、艦橋の左右の張り出し甲板に設置して、銃手を配置したかったが、多少は外交儀礼を守らなければならないと、マッキンタイア提督が指摘した。

しかしながら、ほかにも予防措置はとられている。〈カールソン〉と〈カニンガム〉は、桟橋と平行に繋留するのではなく、いわゆる〝地中海舫《もや》い〟（じっさいは「船尾づけ」だけを表わす）を行なっていた。〈カニンガム〉は幅の広いV字の斜舫索を張り、岸壁に艦尾をつけて繋留している。いっぽう〈カールソン〉は逆に、発進・回収が行なえるように、艦尾傾斜板を海側に向けている。

かつて冷戦の時代に第六艦隊がよく実施した地中海舫いは、後進して向きを変えたり、タグボートに曳いてもらったりせず、迅速に繋留を解いて港をさっさと出ることを可能にする。

二艦とも、機械室に緊急チームを残し、出航および抜錨作業班を配置して、指示があれば即座に出航できるそなえをしている。また、対SCUBA戦術水中聴音器を展開し、兵装を積んだシーウルフ攻撃隊を飛行甲板に出し、発進準備を整えている。

いまのところは、そういった棘々しい防御の出番はないようだ。驚愕した小さな機帆船は、錨地から斜めに遠ざかり、夜の闇のなかへ逃げていった。

ニコルズ大尉が、自分の隊の点検を終えた。休めの姿勢をとらせると、手摺のそばに残っているキレインに近寄った。ニコルズは夏正装の白のスカートに手袋、パンプス、シーファイターの黒いベレーといういでたちだった。長身でたくましい体つきの若い女性大尉は、今夜はとりわけ機敏に見える、とキレインは思った。

「晴れの場に行く用意はできた、海兵隊員さん？」ニコルズが、からかうようにいった。

「ふん、おたがい、生まれたときから用意はできてるさ」特殊船艇隊のこの大尉がおなじジョージアの出身で、バス釣りを愛好しているのもおなじだと知って、ただの優秀な同僚に対する以上の気持ちが生まれていた。「そっちは？　ぴかぴかに磨いたか？」

「必要ないもの。女司令《ザ・レディ》がわたしの襲撃艇隊《レイダーズ》を上陸用の内火艇に使うのはべつにいいのよ。でもね、なんであんなに物々しい準備を……どうもようすがおかしい」

キレインがうなずいて、同感であることを示した。「いいたいことはわかる。こっちもおなじだよ。ザ・レディの赤毛の頭のなかには、突拍子もない考えがあるんだ。だがな、おれは前にもいっしょに航海したことがあるが、大佐のやることにはすべてれっきとした理由がある。時機が来たら、ちゃんと説明してくれるはずだ」

「その言葉を信じるわ」長身のうえにハイヒールをはいているにもかかわらず、ニコルズはキレインの顔を見あげなければならなかった。「それで、大尉——」いたずらっぽく、古き南部のなまりをほんのすこし加味していった。「あんたさあ、あたしをダンスのリストに載っけといてくれる？」

キレインは、考えるふりをした。「どうかなあ。この島の女どもは、おれみたいな美男子はひさしく見たことがないだろうし。だけどまあ、アーガイル公爵夫人にすっぽかされたら、二度踊ってやってもいいよ」

ニコルズが声をあげて笑った。暖かな感じの焦茶色の肌のせいで、明るい笑顔がよけいきわだち、目を楽しませた。

＊　　＊

アマンダ・ギャレットは、アイライナーの最後のひと刷毛に満足して、化粧道具をしまった。狭い司令私室でできるだけうしろにさがって、小さなドアの鏡で精いっぱい自分の姿を点検した。

アマンダは根っからの海軍士官で、アメリカ海軍の軍服を誇りに思っていたが、機会があればドレスアップしたいという女性らしい気持ちもある程度はあった。クリーム色のシルクのブラウスは長袖で、軍服風の仕立てだった。規定の長さのスカートは、やや薄手の黒のベルベットで、すこし目を惹く程度のスリットがはいっている。その効果のほどが、アマンダは気に入っていた。

壁のロッカーから小さなジュエリー・ボックスを出し、最後の仕上げにかかった。シンプルな金の円いイヤリングと……ネックレスがいいか。しばし考えた。いや、もっとちがうものにしよう。巻いてある黒のベルベットの細いリボンを出した。女性が身につけるもののなかでもっとも刺激的な三つのうちのひとつだといって、ある機会にヴィンス・アーカディがくれたものだ。

だが、どうしてなのか、それにあとのふたつはなんなのか、アーカディは教えなかった。アマンダはそのときのことを思い出してほほえみ、リボンを首に巻いた。いつか、またふさわしい男が現われたときに、もっと追究しないといけない。

最後に、海軍指揮官の徽章を箱から出し、襟に留めた。このちっちゃな徽章が、他人と自分に、この女性は海軍士官であり、今夜も仕事中なのだということを思い出させてくれる。

ラバーソールのデッキシューズを履き、上陸したら履き替えるドレッシーなサンダルとセカンドバッグを持った。錐刀のように細いヒールは、軍艦の昇降口をおりるのには適さない。

準備ができた。

ドアの外で立哨していた警衛にうなずいた。若い海兵隊員は、一瞬ぽかんと口をあけて見とれたが、気を取り直して、無表情でまたしゃちほこばった整列休めに戻った。アマンダは、ひそかにほほえんだ。よし。この服装はなかなか効果的だ。

歓迎会に出席するタスク・フォースの士官たちが、士官室で待っていた。戸口にアマンダが現われると、ひくいささやきの声がぴたりとやんだ。

クリスティーンがいた。私服の女性士官は、アマンダを除けばクリスティーンだけで、こちらは金色のスパンコールのついたシース・ドレスで、とっぴなところがまた彼女に似合っていた。それに、クリスティーンが、プロフェッショナルらしからぬ態度でチャン警視にべたべたくっついているのに、アマンダは気がついた。まあ無理もない。白いディナージャケット姿のチャンは、じつに颯爽とした姿だった。

カーベリイ艦長が、戸口の近くに立っていた。「こんばんは、大佐……」堅苦しく切り出したところで、口ごもった。旧弊な海軍は、こうした機会にどう対処すればいいかということを、指揮官に教育していない。そこで、ほんのかすかな笑みが、カーベリイの顔をよぎった。「今夜はじつにおきれいでいらっしゃる、マーム」

「ありがとう、中佐」膝を曲げる挨拶がちゃんとできることを知って、アマンダはほっとした。

そこで、エリオット・マッキンタイア提督が、ぴちっと折り目のついた白正装で、制帽を脇に挟み、アマンダの前に立った。なぜか階級や年齢よりもずっと若く見え、士官学校を出たばかりの少尉であってもおかしくないほどだった。それに、じっと見つめる黒い瞳には、なにかが宿っていた。

予期せぬふるえが背骨を小さく伝わり、思わずアマンダは片手を差し出していた。そして、マッキンタイアがそれを軽く握り、礼儀正しく一揖《いちゆう》した。

「アマンダ」

「提督」唇の先まで彼の名前が出てきたが、ここでそれを口にすることはできない。それに、この一瞬を、これ以上つづけてはいけない。

狼狽して視点をそらし、アマンダはすっと手を引いた。いつかクリスティーン・レンディーノを裏へひっぱっていって、悦に入った表情を浮かべている顔をひっぱたいてやろうと心に決めた。

「こんばんは、紳士淑女諸君」アマンダはいった。「乗り物の用意ができているわ。きっとおもしろい夜になるはずよ」

＊　　＊

上陸隊が、〈カールソン〉のボート・ダビットの前で整列した。

〈カールソン〉の上部には、通常のカッターや艦長用内火艇を載せるスペースもないし、重量の面でも無理だった。ボート・ダビットとクレードルは、特殊船艇隊独立班の襲撃艇の専用になっている。

特殊船艇隊の全長一一メートルのリジッド膨張式ボートは、いわばボグハマーのアメリカ海軍版だった。ディーゼル機関ハイドロジェット推進式のＲＩＢは、軽量で、速く、大きさのわりに重武装している。乗員三名にくわえて兵員八名を乗せることができ、特殊作戦独立班を敵地に上陸させ回収するという第一の任務に、まさにうってつけだ。つまり、単なる外交行事の輸送手段としては、いささか穏当でない。

アマンダの目的には、それがまた好都合だった。

「独立班、乗り込み発進準備できました、大佐」ニコルズ大尉が、きびきびと報告した。

「海兵隊上陸班は、ご指示のとおり、レイダー1に乗り込んでいます」

「儀杖分隊よ、大尉」アマンダは、甲板の真っ赤な照明を浴びて立ち、やんわりと正した。

「礼儀正しくしないと。あなたもデビューの支度はできた?」

ニコルズが、にやりと笑った。「みんな目の玉が飛び出るぐらい見とれるでしょうよ、マーム」

「たいへん結構、大尉。まさしくそれがわたしの意図よ。それじゃ出発させて」

＊　　＊

揚艇機がうなり、ボート・ダビットが襲撃艇《レイダー》を舷側の上にふりだして、なめらかに、そしてすばやく水面におろした。海水が冷却水取入口に達したとたんにターボ付きエンジン二基が始動され、艇首と艇尾の支索が解かれた。レイダー2が風下に向けて半円を描き、埠頭と艦から遠ざかるとき、アマンダは最後にもう一度うしろに確認の目を向けて、警戒班の見張員が手摺に沿って配置されているのを見届けた。

なにか見落としはないだろうか？　ほかに打つ手は？　もうなにもない。こちらに注意を集中しなければならない。夜の戦いに体をなじませるころあいだ。

レイダー2は、レイダー1のあとを追い、船体を浮きあがらせて疾走し、ブノア岬の縁をまわって、五キロメートル南にあるヌサ・ドゥアのマカラ社本社に向けて、海岸沿いを進んでいった。このRIBは、元来ゆったりしているのだが、上陸隊の士官たちを乗せているため、今夜は狭苦しかった。アマンダは、コクピットの折り畳み式ベンチシートにマッキンタイア提督とならんで座り、腰と肩の温かな感触をことに意識していた。計器盤の光のなかで、向かいに座っているクリスティーンのドレスのきらめきとチャンの白いジャケットが見えた。

ディーゼル・エンジンのうなりのなかで聞こえるように、アマンダは大声でいった。「クリスティーンの招待を受けてくれてよかったわ、警視。あなたが今夜いてくれると、かなりの効果を生むはずよ」

チャンが、低い笑い声を漏らした。「陳腐ないいかたですが、大佐、このパーティはなにがあっても行かないわけにはいかない」

マッキンタイアが、アマンダの横でもぞもぞした。「さて、アマンダ、こいつはわれわれがいつも陸《おか》でやるような上陸許可パーティとはわけがちがう。きみとあの第一の乾児の女性は、きょうの午後ずっと額を鳩《あつ》めて、なにやら陰謀を練っていたようじゃないか。そろそろボスも仲間に入れていいころだぞ」

「要するに心理戦ですよ、提督」アマンダはいった。「ハーコナンが今回こうしてわれわれを招待したのもそうです。われわれをじっくり観察し、われわれがどこまで疑っているのか、どんな目的を持っていて、どう戦うつもりであるかを、探ろうとしているんです。いっぽう、このなんの悪気もないように思える歓迎会のあいだ、われわれは実質的に無防備で、兵力を分散させることになる」

マッキンタイアは、はたと膝を打った。「なるほど！　この仰々しい陣容の意味がわかったぞ。ハーコナンの仕掛けを逆手にとるつもりだな」

アマンダが、凄みのある笑みで応じた。「それがわたしの得意技だと、だれかにいわれました。ハーコナンは、歓迎会という大胆不敵な手を打った。大胆には大胆で応じるんです」

マカラ社　ハーバー・コート
二〇〇八年八月十五日　二一〇五時(現地時間)

「正直いって」ハーコナンはつぶやいた。「今夜はじつに楽しみです。ギャレット海軍大佐の噂はいろいろ聞いている。ぜひとも会いたいところですよ」

ランドルフ・グッドヤードが、考え込むふうで、眉を寄せた。「たしかに、いろいろと噂は聞いている」

ハーコナンは、グッドヤードの物言いに気づいた。「なにか問題でもあるのですか、大使？　おききしてもよろしいか？」

話してもらえるのが当然だとハーコナンは思っていた。そのためにわざわざ、ジャカルタにいる大使をこの集まりに招待したのだ。箔がつくというだけではない、グッドヤードはすなおによくしゃべる情報源だった。

ふたりは、ジャズ・クィンテットのやわらかな管楽器の流れと低い話し声のなかでしゃべっていた。心地よい熱帯の夜なので、艦隊歓迎会は戸外――マカラ社の本社社屋とビーチのあいだの芸術的な造園の中庭で行なわれる。車と船で来る客の比率が半々ぐらいで、海からの客は中庭のなかごろに現代的なJ字形の専用桟橋に到着する。

虫除けの極超音波発信機が、夜の襲撃者どもを撃退していた。トレイを持ったウェイターが、静かにきびきびと立ち働き、金色の間接照明が周囲の椰子の木を下から照らし、カップルや話をしたり笑いさざめいたりしているひとびとの姿が、ぼんやりと見えている。

「問題というわけではないんです、ハーコナンさん」ビーチに敷いたタイルの歩道をふたりで歩きながら、グッドヤードがいった。「ただ、ギャレット大佐と、われわれの海軍特殊部隊は、だいたい、なにがしの……評判があるのでね」

「評判？　どんな評判ですか、大使。それに、マカラと呼んでくれませんか」

グッドヤードは、部下がまわりにいないかと見まわした。自分の縄張りで国務省の汚点をしゃべっているのを聞かれたくはなかった。

声をひそめてつづけた。「つまりだね、われわれ外交筋のものの何人かは、ギャレット大佐と現在の海軍特殊部隊司令官エリオット・マッキンタイア提督が、その……精神的に不安定だと思っている。まあ、ふたりとも有能な将校なんだが、ギャレットは性急で、自分のほんとうの権限を逸脱した一方的な行動をとる傾向があるし、マッキンタイアはギャレットがそういうことをしても責任を取らなくてすむように白紙委任状をあたえる。正式な手順を経ないでなにかをしでかしたことは一度や二度ではないと、われわれはにらんでいるんだ」

グッドヤードは言葉を切り、すばらしくうまいシャンパンのカクテルを飲み干した。ハーコナンがさっと顎をしゃくって、ウェイターに代わりを持ってくるようにと合図したのには、気づかなかった。

「ジャカルタの外務省は、いたるところの藪に反乱分子が潜んでいるとでもいうような反応を示している」あらたなグラスを手にして、グッドヤードはつづけた。「インドネシア政府に処理できないようなことはなにもないと思う。とにかく、現在の微妙な状況からして、カウボーイ——いや、カウガールが、いま当地にいてもらっては困る」

ハーコナンは、真顔をよそおっていたが、心のなかでほくそえんだ。「タスク・フォースのシンガポールとインドネシア訪問は、親善が第一の目的ではなかったんですか。それ以外にも、なにかあるんでしょうか？」快活に笑った。「そうそう、アラフラ海で行方不明になった人工衛星のことが、かなり深刻に取りあげられていましたね」

グッドヤードが渋い顔をした。「ああ、あれか。ちがうな。あれは結局、空騒ぎに終わった。ワシントンからしばらくはいろいろいってきたが、そのうちうやむやになった。民間の問題に特別の関心を示したことが、国務長官もいささか面映ゆかったんだろう。あの件では、インドネシア政府との関係修復につとめてくれと指示された」

ハーコナンはうなずき、チューリップ・グラスからミネラルウォーターを飲んだ。これはおもしろい。とはいえ、グッドヤードのような情報源は、諸刃の剣でもある。いっぽうでは、こちらの聞きたいことを話してくれる。その反面、こちらに聞かせたいことを話しているとも考えられる。その点を明らかにしないかぎり、どこまで嘘をついているのかを見抜くことはできない。詭弁がたくみな人間ほど、ほんとうのことをいっているように見えるものだ。

グッドヤードは、単純な男のように見えるが、それでもやはり……

ハーコナンは、海のほうに目を向けた。「それでは、近々ギャレット大佐が大冒険をするというようなことはないんですね。残念だな。女司令の戦う姿を見たかったんですが」

「縁起でもないことを」グッドヤードは、にやりと笑った。「彼女がここにいるときに何事か起こればべつだろうが。そうなったら、火を消すために家を吹っ飛ばすという騒ぎになる。きみをがっかりさせて悪いが、えー、マカラ、わたしの任期中にランボーに来てもらいたくはないんだ。それでなくても、カリカリした状態なんだから」

ハーコナンはうなずき、外交官らしい婉曲な物言いに頬をゆるめた。インドネシア政府は、〝ビンネカ・トゥンッガル・イカ〟つまり〝多様性のなかの統一〟を理想として掲げている。現実はといえば、いずれ真のインドネシア人というアイデンティティが国民に根付くことを願いつつ、ジャカルタの政府は何十年ものあいだ、インドネシアの数限りない政治・宗教派閥の力関係をたくみにあやつり、ジャグリングよろしく必死でさばいている。現在まで、国家主義といえるようなものは、軍部などの特定の集団の常軌を逸した好戦的愛国主義しかなかった。

ジャグラーは、遅かれ早かれボールを取りそこねるか、あるいはめんどうになってやめてしまう。そうなったとき、新しいものが生まれる。そう思うと、ハーコナンの笑みが濃くなっていった。

「あらたな客が来たようだ」

グッドヤード大使の言葉に、ハーコナンは現在といまの場所に戻った。海岸線の北のほうに目を向けると、マカラ社の桟橋に近づいてくる二艘の航行灯が見えた。

「そのようですね、大使。ちょっと失礼します。客人の出迎えという役目がありますので」

ハーコナンは、大股で歩度を速め、ビーチの歩道とつながっている板張りの桟橋に向かった。

J字形の桟橋の曲がった先は、防波堤となっており、その内側の繫留場所を護っている。小さな筏がそこに浮かび、そこから斜路を通って桟橋にあがれるようになっている。白いディナージャケットという不釣合いな服装の繫留係が、すでにその筏の上で待機していた。バリ島の外交・ビジネス関係の客が、桟橋にぶらぶらと出ていって、興味深そうに見守っている。主賓であるアメリカ・タスク・フォースの内火艇が到着するという話がひろまったのだ。

強力な船舶用ディーゼル・エンジンが夜陰から響き、一隻目の海軍艇が、桟橋のアーク灯の投じる光のなかにはいってきた。

タスク・フォースの内火艇、などというものではなかった。タスク・フォースそのものの陣容だった。格好のいいミニチュア砲艇が、闇からするすると現われた。グレーがかった斑の迷彩塗装は、ほんの小さな剝がれもないように手入れされている。真鍮やクロームめっきの部分はわずかだが、ぴかぴかに磨かれ、ふだん舷側に張ってあるナイロンの手摺《ハンドレール》は、真っ白なナイロンに替え、ぴんと張って、海の男の手の込んだ結びかたで固縛してある。

ハイドロジェット推進装置が後進になり、水面が泡立った。正確無比の動きで、襲撃艇は弧を描いて筏のなかにはいった。航跡が消えると同時に舷側が桟橋に触れ、乗組員は繋留索を投げることもなく、桟橋の繋留係に手渡しした。

特殊船艇隊の隊員の制服も真っ白で、シーファイター・タスク・フォースの独特の黒ベレーを目深にかぶっていた。舳先の二五ミリOCSW擲弾発射器と船体のなかごろの旋回台座付きバーレット五〇口径対物《アンチマテリアル》スナイパー・ライフルのところで、銃手が整列休めの姿勢をとり、いかにも特殊船艇隊の乗組員らしく、この恐ろしい小舟の動きに合わせて上手にバランスをとっていた。

襲撃艇の舷側には、短いアルミの梯子が立てて取り付けてあった。ピンを抜くと、それが筏の上にすとんと倒れた。

「儀杖兵……」力強いバリトンが響いた。「下船！」

短い舷梯を海兵隊員六名が駆け足でおりて、舷梯の下と筏の斜路のあいだで、一定の間隔を置いて二列になった。背すじをぴんとのばした整列休めの姿勢で、旧式になったM－14ライフルを脇に立てた。エナメル塗装の木の銃床は、揉み革で磨かれて、つやつやと光っている。

その六名より長身で、体も大きく、派手ないでたちの海兵隊士官が、列のあいだをゆっくりと歩いていた。列の端で立ちどまり、言葉もなく桟橋から見守っているハーコナンや歓迎会の客たちを鷹のような黒い目で眺めまわした。

感心しないという顔で、海兵隊士官は口を一文字に結んだ。機械のような精確さで、くるりと儀杖兵の列のほうに向き直った。

舷梯が格納され、繋留係の手から繋留索がむしり取られた。襲撃艇《レイダー》は、ウォーター・ジェット推進で夜の闇へと後進で離れ、つぎの乗客を運ぶために、タスク・フォースの錨地へとふたたび弧を描いて航走していった。

「儀杖兵……」海兵隊士官の声が、ふたたび轟いた。「著《つ》け剣っ！」

磨きこまれた黒い銃剣が、ベルトの鞘から抜かれて、カチリという音とともに、銃身の規整子に取り付けられた。

「儀杖兵……気を付けっ！」

桟橋の板の上で、踵が打ち合わされた。

二艘目のＲＩＢが闇から現われ、一艘目とおなじたくみな操縦で横付けされた。ふたたび舷梯がおろされた。

「捧げ銃《つつ》！」

ライフルがガチャッという音とともに持ちあげられ。白い手袋をはめた手が、銃床を叩いた。

海兵隊士官が、刃を鳴らして軍刀を抜き、銀色に輝く刃《やいば》が空を切って顔の前に掲げられた。

「海軍特殊部隊司令官……到着！」

短い舷梯と二列の海兵隊員のあいだを、ひとりの士官が大股に進んだ。白髪まじりの年配の男で、風雪を経てはいるが、老けてはいない。ハーコナンほどの長軀ではないが、肩幅が広く、地震でまわりのものがすべて崩壊しても、じっと立っているのではないかと思うような、揺るぎない昂然とした態度だった。

ハーコナンは、桟橋の斜路を下り、手を差し出した。この人物に関する情報は聞いている。「マッキンタイア提督、ようこそバリにいらっしゃいました」

「ハーコナンさん」握手は力強く、声からはなにも感じ取れなかった。では、この提督も、こちらに関する情報を、あらかじめ聞いているにちがいない。

海兵隊士官が、ふたたび大声を発した。「シーファイター・タスク・フォース司令……到着！」

彼女が舷梯の上に現われた。海軍士官にしてはひときわ高貴な姿だが、戦闘テクノロジーの殺伐とした事物に囲まれていても、いたって悠然としている。古風な女らしい仕種で、長いスカートをすこし持ちあげると、筏におり立った。

アマンダ・ギャレットは、長身というほどではない——ハイヒールをはいていなければ、なみの身長だろう——それでも、無意識に毅然と顔をそらし、天性の堂々とした態度を示しているので、背が高いという印象をあたえる。

マカラ・ハーコナンは、これまで何人もの女性と楽しく付き合ってきた。なかには、世界有数の美女と思われる女性もいたが、これほど心惹かれる相手に出会ったことはなかった。なぜだかわからなかった。完璧な姿かたちのモデルや天分豊かな女優を何人も知っているが、これほどの活力を秘めている女性はほかにいない。

アマンダが、流れるような動きで儀杖兵の列のあいだを通り、マッキンタイア提督にならんだ。輝く大きな金色の瞳がハーコナンに向けられ、アマンダが手を差し出した……掌を下にして。

あなたを追ってきたのよ、海の王、その瞳が無言で語っていた。お辞儀なさい。この女を自分のものにする、そうハーコナンは誓った。彼女の手を包み込むと、ほんのかすかに、その手の上で一揖した。

「ギャレット大佐」

アマンダが、首をかたむけた。「ハーコナンさん。シーファイター・タスク・フォースを代表して、あなたがたの海にこうして温かく迎えてくだすったことを感謝いたします。わたしの部下と、エスコート役の男性を紹介します。クリスティーン・レンディーノ中佐と、シンガポール国家警察のグエン・チャン警視です」

ハーコナンは、はっと現実に戻り、アマンダ・ギャレットに目を奪われているあいだに下船したふたりのほうを向いた。

チャン？　まさか、去年、何度も法外な袖の下を使って叩きつぶそうとしたシンガポールのうるさい蝿と同一人物ではないだろうな？　もしそいつなら、アメリカ人といっしょに、こんなところでなにをしている？　くそ、ハーコナン、女のことなど忘れて、仕事をちゃんとやれ！

チャンが、角張った顔にほんのかすかな笑みを浮かべ、ハーコナンに会釈した。「お目にかかれて光栄です、ハーコナンさん。いままでお会いする機会がなかった……こんなふうに面と向かっては」

チャンの腕にくっついている小柄なブロンドが、甘ったるい声でいった。「でも、警視から、お噂はかねがねうかがってるんです」

どうなっているんだ？　ハーコナンは、その場にふさわしい言葉をつぶやきながら、筏に立っている一行をひとしきり眺めた。こいつらはいったいどういう脅威になりうるだろう？

チャンのディナージャケットの腋の下が、拳銃でふくらんでいるのが目に留まった。警官なら当然かもしれない。だが、マッキンタイア、儀杖兵を指揮している海兵隊士官、襲撃艇からおりた士官全員の軍服の脇に、おなじふくらみがあった。

儀杖兵はなおもしゃちほこばった気を付けの姿勢をとっているが、油断なく目を配っている。

それに、儀杖兵の携帯しているライフルもだ。M－14がアメリカ軍ではだいぶ前に老朽化したとして廃止され、儀式のときにしか用いられていないはずだ。しかし、あの銃は機関部を作動しないようにした儀式用の銃ではない。よく見ると、いまも発砲できる状態のもので、NATO七・六二ミリ弾二十発入り弾倉を装填してある。また、儀杖兵のベルトの白い革のパウチは、海兵隊の正装にはない物で、ちょうど予備の弾倉がはいる大きさだ。

あの銃剣も、黒い鋼鉄の刃の切っ先《ポイント》と刃先《エッジ》は銀色の条で、よく研いだ剃刀のような輝きを放っている。

襲撃艇の男女乗組員は、磨きこまれた着装武器《サイドアーム》ホルスターをつけ、銃座の給弾ベルトは、真鍮《ブラッソ》磨きで磨かれてギラギラ光っている。

アマンダ・ギャレットは、ただパーティに来たのではない。海兵遠征隊を上陸させようとしている。

ハーコナンは、護衛チームを歓迎会場の周辺に、目立たないように配置していた。だが、これだけの火力と対決するのは、とうてい無理だろう。

グッドヤード大使は、アマンダのことをなんといっていたか？〝カウガール……性急で、一方的な行動をとる……〟

いったいなにが起ころうとしているのか？

アマンダ・ギャレットは、あいかわらずチャンとおなじように意味ありげな薄笑いを浮かべている。まるでこちらの考えや感情をすっかり見抜いているかのように。

くそ、こんなふうに不安をおぼえる相手に面と向かうのは、何年ぶりだろう？

「これからいろいろとお話をするのがとても楽しみですわ、ハーコナンさん。話したいことはたくさんありますものね」

そこでアマンダは向きを変えた。マッキンタイアの腕をとると、斜路を桟橋と待っている客の列に向けて登っていった。

ジャワ海　クチル諸島の北東
二〇〇八年八月十五日　二二〇五時(現地時間)

約三〇〇海里北東で、べつの入念に振り付けのなされた軍事機動が行なわれていた。多くのものは、インドネシア群島を想像するとき、熱帯の太陽を浴びている密集した緑の島々、鮮やかな青い海、そこを行き来する働く小舟の群れといったものを脳裏に描くはずだ。

たしかに、そういうところもある。

そうでないところでは、島と島のあいだの海峡が〝——海〟と呼ばれるほど広い。遠くの水平線に雲堤が見えるだけで、陸地は影も形もなく、見えるのは波と輪を描いて飛ぶ疲れた渡りの海鳥だけだ。

そういう空漠とした海のまんなかで、シーファイター極小戦隊は停止した。エアクッション航走をやめて、推力を落とし、水面に腰を落ち着けて、熱帯の夜の無数の星のもと、しずかに漂っていた。

スティーマー・レインが、コクピットの横の窓をあけ、爽やかな潮風と、船体に当たる波の小さな音がはいるようにした。

「部署点検」と呼びかけた。

〈クイーン・オヴ・ザ・ウェスト〉副長のテレンス・ワイルダー少尉が、航法コンソールのデータ表示呼び出しスイッチを押した。「艇長、航法通信装置は、本艇が会合点に到達していることを示しています」きびきびと報告した。「GPS二台も同様です」

レインは、ヘルメットを脱ぎ、計器盤の端にかけた。「結構、テル、着いたな。時刻確認、スクラウンジ」

「時刻はぴったりです、艇長」ケイトリンが答えた。「空軍がちゃんとやってくれれば、会合まで十五分」

「最高に結構」レインは、サンバイザーに固定してあるMDウォークマンのヘッドホンをかけた。「テリー、操縦をまかせる。〈クイーン〉と〈マナサス〉を投下受取の位置につけろ……そうっとやれ。おれはひと眠りする。補給輸送機が来たら、起こしてくれ」

ワイルダーが、びっくりして、航法士席から艇長席のほうを見た。「アイアイ・サー」

レインは座席をリクライニングさせ、ヘッドホンから漏れるカリフォルニアのサーフ・ロックの金属的な音が、コクピットにひろがった。短い時間を利用して元気を回復するため、身についた戦士のわざであっというまにレインは眠り込んだ。

ワイルダーは、誇りと戦いながら、しばし迷っていた。だが、そこは頭のいい有能な士官のことで、座席で身をよじり、副操縦士席のほうを向いた。
「なあ、上等兵曹《チーフ》」小声でいった。「手伝ってくれるか？　海上での投下補給は経験がないんだ」
「だいじょうぶですよ、ミスター・ワイルダー」サンドラ・スクラウンジャー・ケイトリンが、陽気に答え、リング綴じの作戦要項を、膝の横の棚から出した。「みんな未経験なんです」

＊　＊

五〇海里南では、アメリカ空軍のエドウィナ・マークル中佐が、まずヘルメットの暗視バイザーで前方を見てから、暗視装置用に調整されたヘッドアップ・ディスプレイに目を向け、最後にもう一度、MC－130Jコンバット・タロンの風防を透かし見た。操縦輪を握る手は節が白くなるほど力がはいり、じっと見つめているせいで目が痛かった。

彼女がいま味わっている緊張は、生半可なものではない。アリソン・ターボプロップ・エンジンの六翅プロペラが波頭を吹き飛ばし、飛沫《しぶき》が機首にぶつかって音をたてるほど低く飛んでいるときは、それほどすさまじい緊張を強いられる。神経を集中しなければならない。ほんのすこしの油断も許されない。

カーティン飛行場を発進した航空コマンドウの輸送機は、高感度のＩＤＥＣＭ（統合防御電子対策）アンテナがインドネシア防空網の電波を探知するまでは、オーストラリアから北へ、ふつうに飛行していた。そこからタロンは〝戦術様態〟をとり、レーダー覆域の下をかいくぐるようにどんどん高度を下げて、いまでは文字どおり海面をかすめて飛んでいる。

フローレス島が、前方に壁のようにそびえ立った。MC－130は中央の火山山脈の狭い峠を縫って通れる程度まで高度をあげ、得体の知れない黒い影となって、孤絶した山村の上を轟然と通過した。

上空で掩護しているグローバル・ホーク無人機が、ジャカルタ近くのインドネシア空軍基地から要撃機が緊急発進したと警報を発したので、緊張はますます高まった。だが、緊急発進の原因となった断続的な物標《ターゲット》は、溶岩のごつごつした岩山のあいだで消え失せ、困惑した空軍のユーロファイターは、ほどなくひきかえした。

ふたたび海上に出たコンバット・タロンは、水面すれすれに降下してフローレス海を高速で飛び、レーダー断面積が小さくステルス性の高い機体は、海面クラッターにまぎれこんだ。

それからさらに二〇〇海里飛んでいる。高度計の数字はゼロを示したままだ。アメリカ空軍第一特殊作戦航空団の航空コマンドウにとって、こういうすさまじい任務は、日常茶飯事だった。

「針路修正」航法士がつぶやいた。「右旋回五度、針路〇……一……二」

エドウィナは、右ラダー・ペダルを軽く踏み、方向舵だけを使い、左右は水平のままで、ゆっくりと外滑り旋回させた。ふつうの旋回のように機体を傾けると、プロペラが水を打ち、横転してすさまじい勢いで墜落するおそれがある。

「針路〇……一……二」エドウィナは復唱した。

「ぴったりです、マーム。あと十分。お客さんが位置について待っていると、グローバル・ホークのリンクで確認されています」

「ありがとう、ジョニー。エド、貨物抽出《ベイロード》にそなえてと、曹長《チーフ》に伝えて」

副操縦士が機上輸送係にその指示を伝えるあいだに、エドウィナは操縦輪をこころもち引いた。機上輸送係が貨物室のうしろのほうへ進み、機体が上下に揺れるかもしれない。すこし高度をあげたほうがいい。

第一特殊作戦航空団のなかでも、エドウィナは用心深いことで定評のあるベテラン・パイロットだった。曲技飛行士でもカウガールでもなく、自分の技倆の限界も心得ていたので、ミスした場合の余裕を残すというやりかたをした。

コンバット・タロンは、二五フィートばかり上昇し、そこでまた水平飛行を開始した。

＊

＊

電動推進器で移動し、〈クイーン・オヴ・ザ・ウェスト〉と〈マナサス〉は、四分の一海里の間隔を置いて、風上と波に艇首を向け、位置についた。ＭＭＳＳ（マスト搭載照準システム）で水平線をずっと見ていって、近づくものがいないかどうかを、その高感度カメラで確認した。そのいっぽうで、ＥＣＭ（電子対策）監視装置が、疑わしげに空中のにおいを嗅いでいた。

艇内の中央区画の予備燃料嚢タンクは、ぺしゃんこでふにゃふにゃになっていた。それにはいっていた燃料は、消費され、あるいは残った分を船内のタンクに移されていた。海兵隊員たちの手を借りて、乗組員がそれを丸めて縛り、倉庫にしまって、補充されるタンクを置く場所をこしらえた。

〈クイーン〉のコクピットで、ワイルダー少尉が手をのばし、スティーマー・レインの肩に触れた。「艇長、補給輸送機とのデータリンクを確立しました。接近中です。五分後に到着。本艇は投下受取の位置についています」

レインがぱっと目を醒まし、眠り込んだときとおなじように、即座に機敏になった。

「よくやった、テル」ウォークマンのヘッドホンをはずし、座席の背もたれをもとに戻した。「環境は、スクラウンジ？」

「海上は異状なし、脅威表示盤にはなにも映っていません」ケイトリンが報告した。

「風向と波の状態も安定しています」

レインは、戦況ディスプレイをちらりと見て、状況を確認した。「順調のようだ。輸送機に、こちらは準備よし、投下を待つと伝えてくれ。位置標示ストロボ点灯。レベルにも点灯するよう指示してくれ」

オーバヘッド・コンソールに手をのばすと、レインは〈クイーン〉の短いマストの多機能航行点滅灯《ストロボ》を赤外線に切り換え、スイッチを入れた。

＊　＊

コンバット・タロンでは、尾部傾斜板がおりて、ターボプロップ・エンジンの轟音とスリップストリームのうなりが、まともに機内に押し寄せていた。インターコムを使わないと、相手の言葉はまったく聞こえない。

エドウィナ・マークル中佐の副操縦士が、視認したことをコールした。「前方の海上にストロボが見えます。投下地点を把握。機首方位よし。接近経路よし。リトル・ピッグ一番艇《リード》は、配達を受ける準備ができていると報告しています」

「受領した」エドウィナは、ふたたび外滑り旋回を行なって、暗視バイザーで見ているふたつの明滅する明かりのまんなかに精確に針路を合わせた。エアクッション哨戒艇の船体の上で光っている赤外線ストロボは、このＬＡＰＥＳ（低空精密抽出システム）投下の基線、投下範囲を示す目標となる。

「電子戦士官、脅威の状況は？」

「脅威なしです。戦況環境も異状なし」

「機上輸送係、貨物の状態は？」

「留め具、はずしました」風に吹き払われている声が、貨物室から戻ってきた。「傾斜板異状なし。投下部署に配置。抽出準備よし」

「よろしい」エドウィナの親指が、操縦輪の投下ランプ・スイッチを押した。「赤ランプ点灯、用意。機上輸送係は、貨物投下ランプ点灯にそなえろ……副操縦士、ＬＡＰＥ

S様態。推力を下げる……フラップ下げ、一五度……」

エドウィナがスロットルを戻し、エンジンの発するすさまじい爆音が、いくぶん和らいだ。そろそろと機首をあげると、エドウィナはコンバット・タロンを水平飛行中の最低巡航速度まで落とした。最後のデータ確認をするために、計器に視線を走らせる。エンジン・データ、操縦指示。海上の点滅灯がぐんぐん迫る。失速に近づいていることを示す不安をもよおす揺れが、操縦輪から伝わってきた。

「スタンバイ……」エドウィナはつぶやいた。ふたたび投下ランプ・スイッチに向けて親指がのびる。

＊　　＊

暗視装置を使って見ていた〈クイーン〉の乗組員たちは、巨大な影の切れ端が水平線近くの空からちぎれるのを見た。影はやがて高翼の馬鹿でかい輸送機の形をなし、波頭をかすめて近づいてきた。機首をあげ、四基のプロペラを翅の数がわかるほどゆっくりまわして、飛ぶというよりは浮かぶように、そっと近づいてきた。

予想していたとおりだ。このために自分たちはここに来た。とはいえ、夜の闇からコンバット・タロンが忽然と現われたときには、度肝を抜かれた。

＊　　＊

対気速度計がはらはらするくらい低い数字を指した状態で、ＭＣ－１３０はふたつのストロボの中間の水面を通過した。

位置標示ストロボが暗視バイザーの視界から後方に去ったところで、エドウィナ・マークル中佐は、投下ランプ・スイッチを親指で押しさげ、赤から青へと切り換えた。

「投下、いまだ！　投下！　投下！」

＊　　＊

コンバット・タロンの尾部から、細長い抽出用落下傘が流れ出た。轟音の響く夜の闇のなかでぱっとひろがり、最初の燃料嚢タンクを貨物レールから傾斜板へと引き出した。

これがＬＡＰＳＥ（低空精密抽出システム）、飛行中の航空機から地表に貨物を届けるのに、現状ではもっともすぐれたやりかただ。ただ低空飛行をして、ドアから荷物を蹴り落とせばいい。抽き出し傘がそのまま貨物を安定させ、落下速度を落とす役目を果たし、地表に落ちたときの衝撃を和らげて、地面を滑っていく貨物を目的の地点で停止させる。

より正確にいうなら、今回のものはＬＡＰＥＳ－ＭＤ（洋上型）で、地上に投下する場合のような組み立て式パレットは使わず、着水の衝撃を和らげ、貨物が水中深く沈むのを防ぐ、グラスファイバーの水上橇に載っている。

まあ、それは理論上の話だ。

橇に載った燃料嚢タンクが着水したとき、扇状の輝く飛沫《しぶき》が、投下した飛行機の尾部よりも高く海面から噴きあげた。息詰まる一瞬ののち、何トンもある貨物の橇は、飛沫のなかから飛び出し、巨人が波を切るように投げた石みたいに跳ねたが、水の抵抗とパラシュートがその勢いを弱めた。

あらがっているバスのように最後にもう一度跳ね、身をよじって、嚢タンクはやっととまり、なにごともなく浮かんでいた。

〈クイーン〉のコクピットで勝利の歓声があがり、乗組員たちが肩を叩き合った。

二個目の貨物が載った水上橇が、つづいて傾斜板から飛び出し、コンバット・タロンは離脱して、遠ざかる爆音のなか、その影がまた闇と混じり合った。

＊　＊

「貨物を投下！」機上輸送係がどなった。「投下完了！」

エドウィナ・マークル中佐は、女性曹長のうれしそうな叫びには答えなかった。スロットルをぐいと押し込み、対気速度を増した。投下してしまえば、貨物はもうこっちには関係ない。長いこと一直線に飛ぶのを嫌う戦闘パイロットの習性から、ふたたび何度か外滑り旋回を行なった。

「フラップ格納！　電子対策、どういう状況？」

「異状なしです、中佐。探知されるおそれのあるレーダー照射はなし。脅威表示盤にはなにも出ていません」

エドウィナは、まだ安堵の息をつきはしなかったが、緊張が多少和らいだことは認めた。貨物は地上に……いや、今回の場合、海上に無事に届けた。あとは帰り道の心配をすればいいだけだ。

尾部傾斜板を閉め、巡航推力に戻すと、胸まで響くようなエンジンの爆音が静かになった。コンバット・タロンは、投下点からボルネオとスラウェシのあいだのマカッサル海峡を通って、セレベス海に出る。一時間たらずで、戦術様態を脱し、通常の高度へ上昇した。あとはフィリピンの折り返し地点の基地へ行き、オーストラリアにひきかえせばいいだけだ。あすの正午には、カーティンで昼食を食べているはずだ。

「しばらく交替しましょうか」副操縦士がたずねた。

「ええ、エド。操縦を任せるわ」

エドウィナは、顎のストラップをはずして、ヘルメットを脱いだ。白髪まじりのブロンドの髪が現われる。計器盤の明かりだけに照らされたくらいコクピットでしばし緊張をほぐし、機首の下を流れ過ぎる波頭を見つめた。まあまあ満足のいく夜の仕事だったが、こんどはイカ野郎（海軍）のための簡単な輸送よりもっと痛快な任務がやりたい。

＊　　＊

燃料嚢タンクは、水より軽い軽油の浮力によって、低い波のあいだでぷかぷかと漂い、二列の赤外線発光スティックで位置を教えていた。

〈クイーン〉と〈マナサス〉が、そこへ接近した。艇尾傾斜板をおろして、回収態勢にはいった。鮫を追い払うためにショットガンを持った警衛が上甲板に出て、海水パンツ一枚の作業員が温かな海に飛び込み、橇とパラシュートを切り離して、回収用のケーブルを取り付けた。

ウインチのモーターがうめき、巨大な海の頭足類に似た嚢タンクが、海からシーファイターの腹のなかに向けてじりじりと進みはじめ、回収用に傾斜板にひろげられたテフロン塗装の滑りやすい防水布の上をずるずるとあがっていった。漏れがないかどうかが確認され、固縛索が取り付けられ、コネクターが接続されて、あらたな予備燃料が使えるようになった。

燃料の切り換えが完了すると、揚力用と推進用の機関がいずれも始動されて、甲高いうなりが起こった。

「八分しかかかりませんでした」〈クイーン〉のスカートがふくらみ、エアクッション航走が再開されると、ケイトリンが報告した。

「いやまいった。女司令《ザ・レディ》に、彼女のいかれたアイデアはそんなにいかれてなかったといわないといけない。テリー、補給完了をタスク・フォースに報せてくれたか？」

「アイアイ・サー。バースト送信しました。〈カールソン〉からデータが届いています。任務の最新情報のようです」

「あしたの隠れ家を教えてくれるのかな？」推進スロットルを操作しながら、レインはたずねた。

「おっしゃるとおりです。カリマンタン島のマングローブの沼みたいです。そちらの衛星航法装置ディスプレイに座標が出ます。あすの晩まで、マカッサル海峡は通らないようにとのことです」

「わかった。ほかには？」

「あります」ワイルダーの声が、興奮のせいでいくぶん高くなった。「攻撃目標データが届きました！　情報班が、目標を見つけてくれたんです。スラウェシ半島の西のアダッ・タンジュンという村です。そこに関する情報が、山ほどはいってきました」

「わかった」レインは電磁測程儀を見て、順調な巡航速力に近づくのを見守った。「ハードコピーにしてくれ。それから、われらが大切な海兵隊員を呼んで、攻めかたを検討しよう」

バリ島　マカラ社　本社ビル
二〇〇八年八月十六日　〇〇一二時(現地時間)

アマンダ・ギャレットは、ダンスが好きだった。だから、マカラ社の庭のまんなかに作られたダンスフロアを、一時的な指揮所に定めた。そこで動きまわっていれば、歓迎会場のすべてを見渡すことができ、上陸隊のメンバーともひそかに話ができる。

相手は男性に限られてはいるが。

エリオット・マッキンタイア提督と踊り、力強い手の曲線をウェストに感じるとき、仕事と楽しみの一石二鳥、という言葉が頭に浮かんだ。

「この歓迎会をどう思いますか、提督？」

「教えられるところが多いね」ボビー・トゥループのスタンダード・ナンバーを現代風にアレンジした曲に合わせ、アマンダをゆっくりとリードしながら、マッキンタイアが答えた。「駐インドネシア大使のグッドヤードと話をしたとき、ちょっとひんやりしたな」

アマンダは、大使のテーブルをちらと見やった。「熱帯ではめずらしいですね」

「グッドヤードがわれわれのホストとやけに仲良くしているのを見たというものがいる」

アマンダは、片方の眉をあげた。「取り込まれているということですか？」

「そこまではいかないだろう。おっと、ここは狭いな」といって、マッキンタイアはひとがあまりいないほうへ、アマンダを導いていった。「さっき、駐インドネシア武官のブラッドレイ・インガー陸軍准将と握手をしただろう。やっこさんとは軍学カレッジ（将官向けの教育課程）でいっしょだったんだ。ブラッドを脇に呼んで、二杯ばかり飲みながら噂話をした。

ブラッドがいうには、グッドヤードは典型的な政治任命だそうだ。外交問題などまったくわからず、じっさいに問題を処理しなければならなくなるのを死ぬほど怖れている」

「それで、ハーコナンとのつながりは？」マッキンタイアの繊細な抱きかたに、アマンダの注意がかすかに乱れた。まったく、こんなことで感じていたらしかたがない。

「ハーコナンは、海の父親の役を買って出て、現地の情報源になった。パラウ・ピリにも、彼を何度か招待している」

アマンダは、眉根を寄せた。「おもしろいですね。やはりもう大使はハーコナンに取り込まれているんじゃないですか？」

「ブラッドは、ちがうといっている。とにかく金で買われてはいない。グッドヤードは、買収されるタイプではない。ただ未熟で、いいカモなんだ。ハーコナンが悪の根源だというのをわからせるのは、容易ではないだろうな」

音楽とマッキンタイアのリードに合わせて無意識に動きながら、アマンダは考えた。

「うーん、あてにならない人間は、いざというときに頼って痛い目を見る前に、あらかじめわかっていたほうが助かりますよ。この件について、国務長官からグッドヤードにひとこといってもらうようにできますか？」

マッキンタイアが首をふり、顎がアマンダの前髪に軽く触れた。「その前に、ハーコナンについてハリーに明確なものを示す必要がある。あの男は、ここでは大物だ。裏づけになるちゃんとした証拠もなしにとやかくいったら、われわれは国務省とインドネシア政府の心証を害してしまう」

「なるほど。これまたパラドックスですね。提督のお友だちは、あとは内緒でどんなことを教えてくれたんですか？」

「マカラ・ハーコナンは、一点の曇りもない正直な人間になろうと努力し、うわべはそう見えるということだけだ。アジアの貿易業者によく見られる、利権に群がるような商売にも手を出さない。それでよけい、ブラッドは、〝海に抜け穴あり〟という筋書きを疑っているんだ」

「賢い鳥は、自分の巣は汚さない、ということですね。提督は、ほかにもこちらにお友だちはいるんですか？」

「もうひとりいる。このバリのオーストラリア領事館で、商務官という肩書きを持っている。しかし、わたしは湾岸戦争のときから知っていて、当時はＳＡＳ連隊の戦闘中隊長をつとめていて、情報畑に転身するのだといっていた。いずれわかる」

クインテットの演奏が終わって、曲のエンディングの音がしだいに小さくなり、踊っていたものたちが礼儀正しく拍手をした。

「踊ってくれてありがとう」マッキンタイアが見おろしたとき、あの意外な若々しさが、ふたたびその笑みに宿った。

「こちらこそ」

マッキンタイアは、アマンダをフロアの端までエスコートしていった。手を放すとき、つかのまためらって、それから外国の士官たちが群れ集っているほうへ遠ざかっていった。アマンダは、マッキンタイアを目で追った。ダンスフロアで抱かれるのは……ほんとうの抱擁とはちがうが、それでも最後に手を握られたときは、熱情と力がこめられていた。

頰をゆるめて、その思いをしりぞけ、まわりのテーブルのひとつに目を向けた。コブラ・リチャードソンとストーン・キレインがいて、〈ビンタン〉ラガーの大きめの壜がどんどん空いている。

リチャードソンが手を激しく動かし、キレインが指先でテーブルクロスに地図を描いているところからして、大規模な強襲揚陸作戦が行なわれている最中らしい。くりひろげられている戦闘の場に、アマンダは近づいた。女性がそばに来たので、ふたりは交戦を中止し、立ちあがった。

「こんばんは、おふたりさん」会釈をして、アマンダはいった。「ストーン、わたし、相手がいないのよ。あなたとは今夜まだ踊っていないでしょう？」

なんと、キレインでも顔を赤くすることがあるのか。

「うー、あー、マーム。踊っていません。ですが、スローなダンスはあまり得意じゃなくて」

アマンダは、手を差し出した。「正しい返事は、〝そういう部隊機動はまだ経験がありません、マーム。でも、学ぶつもりです〟よ」

マッキンタイアのダンスを、スパングラスの小像を扱うようだったと表現するなら、上陸部隊指揮官は爆発の恐れのある地雷みたいな踊りを教えてくれたといえる。アマンダをリードして、そろそろとフロアを動きながら、キレインは声を殺してうめいた。

「すみませんが、大佐、これで足が折れたら、ご本人の責任ですよ」

「わかった、ストーン。だけど、肩甲骨よりもっと下にその手を動かしてもさしつかえないのよ。まったく、高校の卒業パーティで彼女と踊ったことはないの?」

「ありますよ。殴り合いの喧嘩のあいまにけっこうライン・ダンス(組まないで全員がおなじステップを踏むカントリー・ダンス)をやったもんです。ただ、上官と踊るのははじめてでね。変な感じなんです」

「想像はつくわ。よそいきのステットソンをかぶって、レンタルのタキシードを着ていたのね?」

「みんなそうですよ」

アマンダは、くすくす笑った。「あとでバンドがカントリー&ウェスタンに切り換えてくれたら、きっと合わせられるわ。いまは、まあこれでじゅうぶんよ。これまでになにかおもしろいことを見つけた?」

「大使館の海兵隊警戒部隊を指揮している少尉と話をしました。インドネシア人職員の何人かが、買収されているんじゃないかと疑っているそうです。だれに買収されているかは、はっきりとはわからない。いつもそういうことをやる国ではないようだし、個人ではないかと思われる。となると、われわれが調べていることとからみあってきませんか?」

「たしかに。クリスとチャンは？」

「いつでも動き出せる態勢です。ふけるときには、ポケベルでわれわれに連絡することになっています。外側の警備態勢はもうつかんであります。不意を討たれるおそれはありません」

アマンダは、本社ビルのほうをちらりと見た。「なかはどうかわからないでしょう。緊急引き揚げ手順は用意してある？」

「もちろん。必要とあればテロリストが使うような爆弾を起爆できるようにしてあります。この庭の北の隅の木立です。さっき渡した特殊なハンカチで、その花の顔《かんばせ》を覆って、桟橋に向かってください。ミス・レンディーノとミスター・チャンは、おれがめんどうをみて無事に逃がします」

「ねえ、ストーン」アマンダは、用心深くいった。「爆弾はありきってこしらえたやつじゃないでしょうね？」

キレインが大笑いして、広い胸から揺れが伝わってきた。「滅相もない。催涙ガス・パウダーをいっぱい詰めたナイロン袋に、無線起爆式の特殊閃光音響弾《フラッシュバン》を一発突っこんであるだけですよ。みんなきゃあきゃあいうでしょうが」

「でも、使わなくていいようなら、やめてよ」

「そいつはこちらが決められるものじゃないですからね」

ダンスの曲が終わり、キレインはアマンダを放して、見るからにほっとした顔で一歩さがった。

「そんなに嫌だった？」アマンダは、からかった。

「こんな場合ですからね、マーム」キレインがにやりと笑って、アマンダのほうを見おろした。「一度ジョージアに来てくださいよ。まともな音楽を演奏させて、こいつがダンスだっていうのを、おれたちが踊ってみせますから」

アマンダは、笑みで応じた。「きっと予定に入れるわ、大尉」

テーブルの仲間から愛情のこもった冷やかしを受けるはずのキレインと分かれ、アマンダはダンスフロアのへりをぶらぶらと歩いて、シャンパンのグラスを受け取り、飲むふりをした。目につかないように、クリスティーン・レンディーノの髪とドレスの金色の輝きを捜した。これまでのところ、マカラ・ハーコナンに対する反撃作戦はきわめてうまくいっている。ほどなく、クリスティーンは今夜の作戦計画のうちでもっとも大胆不敵な局面を実行する。きわめて危険が大きい行動でもある。

考えにふけっていたので、うしろからよく響く低い声で話しかけられ、はっとした。

「こんばんは、大佐」

さっとふりむくと、アマンダは敵と向き合っていた。

「わたしはどうもいいかげんなホストでして」ハーコナンが、おだやかにつづけた。「あなたは賓客だというのに、これまでぜんぜんお相手もしておりませんでした。申しわけない」

声が一瞬、喉につかえそうになったが、アマンダは如才なく答えた。「なにもあやまるようなことはありません、ハーコナンさん。美しい夜ですし、ここでこうしてすばらしい歓待を受けているんですから」

「ささやかなものです」ハーコナンは、肩をすくめた。「さきほどダンスフロアで、わたしたちのバンドの演奏を楽しんでいらっしゃいましたね。音楽が気に入っていただけましたか？」

「最高」アマンダは答えた。心のなかでつけくわえた。マカラ・ハーコナン、あなたは海賊かもしれないけれど、パーティのやりかたを心得ているわね。

「それはよかった」ハーコナンが、手を差し出した。「では、ごいっしょに楽しみましょうか」

スカートのウェストの内側につけたポケベルが音を立てずに三度だけ小さく振動した。作戦が開始されるというクリスティーンの合図だ。

アマンダはにっこり笑い、グラスをテーブルに置いた。「よろこんで」と答え、ハーコナンの腕に抱かれた。

＊　　　＊

無音ポケベル網で作戦開始を知らせると、クリスティーンは携帯電話にそれとはべつの番号を打ち込んだ。地元の携帯電話サービスにつながるのを待った。

最初の呼び出し音で、相手が出た。「はい」用心するような声で答えた。

「認証ヴィクトリア・ジョージ」クリスティーンはつぶやいた。「実行。Tマイナス二。五分継続」

「受領した。Tマイナス二。五分継続」電話が切れた。

クリスティーンは、携帯電話をぱちんと閉じて、セカンドバッグにしまった。チャンの顔をちらりと見ていった。「急におしっこがしたくなっちゃった」

「そういうときは……」チャンは、ふたりが隠れている小さな暗がりに盗聴器がないことを確認するために作動させていたミニチュア〝盗聴器発見器〟を切った。クリスティーンとふたり、マカラ社本社ビルの中庭の出入口に向けて歩いていった。

マカラ社は、ことに警備の厳重な会社だった。シンガポールの警備会社と契約し、何層ものハイテク企業警備手段で会社の重要な個所を護っている。

しかし、それなりに弱点もあった。金で買ったものは、他人も金で買うことができるし、クリスティーンとチャンはそれだけの金を出す客だった。

〝企業買収〟は、アジアでは芸術の域に達しており、クリスティーンとチャンは、それぞれの手段における芸術家だった。チャンは、国家警察の身分証明書を巧妙に使い、シンガポール政府のありとあらゆる部局の権勢をちらつかせた。クリスティーンは、ほほえみと、海軍特殊部隊の緊急予算を自由に引き出せるという権限を利用した。

〈カールソン〉がシンガポールを発つ数日前に、ふたりは下請け業者をひとつひとつ当たって、徐々にマカラ社の警備態勢の全体図をつかんでいった。

第一の関門は、建物への出入口だ。営業時間が終了すると、空調制御された建物の外側の扉はすべて施錠され、警報装置が作動する。従業員のコンピュータ・コード化されたキイ・カードと警備室の許可がないと、建物内にはいれない。

滑稽なことに、歓迎会によって、この第一の関門は破られた。フランス大使夫人に移動式野外便所を使ってくれとはいえない。本社ビルの庭に面した出入口はあけ放たれ、一階の洗面所には自由に出入りできる。

ぼんやりしたヌン族の警備員がひとり、その出入口の脇に整列休めの姿勢で立っていた。クリスティーンとチャンがそばを通ったとき、丁重に会釈し、ビルの表からの接近経路にふたたび注意を向けた。屋内でなにが起きようが、自分の責任ではないというわけだ。

ロビーとその奥の廊下は、落ち着いたベージュで、燃えるような色彩のろうけつ染めの衝立がところどころにあった。間接照明は暗く落とされ、ぴったりと敷いた絨毯で足音は消された。

廊下は突き当たりで建物の中央の通路と丁字に交差していた。小さなガラスのドームが、天井に埋め込まれている。クリスティーンは、だれかの目にじっと見られているのを感じた。

ハーコナンの屋内防御陣地のほうが、はるかに厳しい障害だった。そのひとつが、この曲がり角の高感度監視カメラで、廊下、階段、パブリック・スペースをすべて監視している。オフィスのドアはすべて警報つきで施錠され、オフィス内には動きを感知するレーダー装置が設置されている。

一系統が故障しても、予備の系統があり、停電の場合は即座に非常用電源に切り換わる。ハリウッド映画とはちがい、コードを何本かブチッと切れば作動しなくなるというようなものではない。

ありきたりの手段では侵入は不可能だと、クリスティーンとチャンは判断していた。ありがたいことに、ありきたりでない手段を使うことができる。

＊　＊

七キロメートル離れたブノア港で、ケン・ヒロ中佐が、携帯電話と接続されている艦内電話の受話器を置いた。〈カニンガム〉の艦内でべつの〝催し物〟を監督するために、今夜の歓迎会は欠席することにしたのだ。向きを変え、モニターの光だけが照明の薄暗い六角形の戦闘情報センターを横切った。右舷艦首寄りの通信室を通り、左舷艦尾寄りの電子戦区画へ行った。

ラバーソールの靴の下で、〈カニンガム〉の甲板がかすかにふるえていた。もうじき必要になる電力を供給するために、発電機室で三基の巨大なタービン発電機が運転されているのだ。

電子戦区画のシステム・オペレーターたちが、期待のこもったまなざしで、ワークステーションから視線をあげた。今夜の仕事は、じつに痛快でやりがいのある作業になりそうだ。これから彼らは、元来の目的とは異なるし、かつて使われたことがないようなやりかたで、電子兵器のすさまじいパワーを駆使する。

「〈カールソン〉とのリンクは確立したか？」ヒロがたずねた。

「はい、艦長。〈カールソン〉は準備よしと報告していますし、統合管制の確立が表示されています」

〈カールソン〉の電子対策機器も、〈カニンガム〉のものとおなじように強力だ。二艦の無敵のシステムを縦にくくりつけて、共同交戦発信源《マトリックス》ができあがった。

ヒロは、時計をちらと見た。「よし、諸君。九十秒後に開始だ。作戦計画では五分間継続。準備しろ」

「アイアイ・サー」

主力電子妨害装置《ジャマー》の電源が入れられ、〈カニンガム〉と〈カールソン〉のそれぞれの機器の出力を示す画面の棒がじりじりと高くなっていった。先任システム・オペレーターが、意地の悪い笑い声を漏らした。「地元のカウチポテト族は、おれたちにさぞかし腹を立てるだろうな」

＊

マカラ社の保安課の主コンソールの前に座っていたチョアン・ローは、椅子にそっくり返り、大きなあくびをして、ねむたげに悪態をつき、自分と交替するはずだった男を呪った。

マカラ社の警備課に永年勤務した功績から、チョアンの通常の勤務は九時から五時という最高の時間になっている。ところが、きょうの夕方、勤務が終わろうかというころに、課長から連絡があった。五時から午前一時までコンソールを担当する男が、出勤できないといってきたという。どうしたことか強盗に遭って突き倒され、肩の骨を折って入院したという。チョアンは午前一時まで超過勤務をせざるをえなくなった。

超過勤務がぜったいに嫌だというわけではないのだが、夕食に妻が好物の生春巻きと福建麵《ホッケン・ミー》をこしらえて待っている。ラウンジの自動販売機で買った海老チップスひと袋とは、あまりにもちがいすぎる。だいいち、夜の勤務は退屈きわまりないのだ。

昼間なら、監視カメラでオフィスに勤務する美女たちをこっそり眺められる。営業時間外だと、がらんとした廊下しか見えない。

まあ、今夜は庭で歓迎会が行なわれている。そっちは監視範囲外だ。特別チームのやつらが勤務している。だが、庭からロビーを通って洗面所まで行く廊下は、開放されている。ときどき、襟ぐりの大きなイブニングドレスが見られて、昼間の当番のハイヒールとビジネススーツとはちがった趣向が楽しめる。チョアンは、順繰りにカメラの映像を表示するモニター六台のうちの一台を、ずっとその廊下のカメラの映像が出るように合わせてあった。むろん、警備上の理由からだ。

庭からロビーへはいるドアの施錠・警報システムは、状況表示によれば〝作動解除〟となっている。そのドアがあき、チョアンの視界にカップルがはいってきた。男はどうでもいい。歓迎会に招かれたでぶちんのひとりだ。だが、女のほうは、調べてみる価値がある。

西洋人――それもブロンドだ。おれの好みより痩せすぎかもしれないが、いいおっぱいをしている。チョアンは、カメラの監視範囲を手動に切り換えるジョイスティックに手をのばし、ズームして、なめるように女の体を見ていった。

ふーむ、そんなに痩せすぎではないかもしれない。

カップルがロビーを通り、廊下を洗面所に向かうのを、チョアンは監視カメラの映像で追跡した。女性用化粧室のドアの前で、カップルが立ちどまり、向き合って、なにやら言葉を交わした。と、小柄なブロンドが男の首を両腕で抱いて、すごいキスをしたので、チョアンは俄然興味をそそられた。爪先立ちしたとき、短いドレスの裾が持ちあがって、もうちょっとで、見えそうに……。

チッ！　キスが終わり、ドレスの裾がもとに戻った。笑顔でブロンドが化粧室のドアを通った。チョアンの貪欲なカメラも、その奥だけは侵すことができない。

チョアンはあくびをして、ごろごろする目をこすった。女が用を足すまで、ショーは中断だ……。

＊　　　＊

「三……二……一……ジャマー発信しました」

タスク・フォースの電子の戦士たちは、一日かけてアメリカ本土の電子戦専門家に相談し、この攻撃のためにシステムを改良した。ミケランジェロのような入念な手さばきで波形を整え、見えない電波の剣を、電磁スペクトルの特定の部分を精確に切り取れるように研ぎあげた。

二艦のプレイナーアレー（平面アンテナ）も、南東方向だけを覆うように設定された。州都デンパサールとその郊外、ングラ・ライ国際空港には影響がおよばないようにした。電話線、照明、送電線のような〝力ずくの〟電気システムにも影響はないし、コンピュータもたいがいだいじょうぶだ。プロセッサーやメモリに異状が起こらないように、〝周波数の窓〟を周到に設定してある。とはいえ、ブノア岬とそこに連なるリゾート地を包み込んで円錐形にひろがる範囲では、特定の電子機器が麻痺する。

＊　＊

チョアンがふたたび顔を起こしたとき、監視カメラのモニターが六台ともちらちらと光ってなにも映らなくなり、白点《スノー》の滝が流れだした。

チョアンはさっと身を起こした。退屈はどこかに消え失せていた。コンソールに視線を走らせ、状況表示を見て、さらに大きな衝撃をおぼえた。ビル内の動きを感知する装置が、すべて同時に作動を停止している。

これはいったい……？　こんなものは、訓練のときですら見たことがない。施錠感知装置だけは、おかしくなっていないようだった。ドアはすべて閉まったままになっている。エレベーター、金庫、秘密書類のキャビネットも、だいじょうぶだ。

だが、それらのデータ表示は信用できるのか？　ほかに異状はないか？

チョアンはあわてて保安課のコンピュータの画面のほうを向き、システム診断プログラムを呼び出した。

監視カメラも警報装置も異状はない。全システムをテストして、完全に機能していることを確認したと、こいつはいっている。

チョアンは、安全カバーのついた赤い非常ボタンに、落ち着かない視線を投げた。あれを押せば、地元警察署で警報が鳴り、応援が駆けつける。だが、マカラ社の経営者が外部の応援を望んでいないことを、チョアンは承知していた。まして、よほどの理由がないかぎり、官憲をビル内に入れたくはないはずだ。だからこそ、警備システムにマニュアルの手動ブレーキが組み込まれている。だからこそ、チョアンの警備会社の幹部がシンガポールからここに派遣されているのだ。なにが起きているのかを把握するまで、ことを内部だけにとどめておいたほうがいい。

チョアンは、コンソールの上の充電器に差してあったモトローラのウォーキイトーキイを取り、屋外警備チームの責任者と連絡をとろうとした。呼びかけに応答はなく、送信ボタンを放したとき、激しい空電雑音が耳にはいった。

では、原因はビルの外にあるのだ。激しい雷雨か、去年あったような太陽の黒点の影響だろう。電話回線を調べると、ちゃんと通じるとわかった。

チョアンは、もう一度、非常ボタンを見た。これがなにかの自然現象で、必要もないのに警察を呼んだりすれば、退職するまでなにもない廊下を見張るはめになるだろう。それに、課長はぐっすり眠っていて、確証もない緊急呼び出しをすれば腹を立てるにちがいない。ようすをみているほうが利口だ。

だが、自然現象でないとしたら？

チョアンは立ちあがり、ショルダー・ホルスターのベレッタ・セミ・オートマティック・ピストルが抜きやすいようにした。おれは有能な警備員だ。だれにも虚仮にされない。外部に連絡する前に、表の特殊部隊の護衛を二、三人呼んで、ビル内をパトロールさせよう。それからシステムを修復すればいい。

スーツの上着を着ると、チョアンは主コンソールで警備室の施錠警報を解除した。ドアのところへ行って、デッドボルトをはずし、重い鋼鉄の防火扉をあけた。その向こうの薄暗い中央廊下を、肉眼で確認しようとした。

それが済む前に、なにか銀色のものが、視界を左から右へとかすめた。ぴかぴかの硬貨が、ベージュの絨毯を転がった。

チョアンは、ついうっかりその動きにつれて顔を動かした。だが、襟首に冷たい銃口を押し付けられ、ぴたりと動きをとめた。

「そのまま向きを変えてくれ」非の打ちどころのない海峡植民地の中国語で、男がいった。

「右を向くんだ。両手をあげ、三歩だけ進む。肩ごしにうしろを見てはいけない。それは賢明な動きではない」

　空手の訓練を受けているチョアンは、体に力をこめ、まわり、ブロックし、襲おうとした。だが、動きに移る前に、銃口が離れ、相手はあとずさって、間合いをとれないようにした。何者にせよ、アマチュアではない。

　チョアンは右を向いて、両手をあげ、命じられたとおり三歩進んだ。ショルダー・ホルスターの拳銃は奪われなかった。チョアンも相手の男も、どうせそれがいまは役に立たないことを知っていた。

　チョアンは耳を澄まし、かすかな足音を聞きつけた。だれかが警備室にはいっていったようだ。仲間がいたのか？　なにが目的なのか？　おれの命を奪うことも、目的のひとつなのか？

「中国にいるおまえの家族の暮らしはどうだ、ロン？」

　それを聞いて、チョアンは急に興味をそそられた。家族のどういうことを知っている？　それに、どうやって知った？

「シンガポールにいるおまえの兄は、母親を中国から出国させようと、懸命に手を尽くしている」声の主が、落ち着いてつづけた。「母親、従兄弟とその妻と子供たち。内戦が起きてから（『ストームドラゴン作戦』）、だいぶひどい状況らしいな。彼らの住んでいる広西壮族自治区には、仕事があまりない。食料は不足し、医薬品はほとんど手にはいらない……祖母は病気なんだろう、ロン？　おまえもおまえの兄も、なんとかして彼らを安全なシンガポールに呼び寄せようとしている。ただ、移民許可をとるのが難しい……非常に難しい」

チョアンは、上着がかすかにひっぱられるのを察した。

「ポケットにカードがある、ロン。名前が書いてある。移民局の係官の名前だ。その係官が、家族を安全で豊かなところへ連れてきたいというおまえの希望をかなえるのに、おおいに力になってくれるはずだ。その係官との面会の日時も書いてある。ほんとうに、移民の許可をとるのに、これ以上の機会はないぞ。もし……不運な事件によって、この面会ができなくなり、またとない機会が失われるようなことがあれば……まことに残念としかいいようがない……」

＊　　＊

警備室のなかでは、クリスティーン・レンディーノがぴっちりしたゴム手袋をはめ、コンソールの前のまだ暖かい椅子に腰かけた。

これが乗り越えなければならない最後の防御だ。マカラ社の国際コンピュータ・ネットワークを監視する人工頭脳の警備員たち。ここでもまた、惜しみなく経費が使われている。クリスティーンは、ソフトウェアを供給している会社の若手事務員を買収して、マカラ社の注文書のコピーを手に入れていた。コンピュータのセキュリティに関するものを。

さすがのクリスティーンも、舌を巻いた。マカラ社の秘密を守るファイアウォールとアンチウィルス・ソフトウェアを破って侵入するのは、容易なことではない。たとえ侵入できても、社内の迷路のような暗号のバリケードを潜り抜ける道を手早く簡単に見つける方法はない。

マカラ社のネットワークの端末が使えるとしても、キイカードと、システムに認識させる個人別のアクセス・コードが必要だ……ただし、すでに起動されている端末を使えば、話はちがってくる。たとえばこの警備室にあるような。

クリスティーンは、キイボードにかがみ込んだが、ネットワークの奥深くへ侵入しようとはしなかった。時間がないし、内部の番犬プログラムにぶつかる危険が大きい。代わりにクリスティーンがやったのは、マカラ社の契約しているプロバイダーを呼び出し、ソニー・ビジネス・セキュリティ部のアドレスを入力するという作業だった。

メインメニューから、〈ユーザーのトラブルシューティング〉ページを選択した。〈トラブルの状態を書いてください〉というウィンドウを出し、暗記しておいた八桁の暗証番号を打ち込んだ。

〈ファイルをダウンロードする準備ができました〉というダイアログボックスが出たので、ダブルクリックし、実行した。

これがコンピュータのファイアウォールのおもしろいところだ。一次元的に、侵入者をはねつける。それでいて、吸血鬼とおなじで、招き入れるものがあれば、防壁は一気に崩れる。

ソニー・ビジネス・セキュリティ部のプログラマーは、自分たちのウェブサイトを経由してクリスティーンがリンクしたことには気づかない。彼らのシステムに組み込まれたわけではないからだ。そのリンクは、二十分前には存在していなかったし、一度使用するだけで、現われたときとおなじようにたちまち消滅し、つかのま存在していた形跡は残らない。セキュリティとプロバイダーの関連ログには、信頼のできるホストに通常のビジネス・ユースの範囲内の問い合わせをしたということが記録されるだけだ。

また、マカラ社のアンチウイルス・ソフトウェアも、この最新鋭のスパイ・プログラムがオペレーティング・システム全体を網のように覆っていることには気づかないはずだ。今後、指示がありしだい、サンディエゴの海軍特殊部隊コンピュータ戦センターの戦闘ハッカーが、マカラ社のネットワークの裏口をあけてくれる。

＊　＊

一分一分が過ぎるのが、永遠の長さに思えた。チョアン・ロンのうしろの物音は絶えていた。声も音もしない。顎に力がはいり、体の奥の緊張が高まっていた。チョアンは意識して動こうとしたのではなかった。ただ筋肉が突如として激しく動き出し、廊下の突き当りまで一気に駆けて、くるりとふりむき、拳銃のグリップに手をかけた。

だれもいない。暗い廊下はがらんとして、警備室のドアが大きくあいていた。

拳銃を握って、チョアンはドアの枠の横からのぞいた。警備室が正常に復しているのが、じつに異様に思われた。監視カメラと感知装置はリセットされて、すべて青ランプが点灯している。モニターは何事もなくがらんとしたビルの内部を順繰りに映し出している。洗面所への経路を監視するモニターには、チョアンがさきほど欲情をおぼえたブロンドが洗面所から出てきて、エスコート役の腕をとるところが映っていた。

まるで何事も起こらなかったかのようだった。すべておかしな空想の産物だと、しりぞけてもいいのではないか……自分がそう願うなら。

上着のポケットに手を入れる。シンガポールの移民局係官の名刺があった。兄とふたりで接触できた相手よりも、一段階上の人間だ。日付と時間が書いてある。とにかく、これだけは現実だ……自分がそれを望むなら現実となる。

チョアンは、警備室のドアを閉め、念入りにデッドボルトをかけた。

*　　*

庭の暗い一角に戻ると、クリスティーンは携帯電話を出した。ぱっとひらき、電話が通じることをたしかめた。〈カニンガム〉の電子弾幕射撃が終わっているのを確認したのだ。ダンス・ミュージックに重なって、パトカーのサイレンが遠くから聞こえる。岬のどこかで侵入警報があやまって鳴ったので出動したのだろう。

チャンが、低い笑い声を漏らした。「地元の警察の書類仕事を、だいぶ増やしてしまったみたいだね」

「そうね」クリスティーンは、携帯電話をバッグにしまった。代わりにポケット・ティッシュを出し、手をのばして、チャンの口についた口紅をそっと拭った。「馴れ馴れしくしてごめんね、警視」にやにや笑いながらいった。「でも、ミスター・カメラに楽しいショーを見せてあげたほうがいいと思ったのよ」

「そのとおりだよ、中佐」返事はまじめだったが、クリスティーンとおなじようににやにや笑って、両手をほっそりした相手の肩に置いた。「優秀な警察官は、目的のために犠牲を払う覚悟でいないといけない」

「ほんとよ、警視。だれもわたしたちを撃たないし、捕まえろっていう叫びもあがらないから、ハーコナンの警備員の買収もふくめて、万事順調にいったみたいね。あなたのささやかな贈り物で、彼を捕まえておけると思う？」

「なんともいえないな。中国のヌン族は、何百年も前から忠実な召使や護衛をつとめてきたという伝統がある。きみらの陸軍も、ぼくの故国でヌン族を使ったじゃないか。ただ、ヌン族も含め、中国人は、雇い主の命令よりもずっとだいじだと思うことがひとつだけある」

「家族ね？」

「そのとおり。移民局のぼくの知り合いがいうには、さっきの警備員はその問題でとても困っているらしい。ぼくが渡したコインが、彼の沈黙を買うのにじゅうぶんであればいいんだけど」

「ところで」クリスティーンはいった。「わたし、たったひとつ見落としてた小さな要素があるの」

「それはなに？」

「ほんとにお手洗いに行きたくなっちゃった」

ふたりは声を合わせて笑い、クリスティーンがまた背伸びをして、チャンとキスをした。こんどはふたりきりの、ほんとうのキスだった。

ふたりは分かれ、満足げな溜息を漏らしたあと、チャンはダンスフロアのほうをちらりと見た。「ほら、よそでも進展があったようだ」

アマンダ・ギャレットが、マカラ・ハーコナンとずっと踊っていた。

＊　　＊

アマンダは、古い映画の台詞を思い出していた。たしか、〝蒼い月の光のもとで、悪魔と踊ったことはある？〟というのだった。

じつに刺激的な初体験だった。

それに、マカラ・ハーコナンと踊るのは、同僚の士官が相手のときとは微妙に感じがちがった。階級や職業意識からくる見えない垣根が、まったく存在しない。彼がこちらを抱いているとき、敵としてみているかもしれないが、それと同時に、女としてみている。それがわかった。体を引き寄せたり愛撫するような手の動きをするのを不適切と思われるのを、恐れているふしがない。

裸にされているという感覚もあった。防御の層を剝ぎ取られている。それでも、アマンダは、長身のアジア人とともに、ゆったりしたリズムに乗って動いていた。この無防備さは、自分の戦う態度を強調していると気づいた。悪魔と踊るなら、楽しんで踊らないといけない。

「あらためてありがとう、大佐」曲が終わると、ハーコナンはいった。「ちょっと座って、一杯やりませんか」

「そうね」

アマンダは、導かれるままに、ハーコナンのテーブルに行き、待機しているウェイターのほかにはだれもいないのに目を留めた。

マカラ・ハーコナンは、周囲に物事を頼んだり、大声で命じるという必要がないのだろう。なんの造作もなく、ひとつひとつが行なわれる。もちろん、ただ行なわれているわけではない。手ぎわよく組織立った動きによって、物事が運んでいるのだ。それも細かい点まで行き届いた注意が払われて。

これはおぼえておいたほうがいい。戦士の戦いかたは、ふだんの生活を反映しているものだ。自分の行動はハーコナンにどう読まれているだろうと、アマンダは思った。

椅子を引いてアマンダを座らせると、ハーコナンは向かいに座った。ひとことの指図もないのに、ウェイターがチューリップ・グラスをアマンダの前に置いた。アマンダは礼をいって手をのばしたが、グラスに触れる前に、はっと動きをとめた。

シェリー・コブラー、好きなカクテルだった。この歓迎会で、だれにもその話をしていない。

真っ白なテーブルクロスの向こうから、ハーコナンが淡い笑みを浮かべて見守っていた。

ためらいをふり切って、アマンダはグラスを手にした。「ありがとう」ひと口飲んだ。そう、シェリーの銘柄まで好みのものだ。徹底した情報収集に舌を巻いた。

「どういたしまして、大佐。こちらこそうれしいかぎりです」ハーコナンは、自分の飲み物を手にした。レモンのスライス入りのミネラルウォーター。信仰のせい？ それとも戦略？ アマンダは不思議に思った。ブギス族として、イスラムの流儀で育てられたからか？　それとも、頭を明晰にしておくためか？　ハーコナンの宗教については、チャンもなんらつかんでいなかった。

「あなたが当地にお見えになると知ったとき」ハーコナンが、言葉を継いだ。「ぜひともお招きしたいと思ったんです。あなたはたぐいまれな女性ですから」

アマンダは、くすりと笑った。「どうしてそんなことをおっしゃるのかしら？」

こんどはハーコナンが笑う番だった。「抜群ともいえる偉業の数々を、否定なさるのですか？」

アマンダは、眉を寄せて考えた。「なんともお返事のしようがないですね。わたしはすばらしい乗組員を指揮するという幸運に恵まれましたが、国益のために彼らを危険にさらさなければならなかったという点では、幸運だったとはいえません。アメリカ海軍には、その程度のことのできる士官はいくらでもいます。名誉はむしろ、わたしの指揮するものたちのものでしょう。わたし自身は、これ以上ないくらい平凡そのものですよ」

ハーコナンが、こんどは声を出して笑った。心の底からの笑いで、白い歯がこぼれた。

「ギャレット大佐、あなたのそのすてきな謙遜が、礼儀正しい作り話だというのは、おたがい承知しているはずですよ。あなたはとても異色の女性だし、おたがいにそれはよくわかっているはずです」

アマンダは、思わず頬をゆるめて、挑みかかるように顔をそらした。「どうして？　わたしが女性なのに海軍士官だから？　ちかごろはもう、そんなことはめずらしくもなんともないですよ」

「それはそうです」ハーコナンは答えた。「ただ、ほかのものにもなれたのではないでしょうか」

「そうかしら？」アマンダはたずねた。この相手もだが、話の道すじが、おもしろくなってきた。海軍に入営して以来、手強く精力的な男性の敵になんども遭遇したが、戦場を挟んでまみえただけで、こんなふうにテーブルごしに視線をまじえたことはない。

「いくつも理由はあります」ハーコナンが、話をつづけた。「まず、あなたは戦士の子供、戦士の家に生まれた。戦士の炎が、何世代にもわたり、受け継がれてきた。お父上、ウィルソン・ギャレット提督には、その炎を伝える息子がいなかったので、あなたにそれを伝えた」

アマンダは、驚いて両眉をあげた。この男は、いったいどこまでこちらのことを知っているのだろう？

ハーコナンが、グラスの縁に口をつけてから、アマンダの口にしなかった疑問に答えた。

「それに、船乗りの家柄でもある。海を暮らしを立てるすべ、一生のつとめを見つける場所と見ている。海は楽しみの源でもある。ダイビング、釣り、スループでの帆走、海上でのパワーボート・レースにも参加している」

口調がやわらぎ、眠りを誘うような抑揚のない声になった。「あなたは海から二海里と離れたところに住んだことがない。これからもそうだろう。肉体的にも精神的にも、そういうことはできない。陸に投げ出された魚のように息が詰まってしまうからだ。海はあなたの血に流れている。いや、それどころか、血そのものだ」

ハーコナンは、椅子にもたれた。「わたしにはよくわかる。自分もそんなふうだから」

「わたしのことを、ずいぶんよくご存じね」アマンダは、ゆっくりといった。「そんなに注目していただくようなことをしたかしら？」

ハーコナンは、肩をすくめた。「興味をおぼえたんです、大佐。わたしは、興味をおぼえたことは知ろうとします」

「そのようですね」つぎの質問をするのは怖かったが、きかないわけにはいかなかった。

「ほかにどんなことをご存じ？」

「もっと重要なひとつの要素。統率力」

「わたしの仕事にはつきものですよ、ハーコナンさん」

「そうじゃない！」

はっとするような鋭い語調だった。ハーコナンが片手をあげ、アマンダの心臓を指差した。「アッラーの意志が統べるものに強く命じるのとおなじように、あなたは統率力を発揮している。海軍士官という仕事では、たんにそれが有利に働いているだけだ。統率力は、火と水のようにあなたの一部となっている。あなたは自然の摂理と運命によって、治め、導くように定められている。従い、追随する大多数とはちがって」

ふたたび、眠気を誘う単調なやわらかい声に戻っていた。「民主主義が流行《はやり》のいまの世の中では、軍人になるか、あるいは富を築いて自分の帝国を築くほかに、それを生かす方法はない。だが、生まれながらの潔癖な好みで、あなたは金儲けの泥水が好きではなく、だから軍隊という切れ味のいいすっきりした刃を選んだ。もうひとつのべつの可能性をのぞけば、それが唯一の選択肢だから」

アマンダは、ハーコナンの目が父方から受け継がれたものであることに、はじめて気づいた。濃いグレーの貫くような瞳に独特なやりかたで見つめられると、心は許せないという気持ちはあっても、背すじに刺激的な戦慄をおぼえた。くそ、くそ、くそ。だが、もう一度、炎にもっと近づかなければならないことはわかっていた。

「おもしろいですね。わたしの人生をそんなふうに分析されたことはなかったわ、ハーコナンさん。もうひとつのべつの可能性というのは、なにかしら？」

ハーコナンの笑みがひろがった。

「女王ですよ」と答え、敬意を表するようにグラスを掲げた。

＊　＊

「ジャカルタの港を訪問したほうがよかったんじゃないか、提督。ほんとうの実力者たちに対する公式訪問のほうが。まあ、バリ島で上陸許可をあたえたい気持ちはわからんでもない」グッドヤード大使が、無理にユーモアをまじえてつけくわえた。

「われわれの寄港は、たいへん実りあるものになると確信しています、大使閣下」こんなくだらん会話よりずっとましだ、と心のなかでつけくわえた。「このあと、われわれは近くの水域で訓練を行ないます。インドネシアにわれわれの姿をたっぷり拝ませてやります」

マッキンタイアとグッドヤードは、いやいやながら儀礼的におなじテーブルで飲んでいた。もっとも、だいぶあとまわしにされていた。歓迎会は終わりに近づいていて、そろそろ客が帰りはじめている。

タスク・フォースの士官たちは、まもなく引き揚げる時刻だった。来て、見て、征服したという言葉の最後の部分は達成していないが、とにかく敵地の探索には成功した。

クリスティーン・レンディーノが、マカラ社のネットワークに侵入者《インヴェーダー》プログラムを挿入するのに成功したことを、目顔でマッキンタイアに知らせていた。こうしているあいだにも、コンピュータ戦センターの戦闘ハッカーが、ハーコナンのビジネス・ファイルに忍び込んで、有用な情報や犯罪の証拠を漁っているはずだ。結果は時間がたてばわかる。

アマンダのハーコナンに対する心理戦の攻撃もそうだ。精神的重圧をあたえることによって、ハーコナンは成功したビジネスマンの仮面を脱ぎ、もっとあからさまな対決姿勢をとるか？　それもやはり、時間がたてばわかる。

マッキンタイアは、もう一度ダンスフロアに目を向けた。アマンダはいまもハーコナンのテーブルにいる。歓迎会の後半、アマンダはずっとそこにいるか、あるいはハーコナンといっしょに踊っている。

喧嘩を売るようなこの寄港に動揺したとしても、ハーコナンはずいぶん立ち直っている。じつに魅力的なホストの役を果たしている。これは、洗練されたあの男が、挑戦を受けて立ったことを意味するのか？　あるいは、この訪問は見当ちがいで、彼は海賊王ではないのか？

マッキンタイアは、氷が溶けて薄くなったライ・ウィスキイをすこし飲んで、顔をしかめた。いや、ちがう。クリスティーンのいいかたを借りれば、ハーコナンの本性が〝邪悪な霊気〟を発散しているにちがいない。だからこそ、アマンダがあの男のそばにいるのを見て、こんなにむかっ腹が立つのだ。

「……提督」

マッキンタイアは、はっと我に返った。「失礼、大使。ちょっとぼんやりしていました。なんとおっしゃいましたか？」

「インドネシアの海軍大臣が、きみの、えー、シーファイター・タスク・フォースに、たいへん関心を抱いている」グッドヤードはくりかえした。「きみたちからおおいに学べることがあるのではないかと考えているようだ——その、なんといったかな？——沿岸戦について。親善航海という面から、領海内にいるあいだ、インドネシア海軍士官をオブザーバーとしてきみらの船に乗せてほしいと、正式に要請している。上に願い出る前に、きみにこの提案を話したらどうかと思ったんだ。両国にとって、じつにすばらしいことだと思う」

マッキンタイアは、グラスをテーブルに置いた。「失礼ですが、大使閣下、お断りするしかありませんね。港内にいるときは、よろこんでインドネシア軍関係者を艦内に招待して案内しますし、手の空いている士官をインドネシア海軍に派遣し、沿岸戦の作戦方針について説明会を行ないます。しかし、現時点でタスク・フォースに外国のオブザーバーを乗せることは断じて許可できません」

グッドヤードが顔をしかめ、棘々しい口調でいった。「海軍省のルキサン提督が、この問題に並々ならぬ関心を示しているのだ。オブザーバーは……アメリカ海軍とインドネシア政府の好ましい関係を促進すると。まことに同感だ。提督は、インドネシア海軍ときみらの船とのあいだですでに誤解が生じたといっている。そういうことは二度と起きてほしくない。連絡将校を乗せれば、そのような出来事を防ぐのに役立つ」

マッキンタイアはうなずいた。「同感です、大使閣下、その一点だけは。このうえインドネシア海軍と揉めるようなことは、われわれも望まない。したがって、ルキサン提督に、タスク・フォースを追跡している軍艦を呼び戻すように提案しましょう。あるいは、追跡艦の指揮官に、今後は適切な距離を保つよう、提督から指示してもらいましょう。

オブザーバーを乗せるということに関しては、いまも申しあげたように、シーファイター・タスク・フォースは現在ある種のシステムや作戦手順のテストを行なっているところなので、国家の安全保障上の理由から、断じて許可できません。この問題は検討の余地はない。海軍省にはわたしの陳謝をお伝えください」

グッドヤードの目が鋭くなり、口をきっと結んだ。大使に就任してから、こんなふうに断固とした口調ではねつけられたことはなかったのだ。

「率直な話をしようではないか、提督」グッドヤードが挑みかかった。「ここに来たほんとうの理由はなんだ？　ほんとうにただの親善なのか、それともほかになにかあるのか？　おい、ここはわたしの縄張りなんだぞ！　わたしには知る権利がある。真実を知る権利が！」

マッキンタイアは、鼻であしらいたいのをこらえた。おいハリー、こいつはとんでもないどしろうとだぞ。国務省の秘密保全に関する講習会を、ろくに聞いていなかったにちがいない。こいつがだれの選挙で恩を売ったのか知らないが、中西部でかわいこちゃんとキスでもしているのがお似合いだ。

「大使閣下、CNO（海軍作戦本部長）が海軍特殊部隊に宛てた命令書を見せて差しあげてもよろしいが、シーファイター・タスク・フォースを親善公海のためにインドネシア群島に派遣し、われわれとインドネシア政府との結びつきを支えるようにと書いてあるだけです。それ以上のことは、CNOもしくは国務省に問い合わせるんですね。わたしごときの権限では知らせてもらえないような情報が聞けるかもしれませんよ」

「きみがそういうなら」グッドヤードが、不意に立ちあがった。「そうさせてもらおうか。この問題だけではなく、その他の問題についてもな。とにかく、きみたちがわたしの責任範囲にいるあいだに、タスク・フォースとインドネシアとのあいだにまた事件や挑発行為があったというような話は、いっさい耳にしたくないものだ」

グッドヤードに別れの挨拶をするために立ちあがったマッキンタイアは、口の端をゆがめて応じた。「わかりました、大使閣下。わたしが約束します。そのような話は、二度とお耳にはいらないでしょう」

＊　＊

レイダー2が、マカラ社の桟橋の繫留筏を離れた。速力を増して艇首を持ちあげると、リゾート地の輝く明かりの前を過ぎて北上し、数時間前に運んできたのとおなじ一行を母艦に連れ帰った。

「思ったとおり、じつにおもしろい晩でしたね」チャンがぼそりといった。

マッキンタイアが、ディーゼル推進機のうなりと水音のなかでうなった。

「まったくね」アマンダが、コクピットの制御ステーションに吹き込む冷たい空気の流れに身を縮めながらいった。「じつにおもしろかった」

「どういうことですか、ボス・マーム？」コクピットは暗く、クリスティーンがしげしげと顔を見ているのに、アマンダは気づかなかった。

「クリス、サイバーウォー（コンピュータ戦センター）があなたの作戦によってなにをつかんだかは、まだわからない。ハーコナンがかなりのコネを握っていて、きらびやかな権力を持っていること以外は、なにも明確なものはつかんでいない。だけど、チャン警視が、われわれをハーコナンのところへ導いたのは正しかったと確信できるだけのことがわかった」

「どんなことを……？」マッキンタイアがつぶやいた。

「あの男は、チャン警視がいったようなことをやる力がある。だからといって、やっているとはいい切れないけれど、われわれの探していた海賊王にふさわしい個性をそなえている」

「どこからそんな分析を引き出した？」マッキンタイアが、ぎこちなくたずねた。

「勘、直感、それに自分の経験からです。海軍にこれだけ長くいれば、生まれながらのリーダーや逸材は見ればわかります。ハーコナンはカリスマ性と力強さをそなえている――謎めいているといってもいい――支持者をひきつけ、状況を掌握できるだけのものを持っている。その秘められた才能を道具として効果的に使う頭のよさもある。ビジネス界では、それを武器に実働勢力となったのでしょう。同様にそれを簡単に利用し、国家の指導者や軍の幹部にもなれる。ベレワ将軍をおぼえているでしょう、クリス？　よく似たところがある（『シーファイター全艇発進』）」

「アルゼンチン大統領スパルサもそうでしたね（『ステルス艦カニンガム出撃』）」クリスティーンが同意した。「ハーコナンはただの白馬の騎士じゃなくて、そう生まれついている。ええ、賛成です。その気になったら彼はやれる。わたしもそう感じます」

「感じも結構だがね」マッキンタイアが、不機嫌にいった。「この男をひきずりおろすには、もっとたくさん情報がいる。ハーコナンと海賊行為の結びつきを示す確たる証拠が必要なのに、まだ風聞のたぐいしかつかんでいない。まずは例の衛星を見つけて、ハーコナンが盗みにどう関与したかを調べあげることだ。そうでないと、アメリカがハーコナンに対し直接行動に出るのを正当化できない」

「そのあたりのことは、あした二方面で攻めますよ、提督」クリスティーンが答えた。「サイバーウォーが、ハーコナンのコンピュータ・ネットワークから役に立つものを引き出しているでしょうし、極小戦隊《マイクロ・フォース》がスラウェシの海賊基地を偵察します」

「もう一方面あるわ、クリス」アマンダが、いくぶんおもしろがるように、わざと悲しげな口調でいった。「わたしを有能なマタ・ハリに仕立てあげるのに、どれくらいかかるかしら？」

ベンチシートのとなりのマッキンタイア提督が、不意に上半身をまわすのがわかった。

「いったいなんの話だ、アマンダ？」

「マカラ・ハーコナンが、あす、自分の所有する島に、わたしを個人的に招待してくれたんです。招待を受けました」

アメリカ海軍LPD〈エヴァンズ・F・カールソン〉士官居住区
二〇〇八年八月十六日　二〇一二時（現地時間）

グエン・チャンは、割り当てられた来客用船室のドアを閉めた。最低限の装備だけをそなえた窓のないネイビー・グレーの箱のような部屋で、ロッカーと、驚くほど広く快適な二段ベッドがあり、隔壁の造りつけのデスクと専用の便所があるのだけが贅沢だった。

とはいえ、頑丈な鋼鉄の隔壁とこの軍艦の敏感すぎるほど厳重な警備ほど、今夜ぐっすり眠るのに役立つものはないように思えた。こうしているあいだも、自分の名前が、身の危険をもたらすような数々のリストに書き込まれているはずだということを、チャンは知っていた。

とはいえ、これまでは手の届かない存在だったマカラ・ハーコナンの顔に手袋を投げるも同然の行為ができたわけだから、それだけの甲斐はあった。たとえ一瞬でも、おのれの運命に不安をおぼえさせることができた。南シナ海を漂う船の残骸にしがみついていた八歳の少年のおびえを味わうがいい。幸運に恵まれれば、あらたな仲間の助けによって、その不安の種をはぐくみ、大きく育てられるかもしれない。そう思うとうれしかった。

ネクタイをゆるめたとき、ドアがそっとノックされた。

「どうぞ」

イブニングドレスにハイヒールといういでたちのままのクリスティーン・レンディーノが、船室にはいってきて、ドアをロックした。「ハイ」といって、丸めたカーキの作業服と、小さな化粧パウチ、指揮ヘッドセットを、上のベッドに置いた。チャンのほうを向いて、たずねた。「脱がせたい？」

チャンはびっくりして、ためらった。情熱的な小柄なブロンドと激しいキスを交わしたことを思えば、馬鹿げた質問だったが、こんなに早くそれに答えなければならなくなるとは、思ってもみなかった。

クリスティーンが肩ごしに視線を投げ、口笛を低く二度鳴らした。「ジッパー」

チャンは、あわてて障害物を背骨の下のほうまで引きおろした。「すまない。その……状況を分析していたんだ」

「現状からして、無理のないことね」クリスティーンは肩を揺すって、ドレスを足首まですとんと落とした。

ものすごく薄いパンティストッキングと金色のシルクのものすごく小さいパンティとブラのほうは、ややこしい手間をとらせる必要はないと見なされたようだった。クリスティーンは、チャンのほうを向いた。「南太平洋の島々では、こういうものはだいたい紳士方がなんとかしてくれるものじゃないの。でも、わたしたちはまだ遠慮があるし、ふたりにとっては、あなたがあまり紳士じゃだめだし」

「ふたりにとって？」

クリスティーンは、きっぱりと首をふった。「だめ」

パンプスをふり脱ぎ、パンティとパンティストッキングのウェストに親指を突っ込んで、下半身をもぞもぞさせて脱ぐと、ほっと安堵の息をついた。「ほんとに、もっとするっと脱げるようにできないものかしら。だって、昔みたいに夜明けまでワルツを踊って、相手の目を穴があくくらい何時間も見つめるのもいいんだけど、これから何日も、そんな贅沢をしてるひまはないでしょう」

大きなブルーグレーの目は、いつまでも見ていたかったから、じつに残念だった。

「そのあとは？」

クリスティーンが、残念そうな淡い笑みを浮かべ、足もとで水溜りのようになっている服から足を抜くと、チャンの前に立った。金色に日焼けした体、裸、乱れひとつない。

「そのあとは、約束をしないしされない。あなたからすっごくいい霊気を受けてるの、チャン。それに、キスしたとき火花が散った。おたがいにおなじ気持ち。だけど、ふたりとも行く場所がちがう、やることがちがう。警官もスパイも、それが問題なの。知りすぎてるのよ」

クリスティーンは、小さな手をチャンの胸に置いた。「これまで聞いてないけど、本気でつきあってるひとがいるとか、それともその気がないんなら、それでもいいの。服を着て出てくし、恨みっこなし。でも、ふたりのあいだになにかが起きるんなら、いま、ここで起きるしかないし、無駄にしている時間はないの」

チャンは、アメリカ人女性の率直さについて、話には聞いていた。それがほんとうだと知って感激した。

「賛成だよ、相棒。無駄の多い人間にはなりたくない」クリスティーンを引き寄せた。すべらかな肌の温かな体を両腕で抱えあげると、下のベッドに横たえた。

＊　＊

五〇〇海里離れたところでは、補給を終えたシーファイター極小戦隊が、夜明け前の闇のなかを疾走し、歩兵ライフル・チームのように、遮掩物から遮掩物へと伝い進んでいた。

艇内では、非番の海兵隊員と乗組員が、積んだばかりの嚢タンクの上で仮眠していた。そこはウォーターベッドとおなじくらい涼しく快適だった。

アメリカ海軍ＬＰＤ〈エヴァンズ・Ｆ・カールソン〉司令公室
二〇〇八年八月十六日　〇九二一時（現地時間）

アマンダはベッドの縁に腰かけて、ぴんと張った毛布の上に置いたホルスター入りの拳銃二挺を眺めた。ストーン・キレインが上陸部隊の武器庫から提供してくれた海兵隊支給のＭＥＵ（ＳＯＣ）〇・四五ＡＣＰピストル（コルト１９１１Ａ１の改良型。上記の海兵遠征隊「特殊作戦能力」が使用する）と、アマンダがもとから所有していたルガーＳＰ－１０１リボルバー。向かいの隔壁のフックにかけてあるショルダーバッグをちらりと見て、アマンダは考えた。

どちらの拳銃の扱いにも熟達している。空いている時間に、ストーンが徹底した訓練をほどこしたからだ。巨軀の海兵隊大尉は、武器もろくに扱えない人間がいるのを嫌がる。それに、バッグにどちらかかのずっしりした拳銃がはいっていれば、きょうは安心できるだろう。とはいえ……

アマンダは、蔑むように鼻を鳴らした。ハーコナンの島で拳銃が必要になると思っているのなら、そもそも行くべきではないのだ。それに、仮に自分が計算ちがいをしていて、これが罠だったとしても、拳銃一挺では逃げ出す助けにならない。それに、拳銃を隠し持つのは、ハンサムな紳士との楽しい逢瀬に出かけていく女のやることではない。重要なことを知るためにハーコナンに近づくせっかくの機会を台無しにする。

そう決めると、アマンダはしゃがんで、ベッドの枕もとの下の金庫にセミ・オートマティック・ピストルとリボルバーをしまい、数字合わせ錠を数字がばらばらになるようにまわした。立ちあがり、夏用の薄手の作業服のスラックスをひっぱってととのえた。

くそ、くそ、くそ、これはとことんまじめな仕事なのよ。それなのに、ハイスクールのころ、デートの相手が来るのを待って、寝室をそわそわ歩きまわったときのことを思い出すのはなぜ？

なぜなら、マカラ・ハーコナンは、海賊黒髯かどうかはべつとして、じつに魅力的で力強い男だからだ。それに、アマンダ・ギャレットは、昔から海賊の伝説に心を惹かれている。

アマンダはベッドの縁に腰かけて、造りつけの本棚に手をのばし、大切な昔からの友だち、ローウェル・トマスの『海の悪魔ルックナー伯爵』を取った。ドイツ帝国海軍の名高い海の襲撃者フェーリクス・フォン・ルックナー伯爵と、軍艦として使われた最後の帆船を指揮するその勇壮な航海を描く伝記は、ずっとアマンダを魅了してきた。とりわけ思春期にはいったころには、最初のロマンティックな空想をもたらしてくれたものだった。

最初に心を動かしたものとは、ずっとほんのちょっぴり恋におちたままになるといわれているのは、ひょっとして正しいのかもしれない。マカラ・ハーコナンの目を見たときに惹かれたのも、それで説明がつくのではないか……

アマンダは、もう一度自分を馬鹿にするように鼻を鳴らした。十四歳の少女なら、空想も結構だが、自分は厳しい現実の世界に生きる大人の女なのだ。伝説の海賊《バカニーア》と現実の水匪《パイレーツ》は、まったくちがう種族なのだ。大好きな伯爵も、じっさいは騎士道精神がきちんと守られていた時代の海軍士官で、海の略奪者ではなかった。

膝に置いたぼろぼろの本を見おろしたとき、見慣れない栞が目に留まった。マッキンタイア提督が、この部屋を使ったとき、伯爵の話を読みはじめたにちがいない。旧い友だちふたりは馬が合ったのだろうかと思い、なぜかしらうれしくなった。

実世界では、マッキンタイアのような男のほうが、ずっとロマンティックな空想の対象にふさわしく、そういう相手のことを夢想するほうが賢明だろう。勇気と知力と人間愛があることが実証されている、頼りがいのある高潔な男だ。しかし、十四歳の少女になにがわかる？

アマンダの口の端が、すこし持ちあがった。いや、それをいうなら、三十八の女になにがわかる？」

表側の部屋のドアにノックがあった。アマンダは本をベッドに置いて、立ちあがった。ショルダーバッグとシーファイター・ベレーをそれぞれフックから取り、執務室のスペースに出ていった。

「どうぞ」

クリスティーン・レンディーノが、ハードコピーを綴ったホルダーを一冊、小脇に抱えてはいってきた。「ハイ、ボス・マーム。最新の現況報告をまとめてきました。お留守のあいだに、マッキンタイア提督と検討します」

「結構。出かける前にわたしが知っておいたほうがいいことはある？」

クリスティーンは口ごもったが、すぐにかぶりをふった。「急ぎのものはなにも」

「それじゃ、デスクに置いといて。あとで処理する……この分だと、あすの朝になりそうね。極小戦隊の現況に変化は？」

「ありません」クリスティーンはデスクにファイルを置き、椅子に座った。「任務前潜伏地にいます。安全ですし、関連地帯の状況の変化は報告されていません。二三〇〇時に行動を開始、任務予定表どおり〇一〇〇時に作戦を開始するはずです」

「それまでには帰っているでしょう」アマンダは考え込むようにいった。「それにしても、海賊王の基地に対して行動を起こすときに、パラウ・ピリにいるというのは、おもしろいかもしれない」

執務室の椅子に座ったカーキの作業服姿の小柄な情報士官が、喉まで出かかった言葉を押し殺した。それに、いつになくむっつりした顔をしているのに、アマンダは気づいた。

「わかったわよ、クリス」デスクの縁に尻を乗せて、アマンダはいった。「どういうこと？」

「大佐に率直に申しあげる許可をもとめます」

アマンダは、溜息をついた。手厳しいことをいわれそうだ。クリスティーン・レンディーノが、軍隊の堅苦しいいまわしを使うときは、用心しなければならない。「いつだって好きなことをいっているじゃないの、クリス。わかっているくせに」

クリスティーンが、怒りに目をギラギラさせて見あげた。「では大佐に申しあげますが、大佐は『唇からナイフ』の女スパイ、モデスティ・ブレイズなんかじゃなくて、アメリカ合衆国海軍の兵科士官であります！」

アマンダは低く笑った。「つまり、ハーコナンの島に出かけていくのに、まだ反対なのね」

「そのとおり」クリスティーンは、強調するようにアマンダを指差した。「だって敵の基地のどまんなかに独りで乗り込もうとしてるんですよ。助けてくれるものはまわりにひとりもいないし、なにかあっても目撃者もいない」

「たしかにそうね」アマンダは認めた。「でも、きのうの晩、わたしたちの意見が一致したように、ハーコナンがわたしに対してあからさまな手段を使う可能性は低い。一目瞭然ですもの。自分の本拠地でアメリカ軍の幹部士官が死んだり行方不明になったりするようなことは、彼も避けたいはずよ。ことにいまはね」

クリスティーンは、目を伏せ、頑固に下唇を尖らした。「わたしたちが、まちがっていたかもしれない。事故に見せかけるという手もある。わたしたちが知っている以上に、地元政府の奥の奥まで買収の手がのびているかもしれない、ひょっとして……なんでもありうる。相手は、あなたに追われてるのを知ってるんですよ、ボス・マーム」

「彼を追っているのは海軍よ、クリス」アマンダは、落ち着いて答えた。「それに、わたしはアメリカ海軍という組織のなかでは、ごく小さな存在で、取り替えがきく。たったいま、わたしが特別な存在なのは、ひとつの面だけ――彼の家に招かれた人間だということだけ。彼がどう考え、どう行動するのかということを、じっくり観察する機会がめぐってきたのよ。彼の頭のなかにはいり込む絶好の機会よ。彼の考えを読めるようにしないといけない。これからそれが重要になる」

「まあ、そうかもしれませんけど」クリスティーンが、しぶしぶ譲った。「でも、取り替えがきかないって思ってるものもいるんですよ。いろんな点ですっごく特別な存在だって思ってるものもいるんですよ。もしものことがあったら、わたしたちはとても悲しい」

アマンダは、顔をそらして笑った。「わたしだって、あなたを失ったらさみしいわよ、クリス。なにも手の込んだことはしないって約束する。島へいって、大班《タイパン》とお茶を飲み、それで帰ってくる……でも、いま思いついたんだけど、盗聴器か隠しマイクかなにかを持ち込めないかしら……？」

クリスティーンが、芝居がかったそぶりで体をふたつに折り、両手で顔を覆った。「ったく、もうっ！ この子ったら、サイトTVでジェイムズ・ボンド映画を見て、自分はスーパースパイだと思ってる」

「冗談よ、ママ！ 冗談！」

クリスティーンが顔をあげた。「冗談じゃないの。どうしても行きたいんなら、やんわりと探りを入れるのはいいですよ！ たぶん——おそらくその可能性は大ですけど——ハーコナンは、おたがいの礼儀正しい作り話を、しばらくは壊さずにおくでしょうね。こっちとおなじで、相手の意図を探りたいと思ってて、こっちとおなじように、なんとかして相手から話を聞き出そうとするでしょう。馬鹿の演技はいいけど、おろかになってはだめ！ 向こうは、こっちがなにかをやるのを待ち構えている。裏をかかないと！ お願い！」

友人が心を痛めているのを見て、アマンダは軽率だったと気づいた。「わかった、クリス。わたしはナイフの刃に乗っている。わかっているわ。気をつけるようにする」

デスクの電話機が鳴り、アマンダは身をかがめて、受話器を取った。「ギャレット……わかった。すぐ行くわ。ありがとう」

受話器を置いた。「飛行長《エアボス》から。乗り物が来たみたい」

＊　＊

外国の民間機をアメリカ海軍の艦艇に着艦させることは、作戦規定で厳禁されている。したがって、ハーコナン社のヘリコプターは、機首を起こすと、桟橋の駐車場の隅に着陸した。この件についての港長の解釈など、意に介していないようだ。

なめらかな形をした濃紺のユーロコプターが到着する前、桟橋はしばらく人手でにぎわっていた。バスが二列に駐車して、乗客が乗り、あるいはおりた。

バスからおりた乗客はバリ島の住民だった。アメリカ軍艦が〝オープンハウス〟プログラムを行なっているので、それに乗じて好奇心を満たそうと、デンパサールやその周辺の町や村からやってきたのだ。少人数のグループごとに招き入れられて、愛想のいいアメリカ海軍の水兵が、巡洋艦とＬＰＤのあまり重要でない部分をざっと案内した。これも海軍の〝親善大使〟プログラムの一環だ。

だが、親善大使をつとめているからといって、間が抜けてはいない。穿孔アルミ板の舷梯を見学者のグループが昇るとき、好奇心の旺盛なものは、足もとで電動ファンがうなっているのに気づいたかもしれない。化学物質の臭気によって爆弾を探知する装置が作動しており、万一の場合には警備班に警報を送るようになっている。

短いほうの列のバスには、観光や買い物に出かける乗組員と海兵隊員が乗り込んだ。バリ島に滞在しているあいだに、タスク・フォースの将兵がひとりも上陸しなかったら、変に思われる。だが、全員が、事細かな指示を受けていた。ひとりにならないこと。柄の悪くないパブリック・スペースにいること。大酒を飲んで騒いではいけない。日没までに全員が艦に戻ること。

アマンダとクリスティーンは、〈カールソン〉の艦首楼に立ち、舷梯があくのを待ちながら、エンジンをアイドルにしている〈リコプターからパイロットがおりるのを見守っていた。サファリスーツを着てサングラスをかけた長身の日に焼けた人物がだれであるか、ふたりとも即座に気づいた。向こうもふたりに気づき、片手をあげて、さりげなくふった。

「ご本人だわ」アマンダはつぶやいた。「光栄ね」

「まあね」クリスティーンが、渋い表情で応じた。「プラスティック爆薬を二キロばかりあなたの座席の下に仕掛けた自爆パイロットの可能性は消えましたからね」

アマンダは、手をふって、クリスティーンをたしなめた。「映画館ではうしろのほうの席には座らないし、ガス欠だといわれたら、あなたに教えられたところをぶん殴るわ。それじゃ今夜、クリス」

「ほんとかな?　帰れるんですか?」

クリスティーンは、激しい不安をおぼえ、友人であるアマンダが〈カールソン〉の甲板士官に退艦の確認をして舷梯をおりてゆくのを見守った。桟橋でハーコナンが待っていたが、遠めに見てもすごい美男子だとわかる。声は聞こえないので、クリスティーンはふたりの仕種のボディランゲージを読もうとした。ハーコナンの慇懃な物腰は流れるような動きで、ほかの人間がやったらわざとらしいだろうと思えるほど華麗だった。バージニア美女の流れを汲むアマンダは、その気になれば、いい男と戯れることもできる。

「心配そうだね、おちびさん」

グエン・チャンが、艦首楼のクリスティーンのそばに来ていて、舷梯の見張員に聞こえないように小声でいった。

桟橋では、アマンダとハーコナンが、待っているヘリコプターに向けて歩いていった。

「そうなの」クリスティーンはつぶやいた。「これがまずい思い付きだって思えるのは、ブルーベリーマフィンの食べすぎだからだって、いってくれる？」

「どうかな」アマンダとハーコナンをじっと見つめているチャンの目が険しくなった。

「ハーコナンが大佐に危害をくわえたり、ことさら疑いを招くようなことをしたりするおそれはないと思うが。しかし……マカラという名前の意味を知っている？」

「いいえ。どういう意味？」

「インドネシアでは、マカラというのは伝説上の海の怪物で、ふたつの面を持っている。美しく上品なイルカでありながら、その歯と心は……鮫なんだ」

＊　　＊

ユーロコプターが離陸し、ブノア港の水面とバドゥン半島と島のあいだ細長い砂洲を横切ってから、北東に針路を変え、海岸線に沿って飛んだ。自分はパイロットではないが、パイロットとのつきあいが多いアマンダは、ヘリコプターの操縦装置をあやつる日に焼けた腕の確かさと、飛んでいるヘリコプターとハーコナンが一体になったようすに目を留めた。

安手のサーフィン向けリゾートと、観光客用の海岸の村が、たちまちすくなくなり、海沿いは切り立った断崖が多くなった。内陸に向かうにつれて、中央の雄大な山脈がそびえ立った。まもなく、緑のフロートの下を緑色の優美な地形が流れた。谷間にくわえ、山の斜面まで、耕作されて水田になっている。段々畑が重なり合う流麗な蜘蛛の巣模様は、実用ばかりか美的感覚からこしらえたもののようだった。田畑のあいだに農村があり、それぞれの村の寺院《プラ・デサ》の中央に集会広場《バレ・アグン》と聖なるベンガルボダイジュの樹があった。

「これこそわたしが思っていたバリだわ」アマンダは、ヘッドセットを通していった。

「そう」ハーコナンが答えた。「これがほんとうのバリだ。南の半島にひろがっているのは、よその人間の創りあげたものだ」

「というのは？」

「ヒントをひとつあげよう。バリの以前のジャワ族総督は、イッダ・バグス、つまりすばらしいという綽名で、手っ取り早く観光で金が稼げる開発計画だとすぐに認可する傾向があった」

「バリ族は、文句をいわなかったの？」

ハーコナンは、サングラスの奥で、黒い眉を片方持ちあげた。「もちろんいった。インドネシアのジャワ族ではないものの多くも。〝多様性のなかの統一〟というのが、インドネシアの国是だ。ただし、ジャカルタの人間ひとりが多数に命令することになる場合が多いようだがね」

「そういう現体制《ステータス・クオ》が受け入れられているの？」アマンダは、探りを入れた。

「いまのところは。バリ族は、もともと霊的なひとびとだ。精神と芸術を重んじる。神々がちがう生きかたを命じないかぎり」

「神々？」

「そうだ。右うしろを見てごらん。北東のいちばん高い山が見えるだろう？」

アマンダは、涙滴形の風防から、真っ白な雲を戴く壮麗な火山をじっと見た。「ええ、美しい山ね。あれがなにか？」

「あれはアグン山だ。一九六五年、スカルノ政権末期に、このバリ島で大規模な宗教行事が行なわれた。浄め、釣り合いをとることによって、人と自然を調和させる、エカ・デサ・ルードラという大祭だ。百年に一度行なわれることになっている。ところが、スカルノは、旅行会社の代表者大会の呼び物にしようと、祭を十年早くやるように命じた。その儀式の最中に、あのアグン山が六百年来のすさまじい噴火を起こして爆発し、千六百人が死に、島の四分の一が甚大な被害を受けた。バリ族はそれを、よそ者のいうことを聞いたためにシヴァが機嫌をそこねたしるしだと考えた――当時のよそ者というのは、共産主義者のことだ――そういった連中を引き入れ、神々の道を乱したというのだ。

その年の九月、クーデターが起こり、インドネシア共産党は弾圧され、バリ島も共産党を見捨てた。だが、バリはその点でも異色だった。政治的粛正はなかった。すべての寺院で、祓魔式――悪魔を追い払う儀式が行なわれただけだ。他の島では暴力行為や大規模な虐殺が行なわれたが、ここではそういうことはあまりなかった。共産主義者は、沐浴し、儀式用の白い衣を着ることを許されて、憎しみを向けられることなく、丁重に追放された。人口二百万のうちの五万人だ」

「すごい。そういうことがもう一度起きる思う？」アマンダは。数日前にキレインとクラカタウの話をしたことを思い出していた。

「こういっておこうか、善良なる大佐」ハーコナンは答えた。「わたしがジャワ族の役人か、中国人のホテル経営者か、オーストラリア人の観光客だとしたら、アグン山ががたがた揺れ出したら、即座に飛行機の切符を予約する」

ヘリコプターの機体を傾け、海上に出た。「海に出るよ。まもなく西バリ国立公園に達するし、鳥類保護区《バード・サンクチュアリ》を騒がしたくないからね」

数十分後には、バリ島北西端のランプムラー岬をまわっていた。北の沖合いに、サファイア色の海に囲まれたエメラルド色の島がふたつ見える。「東の島はムンジャンガン」ハーコナンが教えた。「あれも国立公園の一部だ。その先のがパラウ・ピリ、わたしの住処だ」

王子たち《パラウ・ピリ》の島は、航空写真でみたものよりも、はるかにすばらしかった。島のヘリパッドで明滅している着陸用位置標示灯に向けて、ヘリコプターが機体を傾けて接近するとき、優雅で現代的な建物とゴルフコースのなめらかな芝生が眼前に迫るのを、アマンダはすっかり感心して見つめた。イアン・フレミングに見せたいものだわ、と皮肉なことを思った。

＊　＊

年配ではあるが背すじがしゃんとのびた黒いビジネススーツ姿の中国人が、母屋の象牙色のタイルを敷いた玄関の間で待っていた。「おかえりなさい、ハーコナンさま」なまりのない非の打ちどころのない英語でいうと、中国人はかすかに頭をさげた。「いらっしゃいまし、ギャレット大佐。ハウス・ハーコナンにお迎えでき光栄です。楽しいご滞在になりますように」

「ありがとう」スラックスではなくスカートをはいてくればよかったと、アマンダは不意に思った。こんな挨拶に応えるには、膝を曲げるお辞儀こそふさわしい。

「アマンダ、ラン・ローを紹介しよう」ハーコナンが、心から情愛のこもった声でいった。

「わたしの雑務屋であり、官僚であり、わたしが大金持ちになったのは、彼のおかげなんだ」

ローの落ち着いた表情は、まったく変わらなかった。「もちろん、おおげさなお褒めの言葉でございますよ、大佐」

「雇い主に異論をとなえるものじゃない、ロー。きみはかけがえのないひとだよ。客人を迎える用意はできているかな？」

「もちろんでございます。午餐は四十五分後にととのいます」すこし向きを変えて、ローがアマンダにいった。「その前に湯浴みなさいますか、大佐？」

これがインドネシアでなかったら、びっくりするような質問だろう。しかし、アマンダはタスク・フォースの文化データベースで下調べして、インドネシア人はきわめて清潔好きで、熱帯という環境で快適に暮らすすべを心得ていることを知っていた。旅をしてきた客人に入浴を勧めるのが礼儀にかなっているのだ。たしかに、ユーロコプターの風防のなかは暑く、湿気がひどかった。

「ありがとう。とてもうれしいわ」

ひしゃくで湯を体にかけるというインドネシアの昔ながらの行水《マンディ》を思い浮かべていたなら、期待を裏切られていただろう。アマンダは、〈カールソン〉の司令公室と私室をあわせたよりも広い、太陽の黄金色と象牙色のヨーロッパ風のバスルームに案内された。となりの化粧室と寝室は、さらに広かった。豪勢なスイートの家具や布製品の値段は、自分の給料の数年分をゆうに超えるのではないかと思われた。

スイートには、てきぱきした物静かな美人の中国人メイドがふたりいた。遊びのときはべつとして、他人に服を脱がせてもらうことなど、絶えて久しい。だが、こういうときに威厳を保つには、自然にふるまうしかない。アマンダは緊張を解いて、手厚い世話に身をゆだねた。

入浴用品はゲランで、バスタブは体を浮かべられるくらい広かった。ゆったりと湯に浸かれるので、もっと長く楽しみたかったが、メイドふたりがシーツほどもあるタオルを持って立っていたし、ホストが待っている。

化粧台には肌の色に合わせた趣味のいい高価な化粧品がならべてあり、メイドのうちのひとりは腕のいいヘアドレッサーでもあるとわかった。

タオルにくるまって寝室に戻ったとき、罠が仕掛けられていたことがわかった。クリーニングするためだろうが、制服も含め、着ていたものがすべて持ち去られていた。代わりに置いてあったのは、アイス・ブルーのパジャマ・スタイルのドレスで、パリの最高の店のものらしく、ものすごく細い糸で織ったシルクの生地は、水のようにさらさらだった。見ているだけで、涼しげになる。

巧妙なやりくちだと、アマンダは気づいた。服を返してと騒ぐか、それとも、ハーコナンがみずから選んだにちがいないこの品のいい高価でエキゾチックな衣服を身につけるか。

二分後、シルクのドレスが、着てちょうだいと叫んでいる。アマンダは三面鏡で自分の姿を点検していた。赤茶色の髪と金色の目によく映える。ほんとうによく似合う。それに、このシルクのすばらしい感触……着ているだけでエロティックな気持ちになる。

寝室のドアに控え目なノックがあり、アマンダはメイドのひとりにうなずいてみせた。

便利な使用人がそばにいるのに、あっという間に慣れてしまったことに、われながら驚いた。

ローだった。「午餐の支度ができました、大佐」

「ありがとう、ミスター・ロー。わたしも準備ができたと思います」服とともに用意してあったやわらかな金色のサンダルをはき、最後にもう一度鏡をちらりと見ると、部屋を出た。

アメリカ海軍LPD〈エヴァンズ・F・カールソン〉司令公室
二〇〇八年八月十七日　一二三三時（現地時間）

「わかった、フランク。インドの新型攻撃原潜の音響プロファイルをつかむのが重要だというのには賛成だ。ただし、重要度については、賛成できない」

マッキンタイアの参謀長の遠い声が、耳のなかで響いた。ギシギシ音をたてて椅子の背もたれを反らすと、頭上のケーブルの束を見つめた。シーファイター・タスク・フォースと現在の任務のほかに、マッキンタイアは海軍特殊部隊のあとの部隊も運営しなければならない。きょうは女司令《ザ・レディ》がいないので、毎日の司令部との電話会議に司令公室のワークステーションを使っている。

「提督に、現在、こっちは太平洋に二隻の——二隻というのを強調しろ——情報収集潜水艦《レイヴン・サブ》を配置しているが、任務で手が放せないといってやれ」電話に向かっていった。「COMSUBPAC（太平洋艦隊潜水艦部隊司令官）が、自分のところの攻撃原潜を一隻、これから半年のあいだマドラス沖に張りつければいいんだ。そうすりゃ幸運を祈ってやる。うちの艦艇にはほかにもたくさん任務があるから、ベンガル湾でのらくらして、ニューデリーが新型原潜の公試をやるのを待っているようなことはできない。なあ、フランク、音響プロファイルをつかむのは、そいつが運用可能になって、航海に出てから、追跡してやればいいんだ……それ以上のことだってやれるぞ、フランク。ソンダーバーグ提督は気に入らないだろうが、これはわたしが決めることだ」

ドアにノックがあり、デスクの奥で、マッキンタイアは椅子をもとに戻した。「はいれ」

クリスティーン・レンディーノが、ハードコピーのファイルを小脇に抱え、戸口でためらっていた。マッキンタイアは、向かいの椅子を手で示して、電話を切りあげた。

「そうだ……まあ、そんなところでいい。中国北部での一連のSEAL作戦の戦闘後報告を送ってくれ。沿岸哨戒艇再建造で工廠と揉めている件には、圧力をかけるように。明朝〇八にまた現況報告を聞く。それじゃ、フランク」

受話器を通信ラックに戻し、椅子をまわして、クリスティーンと向き合った。「なにを持ってきてくれたんだ、クリス?」

クリスティーンは、ハードコピーのファイルを差しあげた。「最新の作戦情報更新です。ファイルをご覧になりますか。それともざっと口頭で説明しますか」

「両方だ。まずは下の地下牢のようすからだな。捕虜たちの状態はどうだ? それに、INDASATの所在について、なにか聞き出せたか?」

「捕虜は元気ですよ。もう隔離と時間見当識喪失はやめました。馬みたいに食べては、六カ国語で〈ベイウォッチ〉の再放送を見てます。村に帰ったら、衛星テレビなしではいられなくなるでしょうね。情報のほうですが、いつもの襲撃作戦については、ありとあらゆる雑然とした事柄をつかんでます。スラウェシとアンボンの主な基地の村の名前が、もう六カ所くらいわかりました。襲撃用スクーナーと船長は、その倍ぐらい判明してます。どうやら、スラウェシが海賊とラージャ・サムドゥラの民族主義の温床になってるようですね。まあ意外ではないでしょう。でも、これまでのところ、カルテルの上層部やINDASATについては、なにもつかめてません」

「それについてのいいわけは?」マッキンタイアは、不機嫌にきいた。

「超細分化。ハーコナンは、自分の民族と部族文化の特徴がよくわかってます。ブギス族のような流動的で移動の多い生活様式では、噂が早く伝わる傾向があるのを知ってるんです。

ＩＮＤＡＳＡＴが、スラウェシのブギス族のコロニーに隠されていれば、われわれの捕虜がなにかとびきりでかいことが進行してる気配をつかんでるはずです。そうじゃないみたいですから、ハーコナンはブギス族の通常の行動範囲ではないところに衛星を保管して、もっと高度な技術を持ってるような特殊なチームに護らせてると思われます」

「いい換えるなら、どこにあってもおかしくない」

クリスティーンが、ずけずけと反論した。「ちがいますよ。衛星はインドネシア群島のどこかにあるんです。ハーコナンが隠してて、いちばん高い値段をつける外国の買い手に売ろうとしてるんです」

マッキンタイアは、背もたれをまっすぐに戻した。「なにをつかんだ？」

「マカラ社のシステム侵入で得点をあげましたよ、提督。得点といったって、ちょびっとですけど、重要な名前が六つ出てきました」

ハードコピーのファイルをあけて、一枚の書類を選り出し、マッキンタイアの前に置いた。「チョン・レイ博士」マッキンタイアは声に出して読んだ。「ヒュン・ワー氏、ジャマル・カリール氏、ハマード・ハーミーク氏、ナムゲイ・スヌー教授、イオシフ・ヴァルデチェフスキイ博士」

「目が醒めてちゃんと服を着ているとき、こいつらはどういう紳士なんだ？」書類から顔をあげて、マッキンタイアはたずねた。

「航空宇宙工学の専門家です。衛星運用、サイバネティクス、宇宙産業化、それぞれの員。企業が現場に派遣できる最高の人材。チョンとヒュンは、韓国のヤンソン企業連合の社員。ハーミークとカリールはサウジアラビアとアラブ首長国連邦のファラウド産業開発グループの社員、スヌーはインド人、ヴァルデチェフスキイは旧ソ連からの移住者で、ふたりともインドのマルート・ゴアの社員。いずれも、NATOがずっと注目してるほどの技術の持ち主だという評判です。六人とも、この七十二時間のあいだに、シンガポールに到着してます」

「ハーコナンとのつながりは？」マッキンタイアが詰問した。

「六人の名はすべて、マカラ社のデータファイルから引き出したものです。マカラ社の本業や財務関係のファイルじゃないですよ。この六人も、所属する会社も、マカラ社の親ファイルにはぜんぜん載っていないんです。この名前は、マカラ社の広報部長の昼間の日誌から見つけました。彼女、ちょうど都合のいいときに――われわれにとってですけど――自分のPADをワークステーションの端末につないだんです。到着便、ホテルの予約、リムジン・サービス、食事と接待の経費、会社のだいじな客をもてなして取り込むためのあらゆるこまごまとした物事のリストができましたよ」

クリスティーンは、一本指を立てた。「ここからがおもしろいところです。チャン警視が、シンガポールの税関に問い合わせて、六人の到着を確認しました。それから、何カ所かの四つ星、五つ星のホテルに、彼らの名前で予約がはいってたことも確認しました。ですが、接待その他の経費の記録は、二十四時間前に、ぷっつりととだえたんです」

「シンガポールを発ったのか？」

「シンガポール税関によれば、出国してません。でも、経費はいっさい記録されてない。マカラ社は、六人にお金を使うのを完全にやめたんです。すくなくともシンガポールでは」

クリスティーンは、ハードコピーの二枚目を出した。「インドネシアの側から、サイバーウォーにこの問題を調べさせました。インドネシア政府のシステムは蒸気機関時代の代物で、楽々ハッキングできるんです」

「それで？」

「それで、きのう、ラウ諸島のペカンバルのインドネシア税関が、マレーシアのクアラルンプールから水中翼船で来た韓国人ふたり、アラブ首長国連邦人ふたり、インド人ひとり、ロシア人ひとりの入国を記録してます。名前はちがいますが、六人の国籍と身体的特徴が一致します。

それから、ペカンバルのインドネシア警察が、この六人に、スラト・ジャランという広範にわたる通行証を発行しました。いってみればインドネシアの国内ビザで、群島内のどこへでも自由にいけるというものです」

マッキンタイアが、難しい顔をした。「偶然の一致の可能性は？」

クリスティーンは、きっぱりとかぶりをふった。「いいえ。マレーシアの税関情報データベースをちょっと覗いたところ、マレーシアではこの連中のことは見たことも聞いたこともないとわかりました——とにかくこの名前ではまったく載ってません。水中翼船に乗ってたっていうのも怪しいですよ。書類にただそう書き込めばいいだけなんですから。

ねえ、提督、わたしには見え見えですよ。この三カ国の大規模な企業連合、ヤンソン、ファラウド、マルート・ゴアは、ハーコナンのＩＮＤＡＳＡＴに関するオファーを引き受けたんです。で、ハーコナンは、商品を見てもらうために、調査チームをひそかに呼んだ」

「そいつらを追跡するのは可能か？」

クリスティーンは首をふった。「だめでしょう。とっくの昔に衛星を隠してある場所に向かってますよ。ハーコナンはたぶん自分の船か飛行機で、秘密裏に調査チームを運んでるでしょう。帰るために、もう一度シンガポールに忽然と現われるまで、どうやっても探知できないでしょうね」

マッキンタイアは、ハードコピーの紙をじっと見つめたが、クリスティーンの判断に反駁する材料は見つからなかった。「まあ、これだけでもたいしたものだ。われわれが吠えかかっているのがちがう木ではないとわかったんだからな。ほかにはなにか？」かといって、動かぬ証拠ではない。こんな経費はどうにでもいい逃れできる。

「ふたつの要素があります」クリスティーンはいった。「どっちも興味深いですよ」

「話してくれ」

「まず、〈ピスコフ〉襲撃隊から鹵獲した武器の分析が終わりました。報告には不安をもよおさせる重大な点が——とにかくわたしは不安になりましたけど」

「わたしを不安がらせてみろ、中佐」

クリスティーンは、深い嘆息を漏らした。「わかりました。だけど、ややこしい話ですよ。最初からゆっくり説明しないといけないんです。まず、ウジー・サブ・マシンガンを押収したのは、べつだん意外じゃないです。ライセンス生産のウジーは、このシンガポールで作られてて、フィリピンへ輸出される二百挺の一部が、二年前に海賊に奪われてます。

でも、分捕り品差配から奪ったやつは、ぜんぜん話がちがいます。エジプトのヘルワン社がノックダウン方式で製造してる安価なベレッタ92Fです。シリアルナンバーによれば、ベトナム政府が国家警察用に購入して代金を支払ってある五百挺のうちの一挺ということなんです。でも、ベトナムは、そんな拳銃は買っていないし代金も支払っていないといってます」

「それで」

「ブギス族のボグハマーに搭載されてた汎用機関銃は南アフリカ製のMG－4、七・六二ミリNATO弾を使用するアメリカの旧M１９１９の無断コピーです。出所がまったくつかめませんが、すべて同一ロットのシリアルナンバーで、われわれのところの専門家は、イスラエルで修繕再生された形跡があるといっています。

一番興味深いのは、アサルト・ライフルなんです。AK－47の短銃身折り畳み銃床型で、ハンガリー陸軍の正式装備でした。数年前にハンガリーが小火器をNATOの七・六二ミリ×五一の基準に合わせたとき、ワルシャワ条約機構時代の七・六二ミリ×三九を使う小火器をすべて修繕再生し、中古品として国際市場で販売しました。去年、タイの武器商人が、六千挺を投機目的と称してまとめ買いしました。そこで、武器輸送を書類から追跡したところ、ブダペストからバンコクへ運ばれています。そこで、鍵のかかった倉庫のなかで、埃をかぶっているはずでした」

「だが、じっさいは？」

「倉庫のなかには埃しかない。銃も武器商人も消え失せた。アサルト・ライフル六千挺ですよ、提督。二個歩兵旅団分の武器じゃないですか」

「部隊の兵力ぐらい知っているよ、中佐。不安をもよおさせる重大な点とはなんだ？」

クリスティーンは、べつの書類を渡した。「提督、この武器輸送の規模と、入手先が多岐にわたっていることは、ハーコナンがかなり多数の相手から大量の兵器をひそかに買い入れて、あちこちに配備していることを示してると思います――海賊艦隊に供給する程度のものより、はるかに数が多い」

「それをどう使う可能性がある？」

クリスティーンは肩をすくめ、座りなおした。「ここまでです。わかりません。インドネシアでべつの反乱分子に武器をあたえようとしてるのかもしれない。とにかく、武器はたっぷりとあるし、ハーコナンには輸送網もある。問題は、イリアン・ジャヤの分離主義者〝朝の星〟やスマトラの分離主義者〝自由アチェ運動〟のような過激派集団は、いまのところ、武装を強化した気配がないんです。ハーコナンが武器を売買してるとしたら、それをだれが受け取り、なんのために使うんでしょう?」

「サイバーウォーが、答を掘り起こしてくれるんじゃないか?」

クリスティーンが残念そうに首をふるのが目にはいった。「もう一度運よくこのPDAみたいな情報漏れに恵まれないかぎり、無理でしょうね。それも興味深い要素のひとつなんです。ハーコナン社は、まったく異なる二段階の通信手段を使ってます」

「説明してくれ」

「ひとつの段階は、毎日の業務処理です。サイバーウォーがいうには、そっちのデータの流れは、いくらでも取り込めるそうです。ぜんぶごくふつうの会社のやつです。売り、買い、貿易、輸送ルート、などなど。商用暗号化されてますが、簡単に解読できます。つぎの段階は、話がまったくちがう。マカラ社の社用ネットワークにはほとんど現われず、現われたときは、ビッとパラウ・ピリにじかに送られる。衛星リンクでハーコナンに直接送られているもののほうが多いんじゃないかと思います。海賊作戦や武器売買のやばい秘密情報は、みんなそっちでしょう。あいにく、われわれはまったく読むことができません」

マッキンタイアは、見るからに狼狽していた。「サイバーウォーにはずいぶん予算をまわしているのに、商用暗号通信も破れないのか？」

「そんな単純な話じゃないんです。シアトルのビル・ゲイツ師匠が得意先の企業に思い込ませてるのとはちがって、書式をある程度つかめれば、どんな暗号プログラムもいずれ解読できます。ハーコナンはそれを知ってるから、コンピュータ化された〝一回だけの暗号表〟方式で通信してるんです。

つまり、使うのは一種類の暗号だけではなく、何千種類もあって、基本的には単純な単語や数字の換字暗号なんですが、一回しか使いません。たとえば、あるメッセージでは、eを何桁かの数字で表わします。5684、というぐあいに。つぎのメッセージでは、それを〝チーズ〟、〝バスケットボール〟、〝木曜日〟、〝モルモン〟といったひとつの単語で示します。とにかく二度おなじものは使わない」

「一回だけの暗号表の仕組みは知っている」マッキンタイアはいった。「分析して解読できるような大きな書式にはならない。それを使って『ブリタニカ百科事典』やシスティーナ礼拝堂の屋根のデジタル画像を送るのは無理だが、簡単なメッセージにはじゅうぶんに使える」

「ハーコナンの用途にはじゅうぶんです」クリスティーンは相槌を打った。「ハーコナンのところには、この膨大な暗号表をバッチ処理できるプログラムがあるにちがいない。それから、安物のラップトップを重要なエージェントに渡す。エージェントごとにちがう暗号がプログラミングされてる。それもおそらく、使用した暗号は消去し、一回ごとに暗号を変える仕組みになってるはずです。

ラップトップはおそらく、ネットにつなげないように改造した独立型《スタンドアロン》で、それが連絡システムの手動ブレーキの役割を果たします。暗号化したメッセージは、データ・ディスクかICカードなどの記憶媒体に保存され、それがべつのコンピュータに差し込まれて、インターネットで送られる。

発信源のアドレスによれば、この第二段階のやつがマカラ社のオフィスや社員のコンピュータからは発信されてない。それでよけい作業が難しいんです。どうやら、図書館や郵便局みたいな公共のインターネット接続や、大きなホテルのビジネスセンターで送受信されてるらしい。そういう投函所の発信者を突き止めて暗号セットを押収しても、そのエージェントひとりの通信線しかつかめない」

「暗号を使い果たしたら、新しいラップトップを受け取るんだろうな」

「そのとおりです。全エージェントにふり分けた暗号がすべて読めるマスター・プログラムが、たったひとつ存在するはずです。それが独立型のコンピュータとして、パラウ・ピリにあるはずです。完全に孤立し、外部からアクセスしてハッキングできないようになってるし、フォート・ノックスみたいに厳重に警備されてるでしょう」

「謎が謎を呼ぶ」マッキンタイアはうめいた。椅子をまわして、つかのまクリスティーンに背を向け、隔壁の舷窓を見ていたが、やがて向き直った。「なあ、クリス。アマンダは――ギャレット大佐は――ハーコナンの暗号システムのことを知っているのか？

パラウ・ピリに行く前に、きみは説明したのか？」

今度はクリスティーンが顔をそむける番だった。「いいえ、説明してません。システムの特定の面についてサイバーウォーからの確認が届くのを待っていたので、それが来てから話し合うつもりでした」

「翻訳するなら」マッキンタイアが、にべもなくいった。「そのメイン・コンピュータを捜すような危険は冒してほしくなかった」

顔をあげたとき、クリスティーンの目には熱い怒りの炎があった。「ええ、そうです。それでなくても、ハーコナンといっしょに島にいるだけで危険なんです。限度を超えてほしくなかった」

マッキンタイアは、いくぶん尖った声でいった。「この問題について、ギャレット大佐が自分でちゃんと判断できないと思ったのかね？」

「そうです！　決まってるじゃないですか！」意図せず言葉が口をついて出た。クリスティーンは、内心どうとりつくろおうかとあがいた。くそ、わたしをこんなふうにあわてさせて本音を引き出すことができるのは、マッキンタイアぐらいのものよ。

マッキンタイアの低い笑い声で、クリスティーンはすこし落ち着いた。「そうむきになるな、クリス。きみの判断に、わたしは全面的に賛成だ。そのことを話していたら、彼女は絶対になんとかしようとするだろう。きみもわたしも神も、それを知っている」

真剣なまなざしで、クリスティーンはマッキンタイアの顔を見つめた。以前は、がっしりした体つきで単純明快なしゃべりかたをするこの人物のことは、なんでもわかっていると思っていた。しかし、最近は、たくみに隠されている繊細な面があるのがわかってきたし、洞察力の鋭さにはちょっと肝が縮むことがある。

いまがそうだ。

「きみは彼女がハーコナンに近づくのを怖れているんだな？」マッキンタイアが、なおもいった。

「もちろんです。だれだってそうでしょう」

マッキンタイアの目が鋭くなった。「だが、それは単純に危険度の高い戦術的状況だという意味ではないだろう、クリス。きみはなにか気に入らないことを見抜いたが、それを話題にしたくない。つまり、職業上のことではなく、個人的なことだな」

「情報班にいらしたことがあるんですか？」クリスティーンが、しおれてたずねた。

「いや。しかし、ティーンエイジの娘がいるからね。やりかたはいっしょだよ。気になってしかたがないことがあるときは、話したほうがいい。ふたりだけの話にしよう。さあ、どういうことだ？」

クリスティーンが溜息をつき、最後にもう一秒だけいいよどんだ。くそ、よりによってこのひとに問いただされるとは。「その、ギャレット大佐……アマンダは……自分でも理解できないものに導かれ、なにがなにやらわからないうちに、こういう状況に飛び込んでいったのかもしれません」

クリスティーンはそこで言葉を切り、直感を言葉にし、心の底の思いを表現する途を模索した。

「そのままをいえばいい」マッキンタイアが、辛抱強くうながした。

「提督、アマンダ・ギャレットは修道女です!」

マッキンタイアが、両眉を吊りあげた。「なんだって?」

クリスティーンは、ほとばしる言葉をとめずにつづけた。「つまり、アマンダは一種の閉ざされた生活を送ってます。修道女が教会と結婚するように、これまでの一生ずっと、海軍と契りあってきました。海軍が彼女の世界なんです。士官学校にはいる前も、海軍育ちという環境でした。友人関係も、ハイスクールを出てからは、海軍以外の人間とのつきあいはなかった」

「なにがいいたいんだ?」マッキンタイアは、わけがわからなくなってたずねた。

クリスティーンは、深い嘆息を漏らした。「わたしがいいたいのは、マカラ・ハーコナンのような男や、その超道楽者の世界に身をさらしたことがないっていうことです。いまアマンダは、自分の競技エリアを遠く離れ、よくわからないゲームに参加させられてます。手遅れになるまで彼女が気づかないんじゃないかと思うと、恐怖で口がカラカラなんです」

デスクの向こうから、マッキンタイアが強い視線を向けた。「まさか……なんということだ、クリス。きみは本気で、この海賊がアマンダを……のぼせあがらせることができると思っているのか？」

クリスティーンは首をふった。「恋におちたりはしないでしょう。本気にはなりませんよ。タスク・フォースや海軍を故意に裏切るような、そんな感情を抱きはしないでしょう。ただ、いい気になって、自分に精神的・肉体的な危険が迫っているのが見えなくなるおそれがあります。危ないのはわれわれじゃないんです、提督。アマンダが危ないんです」

マッキンタイアが、さっと立ちあがり、狭い執務室を歩きまわった。「馬鹿馬鹿しい、中佐。そんな……馬鹿馬鹿しくて……話にもならない！」

「だといいんですが、提督！」クリスティーンが大声を出して、マッキンタイアの動きに合わせて椅子をまわした。「でも、そういう嫌なことは起きるものだし、めずらしくないんですよ。男性士官がどこかの小娘のために一生を棒にふったという話は、提督だっていくらでも聞いてるでしょう。それも、地獄に吹っ飛ばすのに使う火薬ほどの値打ちもないくそ女のために」

マッキンタイアは、すぐには答えなかったが、それに当てはまる例をいくつも思い浮かべていることを、表情が物語っていた。「しかし、アマンダにかぎって」ようやくつぶやいた。「常識があるから、そんなことはしないだろう」

「提督、いいですか。頭じゃなくて子宮で考えるとき、女は男とおなじように狂うんです」クリスティーンは、掌で額をぴしゃりと打った。「女って一途ですからね。どういえばいいかな？　女は力のある男に惹かれるんです。女性が本能的にもとめるからだそうです。人類学者がいうには、強い遺伝子と優秀な子供をこしらえてくれる相手を、わたしたちをしびれさせるんです。それはともかく、ある種の超オトコっぽい男は、ものすごく頭がよくて、すごく成功して、容姿端麗で、活力にあふれてて、女にとっては垂涎の的ですよ！　ハーコナンはそういう男です。一式そろってます。ものすごく頭がよくて、すごく成功して

はじめて写真を見たときに、そう感じましたね」クリスティーンは結んだ。「ふつうの好みの女なら、だれだってそうですよ。十万人にひとりという男じゃないですか」

マッキンタイアは、松材の鏡板風の隔壁を見つめた。「そうか。十万人にひとりか？　それが……戦術的には、どう作用する？」

「〝アザラシの赤ちゃんを棍棒で殴り殺す〟という言葉から、なにを連想します？」

（下巻につづく）

用語解説

ELINT（電子情報［収集］）
レーダーその他の電子機器の電磁波の放出を分析して、戦場情報（目標の位置、システムの型式、国籍、兵力等）を収集すること。またその情報。

GPS（全地球測位システム）
地球周回軌道上の複数衛星から発信される電波を利用した移動局航法システム。簡便、小型、有用で、きわめて精確なこの技術は、民間・軍用の両方で文字どおり何百もの利用方法がある。米軍に支給されるすべての小銃の銃床にGPSを内蔵するという案まで検討されている。

LPD（ドック型輸送揚陸艦）
注水できる〝凹甲板〟を艦尾にそなえた水陸両用戦（上陸作戦）用の大型戦闘艦。通常の機動揚陸艇、エアクッション揚陸艇、水陸両用戦闘車を積み込み、発進、回収できる。LPDにはヘリコプター用の広い飛行甲板と整備施設があり、海兵隊と海軍の各種ヘリコプターの海上基地の役割も果たす。

上陸部隊は沖合いにいて、海兵隊、装備、補給品を揚陸艇とヘリコプターで輸送し、近代兵器に対する主力艦艇の生残性を高めるというのが、アメリカ海軍の現在の水陸両用戦の作戦方針である。

LSM（中型揚陸艦）

上陸作戦の海岸堡に輸送車輛や装甲戦闘車輛を送り込むのに使用される水陸両用戦用の軽武装小型艦。甲板下の広い車輛甲板に大部分を搭載し、海岸に艦首を乗りあげても船体に損害が生じない設計になっている。乗りあげると艦首の防水のバウ・ドアを左右にひらき、バウ・ランプと呼ばれる通板をおろして、車輛甲板の車輛がそのままおりられるようにする。発展途上国の海軍では、これらのLSMや、さらに大型のLST（戦車揚陸艦）が見られるが、アメリカ海軍の水陸両用戦の作戦方針からは時代遅れになった。

M4モジュラー・ウェポン・システム

アメリカ軍の特殊戦部隊があらたに選択した小火器。要するに五・五六ミリ口径のM16A2アサルト・ライフルの全長を短くしたカービン・タイプで、伸び縮み式銃床、ピカティニー兵器製の〝締め付け式《グラブ・タイト》〟装備取り付け架《レール・マウント》をそなえている。このマウントを利用し、任務の必要性や個人の好みに合わせて、さまざまな改良をほどこすことができる。手がけや把手を取り付けたり、一二ゲージ・ライオット・ガンもしくはＭ２０３四〇ミリ擲弾発射器を銃身下に取り付けて、火力を増強できる。単純な光学照準器からレーザー目標指定装置、暗視照準器、赤外線照準器など、さまざまな照準システムも取り付けられる。

ＭＯＬＬＥ（モジュラー軽量装備装着）ハーネス

アメリカ軍地上部隊で使用されている、バックパックと装備を組み合わせた新世代のハーネス。

ＮＡＶＳＰＥＣＦＯＲＣＥ（アメリカ海軍特殊部隊）

二〇〇六年に発足するＮＡＶＳＰＥＣＦＯＲＣＥは、現在の海軍特殊戦コマンド（ＳＰＥＣＷＡＲＣＯＭ）を艦隊レベルに発展させたものである。

アメリカ軍統合特殊作戦コマンド（ＳＯＣＯＭ）に属するＮＡＶＳＰＥＣＦＯＲＣＥは、アメリカ海軍・海兵隊の特殊作戦・〝銀の弾丸〟資産（ＳＥＡＬ、海兵隊「特殊作戦能力」、ステルス戦部隊、特殊偵察資産、情報収集資産等）およびその支援部隊を、独立した単一司令部によって統括する。陸軍特殊作戦コマンドと概念はおなじである。

その編制表には、海軍ＳＥＡＬチーム、哨戒艇戦隊、特殊船艇隊、潜水艦戦隊、そしてシーファイター・タスク・フォースが含まれる。アメリカ海兵隊選り抜きの強行偵察海兵《フォース・レコン・マリーン》とSOC（特殊作戦能力）突撃中隊《レイダース》も、少数だがくわわっている。

NAVSPECFORCEは、パール・ハーバー艦隊基地の司令部施設から、世界各地におけるアメリカ海軍の特殊作戦の調整を行なう。

SINCGARS（単チャンネル空地無線システム）

アメリカ陸軍が開発し、他の三軍も使用しつつある。戦場での戦術通信のために兵士の携帯無線機と車輛搭載無線機を改良したもので、対SIGINT技術が採用され、音声とデータリンクの送受信をデジタル信号でスクランブル化し、電子妨害や方向探知を困難にするために、周波数帯を不規則に〝跳ぶ〟方式を採用している。

SIGINT（信号情報〔収集〕）

敵の無線および電話回線を傍聴し、暗号を解読して、戦場情報を収集すること。またその情報。

UH-1Y

世界にも稀な真の伝説的ヘリコプター、ベルUH-1イロコイ攻撃ヘリコプターのもっとも新しい生まれ変わり。一九六〇年代初頭に登場し、〝ヒューイ〟と呼ばれた原機は、ベトナム戦争中、アメリカの空中機動作戦の柱石だった。四十年たったいまも、ヒューイは世界中で軍用および民間用として働きつづけている。

UH-1Yスーパー・ヒューイは、海兵隊の現用機、ツイン・タービンのUH-1Nの改良型として製造される予定で、航空電子《エヴィオニクス》機器を換装し、エンジンを強化し、海兵隊のAH-1Wウィスキー・コブラのローター／駆動システムを流用して、航続距離と上昇力を大幅に向上させる。

改良されたヒューイは、今後さらに二十年、いやそれ以上、兵役をつとめる予定である。

イーグル・アイUAV（無人機）

ボーイング・テクストロン製のイーグル・アイ無人機は、ボーイングがV-22オスプレイ・ティルトローター機のために開発したのとおなじテクノロジーを使用し、通常の飛行機のように飛び、なおかつヘリコプターのようにホバリングできる。作戦範囲は三〇〇海里で、ふたつの飛行様態を使い分けて、甲板の狭い水上艦に空中偵察・監視能力を付与できるため、海軍がおおいに関心を示してきた。

海兵隊（特殊作戦能力）

アメリカ海兵隊の戦闘部隊で、酷烈な上級訓練プログラムをくぐりぬけた隊員から成り、コマンドウ・タイプの特殊部隊と通常の歩兵強襲揚陸部隊の両方の役割を果たす。

朝鮮戦争以来、アメリカ軍は動乱鎮圧、対テロ活動、特殊戦のために、さまざまな小規模エリート部隊を戦闘配置している。陸軍にはグリーンベレーと呼ばれる特殊作戦部隊にくわえ、デルタ・フォース、レインジャー部隊があり、海軍にはSEAL（海・空・陸特殊作戦チーム）があり、空軍には航空コマンドウ飛行隊がある。海兵隊は、海兵隊そのものがエリート部隊であるから、そのような特殊部隊は不必要であるとして、こうした流れにずっと逆らっている。

サイファーUAV（無人機）

アメリカ軍で使用が予定されている数多くの遠隔操作式の無人機のひとつ。小型の垂直離着陸機で、離昇と前進にダクテッド・ファンを使用する。文字どおり空飛ぶ円盤の形で、きわめて小型なので、ステルス偵察および特殊任務装備としておおいに期待されている。

ハイドラ70

折畳式フィンを持つ二・七五インチ・ロケット弾。もともとは地上攻撃用に航空機に搭載するために設計されたが、〈クイーン・オヴ・ザ・ウェスト〉級ホバークラフト哨戒艇（砲）の兵装に採用された。非誘導式の発射体ハイドラは、通常、発射筒から数発まとめて発射される。性能が高く、構造が単純で、対人、対装甲、焼夷弾、榴弾など、さまざまな弾頭に現場で交換できる。

ヘルファイア

アメリカ製対戦車ミサイル。レーザー誘導システムの強力かつ精確な兵器で、海軍のＬＡＭＰＳヘリコプター部隊が使用する対小艦艇用ミサイルとして、二次的な地位を得ている。

ボグハマー

本来はスウェーデンの船舶製造会社の名称だが、イラン革命防衛隊が一九八〇年代に湾岸でタンカーを襲撃するのに用いた舟艇をさす。現在は軽量高速の武装モーターボートの総称になっている。通常全長九メートルないし一二メートルのグラスファイバーの船体で、強力な船外機によって航走する。兵装は各種の機銃や歩兵携行式ロケットなど、さまざまである。

文春文庫

攻撃目標《こうげきもくひょう》を殲滅《せんめつ》せよ　上

定価はカバーに
表示してあります

ステルス艦《かん》カニンガムⅢ
2002年10月10日　第1刷
著　者　ジェイムズ・H・コッブ
訳　者　伏《ふし》見《み》威《い》蕃《わん》
発行者　白川浩司
発行所　株式会社　文藝春秋
東京都千代田区紀尾井町 3-23　〒102-8008
TEL　03・3265・1211
文藝春秋ホームページ　http://www.bunshun.co.jp
文春ウェブ文庫　http://www.bunshunplaza.com
落丁、乱丁本は、お手数ですが小社営業部宛お送り下さい。送料小社負担でお取替致します。

印刷・凸版印刷　製本・加藤製本

Printed in Japan
ISBN4-16-766114-4